愛經典

閱讀經典，成為更好的自己。

月亮與六便士

THE MOON AND SIXPENCE

威廉・薩默塞特・毛姆
William Somerset Maugham 一著

徐淳剛 一 譯

緣起

愛經典

卡爾維諾說：「『經典』即是具影響力的作品，在我們的想像中留下痕跡，並藏在潛意識中。正因『經典』有這種影響力，我們更要撥時間閱讀，接受『經典』為我們帶來的改變。」因為經典作品具有這樣無窮的魅力，時報出版公司特別引進大星文化公司的「作家榜經典文庫」，期能為臺灣的經典閱讀提供另一選擇。

作家榜經典文庫從二〇一七年起至今，已出版超過六十二本，迅速累積良好口碑，不斷榮登豆瓣讀書暢銷榜。本書系的作者都經過時代淬鍊，其作品雋永，意義深遠；所選擇的譯者，多為優秀的詩人、作家，因此譯文流暢，讀來如同原創作品般通順，沒有隔閡；而且時報在臺推出時，每部作品皆以精裝裝幀，質感更佳，是讀者想要閱讀與收藏經典時的首選。

現在開始讀經典，成為更好的自己。

作者簡介

威廉・薩默塞特・毛姆

William Somerset Maugham，1874—1965

英國小說家，劇作家。生於法國巴黎，直到十歲因父母雙亡，才由叔叔接回英國撫養。但因為口吃嚴重，在校總被同學欺負。十八歲起到倫敦念聖托馬斯醫學院五年，並取得外科醫生資格，後來因為一八九七年出版的小說處女作《蘭貝斯的麗莎》（*Liza of Lambeth*）成績斐然，因而棄醫從文。一九一五年發表第一本代表作《人性的枷鎖》，一九一九年《月亮與六便士》出版。另有多本劇作搬上舞臺，也頗受好評。作品有多國譯本，逾二十部改編電影。

他的人生經歷很奇特：一次大戰期間，參加戰地急救隊，不久進入英國情報部門工作。多次遊歷南太平洋及遠東，足跡曾來到大溪地。他並且自稱「四分之三喜歡女人，只有四分之一喜歡男人。」

毛姆對人性觀察深刻入微，筆鋒如刀，每個人彷彿都能在他的書中看到自己。

作家榜推薦詞

一個十歲就失去父母的孤兒、一個身材矮小得總被同學欺負的結巴、一個從童年起就輕度抑鬱的社交恐懼症患者，會有什麼樣的生活？

如果是毛姆，他會過著一種燦爛的生活。

他做過助產士，做過間諜，做過演員，做過救護車司機；他做過丈夫，做過情人，拒絕過女人求婚，他的求婚也被另一個女人拒絕，他的後半生住在一座仙境般的別墅裡。

這座名叫毛雷斯克的別墅是世上最偉大的傳奇，因為這座別墅裡的人加起來就是一部歐美文學史。

他在大地上度過了整整九十一個年頭，享受著一個偉大的作家所能得到的一切舒適與自由。他以漫長的一生證明他的偶像王爾德的這句話是對的：愛自己，是一生浪漫的開始。

跟王爾德一樣，他愛女人更愛男人；跟王爾德不同，他沒有身敗名裂，而是巧妙地度過了完美的一生，這不是天才的幸運與不幸，而是天真與智慧的分野。

除了王爾德，他算得上是全英國最大的毒舌了，他的毒舌讓邱吉爾驚恐不已，邱吉爾央求他：「我們倆訂個約吧，如果你答應不取笑我，我也保證不取笑你。」

他嘲笑人生像海市一樣虛無，但他接納愛情的繁花嘉樹，他雇美國勤務兵傑拉德照顧自己，結果這一場愛情讓他操碎了心：傑拉德打架了，他去保釋；傑拉德喝醉了，他去勸解；傑拉德要錢揮霍，他從不拒絕。傑拉德死了，他像失去整個世界一樣傷心。

他年輕時聲稱寫作是為了點燃泰晤士的大火，晚年他幾乎獲得了整個歐洲文學界的一切殊榮。但他說，作家應該從寫作的樂趣中、從鬱積在他心頭的思想的發洩中取得寫作的酬報；對於作品的成功或失敗、受到稱譽或詆毀，都應該淡然處之。

他一生崇尚自由，崇尚人的自然天性。我相信這是他寫作《月亮與六便士》的祕密與初心。

何三坡

二〇一六年十一月二十八日於作家榜

目次

月亮與六便士 7
譯後記
人生如夢，讓我們枕著月亮 335

第一章

說真的，我剛認識查爾斯・斯特里克蘭那時，一點也沒覺得他有什麼了不起。但今天，很少有人再否認他的偉大。我說的偉大，和時來運轉的政治家或平步青雲的軍人無關；這種人的「偉大」源於他們的地位，而非自身的才華；形勢一旦改變，這些人就微不足道了。常常，一位下臺的首相不過是夸夸其談的演說家，一個退休的將軍不過是膽小軟弱的市井之徒。查爾斯・斯特里克蘭的偉大卻名副其實。也許你不欣賞他的藝術，但無論如何，你很難抗拒這份天賜。他打動你、俘獲你。他被人嘲笑的時代已經過去，捍衛他或頌揚他，不再顯得古怪。他的缺點，被當作他的優點的必要補充而被接受。在藝術中，這依然是可以被討論的，崇拜者的逢迎和批評者的藐視也許沒什麼兩樣，但有一點毋庸置疑，那就是，他真是天才。依我看，藝術中最有趣的是藝術家的個性，如果這是獨一無二的，那麼即使他有一千個錯，我都可以原諒。我想，委拉斯蓋茲是比艾爾．葛雷柯更高明的畫家，然而習慣使然，讓人覺得他的作品不新鮮。相反，克里特島那位畫家的作品，充滿肉欲與悲劇，彷彿永恆的獻祭，將他靈魂的祕密奉獻出來。藝術家，無論畫家、詩人、音樂家，用他的崇高美好裝點世界，喚醒意識，但這類似人類的性本能，總免不了野蠻：他帶給你最大的禮物，同時也占有。探索他的祕密，就像閱讀偵探小說一樣富有魅力。這是一個謎，彷彿天地萬物，沒有來由。斯特里克蘭最無關緊要的作品也透露出他那奇特、痛苦而複雜的個人經歷，那些不喜歡他作品的人對此漠不關心，一定是這原因；同樣因為這一點，讓世人對他的生活和個性，充滿了好奇和興趣。

直到斯特里克蘭死後四年，莫里斯．赫特寫了那篇發表在《法蘭西信使》上的文章，使這位鮮為人知的畫家不至於被遺忘，其後的作家也像他一樣，或多或少，紛紛效仿。很長一段時間，沒有哪個評論家像他那樣在法國享有無可爭議的權威。他的主張總是讓人印象深刻；這些觀點顯得過於誇張，但後來的輿論卻證實了他的公正，查爾斯．斯特里克蘭的聲譽因此在他的基調之上牢牢建立起來。這一盛名崛起，在藝術史上是最浪漫的事件之一。但我並不想評判查爾斯．斯特里克蘭的作品，除非它們涉及他的性格。畫家的意見我不敢苟同，他們傲慢地聲稱，外行人對繪畫一竅不通，這種人對藝術作品最好的讚賞，就是沉默或支票簿。這是一種荒唐的誤解，以為藝術是只有工匠才懂的手藝。藝術是情感的體現，情之所至，人人都能理解。但我承認，評論家如果自己不會畫畫，很難說出真正有價值的觀點，而我對繪畫幾乎一無所知。幸運的是，我沒必要冒險，因為我的朋友愛德華・列格特先生、一位優秀的作家，也是令人欽佩的畫家，在一本小書[1]裡詳盡討論了查爾斯・斯特里克蘭的作品，這本書風格迷人，堪稱典範，很可惜，在英國遠不如在法國流傳深遠。

莫里斯・赫特在他那篇著名的文章裡，大致勾勒出查爾斯・斯特里克蘭的生平，故意吊人胃口。他以其對藝術的無私熱情，希望盡可能引起智者的關注；但他也像一名出色的新聞記者，明白渾然不覺的「人情味」更容易達到目的。那些曾經和斯特里克蘭接觸過、在倫敦就知道他的作家，和在蒙馬特咖啡館見過他的畫家，都感到驚奇，誰知他

1.《一位現代派畫家：對查爾斯・斯特里克蘭作品的評論》，愛爾蘭皇家學院會員愛德華・列格特著，（出版商）馬丁・塞克爾出版，一九一七年。——原注

們遇見的這位落魄的藝術家，竟是個天才，他們和他失之交臂。於是他們紛紛在法國和美國的雜誌上發表文章，有人回憶、有人讚賞，這增加了斯特里克蘭的名氣，引起公眾的好奇心，卻未能加以滿足。這個議題大受歡迎，勤勉的懷特布萊希特・羅特霍爾茲在他那部皇皇巨著中[2]，列出了一些權威性文章。

人類天生喜愛製造神話。對於那些出類拔萃的名人，世人總是對他們生活中的意外插曲或神祕事件緊追不放，深信不疑，並為之締造傳奇，無限狂熱。這是對平凡生活的浪漫抗議。傳奇事件成為英雄通往不朽的最可靠的護照。玩世不恭的哲學家笑而不語：華特・雷利爵士[3]之所以讓後人銘記，不是因為他用英文去為那些從前未被發現的國土命名，而是他將斗篷鋪在地上，讓童貞女王[4]款款走過。查爾斯・斯特里克蘭，生前無人知曉；他樹敵無數，朋友不多。這樣一來，那些寫他的人只能靠豐富的想像，彌補殘缺的記憶，所以不足為奇。顯而易見，雖然世人對斯特里克蘭的生平所知不多，但又足夠去空想鋪陳，他的生活中有那麼多離奇可怕，他的性格中有不少蠻橫離譜，他的命運難免讓人哀歎惋惜。所以到一定的時候，總會衍生出傳說，連明智的歷史學家也會遲疑，要不要反對。

但羅伯特・斯特里克蘭牧師偏偏不是這樣明智的歷史學家。他寫關於他父親後半生的傳記[5]，就是為了「消除誤解，以防流傳」，這些誤解「讓生者痛苦不堪」。很顯然，外界傳聞的斯特里克蘭，總讓一個體面的家庭感到難堪。我讀這本傳記時不禁啞然失笑，但也暗自慶幸，這本書寫得黯淡無光、枯燥乏味。斯特里克蘭先生描繪了一個好丈夫和優秀父親的形象，他性情溫和，積極肯幹，品性純良。當代的牧師在訓詁學中習得了粉飾太平的驚人本領，而羅伯特・斯特里克蘭牧師的「解釋」更顯微妙。這個大孝子，時機成熟必將在教會中榮升要職。我彷彿看見羅伯特・斯特里克蘭那強健的小腿，已經套上主教的綁腿。這很危險，儘管顯得勇敢，因為斯特里克蘭的盛名，大多源自世人普遍接受的傳說；他的藝術魅力無窮，或許是因為大家厭惡他的個性，或者是無法認同他的慘死；而他兒子的聰明之舉，不啻向他父親的崇拜者當頭潑了一盆冷水。並非偶然，這本傳記剛一出版，世人便議論紛紛。不久，查爾斯・斯特里克蘭最重要的一幅作品，

2.《查爾斯・斯特里克蘭：生平與作品》，哲學博士雨果・懷特布萊希特・羅特霍爾茲著，萊比錫，施威英格爾與漢尼施出版，一九一四年。原書為德文。——原注
3. 華特・雷利爵士（Sir Walter Raleigh，約一五五二—一六一八），英國探險家、航海家、作家。
4. 童貞女王（Virgin Queen），英國女王伊莉莎白一世的稱號。
5.《斯特里克蘭：生平和作品》，藝術家之子羅伯特・斯特里克蘭著，海因曼出版，一九一三年。——原注

〈撒瑪利亞的女人〉[6]在佳士得拍賣，因為收藏這幅畫的收藏家突然過世，作品需要轉手。和九個月前相比，這幅名作的價格一夜之間跌了兩百三十五英鎊。如果不是世人執迷神話，對這個讓他們滿懷希望的故事沒有失望的話，僅憑斯特里克蘭個人的威望和獨特，難以挽回大局。幸運的是，沒過多久，懷特布萊希特·羅特霍爾茲博士的作品就問世了，藝術愛好者的疑慮終於煙消雲散。

懷特布萊希特·羅特霍爾茲博士所屬的這一歷史學派，不只相信人性本惡，而且認為人性的邪惡遠遠超乎想像；確實，比起那些把浪漫人物寫成道貌岸然的君子的作家來，這一流派的學者能夠激起讀者更大的興趣。對我而言，如果把安東尼與克麗奧佩脫拉的關係只寫成經濟聯盟，會非常遺憾；要想勸我把提庇留·克勞迪烏斯·尼祿看作是和英王喬治五世一樣完美無缺的君主，也需要更多證據。懷特布萊希特·羅特霍爾茲博士在評論羅伯特·斯特里克蘭那部天真傳記時的遣詞造句，很難教人不對這位牧師心生同情。凡是他維護體面，都被說成虛偽；凡是他鋪陳渲染，都被當作謊言；凡是對某些事情保持沉默，乾脆被斥為背叛。這些作品中的缺陷，從傳記本身的角度來看，確實應該指責，但作者身為斯特里克蘭之子，倒也情有可原。倒楣的是，連盎格魯-撒克遜民族也遭了殃，被懷特布萊希特·羅特霍爾茲批評說一本正經，裝腔作勢，自命不凡，狡詐欺人，讓人噁心。依我之見，斯特里克蘭牧師在駁斥坊間深入人心的一種傳聞，即關於他父母之間某些「不快」時，真的不夠慎重。在傳記中，他引用查爾斯・斯特里克蘭在巴黎時的一封家書，說他稱自己的妻子是「了不起的女人」，而懷特布萊希特・羅特霍爾茲博士卻把原信複製了出來；原來，這段被引用的原文是這樣的：「讓上帝懲罰我的妻子吧！這個女人很了不起，真希望她下地獄。」這樣的詛咒和行事方式，在教會勢力很大的日子，並不招人待見。

作為查爾斯・斯特里克蘭的狂熱崇拜者，懷特布萊希特・羅特霍爾茲博士要是想為他弄虛作假，不會有什麼風險。但他目光如炬，一眼就看穿隱藏在天真行為之下的可鄙動機。他既是藝術研究者，也是心理病理學家。他對人的潛意識瞭若指掌。沒有哪個探索心靈奧祕的人能像他那樣，透過現象，洞悉本質。探祕心靈之人，能窺見人性的隱憂，心理病理學家，卻能知悉用語言根本無法表達的東西。我們看到這位學識淵博的作家，

6. 佳士得圖錄描述：一個裸體女人，社會群島的原住民，躺在小溪邊的草地上，背後是棕櫚樹、芭蕉等熱帶風景。六十×四十八英寸。
——原注

如何熱衷於搜尋每一件使英雄顏面掃地的瑣事，真是令人拍案稱奇。每當他列舉出斯特里克蘭冷酷無情或自私卑鄙的點滴，在他內心，就會對他多一分同情。在他費心找到某件被人遺忘的逸事，用以嘲弄羅伯特．斯特里克蘭牧師的一片孝心時，他就像宗教法庭的法官審判異教徒那樣，振振有詞，心花怒放。他寫文章的那股認真勁，著實讓人吃驚。沒有哪件小事，能從他眼皮子底下溜過：如果查爾斯．斯特里克蘭有一筆未支付的洗衣帳單，就會被詳細記錄在案；如果他欠錢未還，這筆債務的每一個細節，都不會遺漏。這一點，讀者儘管放心。

第二章

關於查爾斯・斯特里克蘭的文章已有很多，似乎無須再寫。一個畫家的紀念碑只能是他的作品。當然，和大多數人相比，我對他更為熟悉：我們第一次見，當時他還未開始學畫；在落魄巴黎的日子，我也偶爾和他會面；不過，如果不是戰亂迫使我踏上大溪地，我根本不會將我的記憶訴諸筆尖。幾乎家喻戶曉，正是在大溪地，斯特里克蘭度過了他生命中的最後幾年；在那裡，我也見過不少熟悉他的人。我發現，對於他悲劇人生中最晦暗的這段時期，我正好可以投以一抹光亮，好讓世人看清。如果世人相信斯特里克蘭的偉大，他們的看法是正確的，那麼，親身接觸過他的人的追述便不顯多餘。要是有人像我熟悉斯特里克蘭一樣熟悉艾爾・葛雷柯，為了拜讀他寫的葛雷柯傳記，又有什麼不可以付出？

但是，我並不想以此為自己辯解。想不起來是誰說過：為了使靈魂安寧，一個人每天至少該做兩件他不喜歡的事。說這話的，是個聰明人，對於這一點我始終嚴格遵守：每天我都早上起床，晚上睡覺。不過，我也願意苦修，每個星期都會讓自己的肉體經受一次更大的折磨。《泰晤士報文學增刊》，我一期不落。這真是有益身心的修養：想到有那麼多書被寫出來，作者滿懷期望，等待命運。一本書要怎樣才能脫穎而出呢？即使獲得認可，成功也轉瞬即逝。天知道，一本書要花費多少心思、經歷多少磨難、忍受多少辛酸，只是為了讓偶然讀到它的人消磨時間，在旅途中解悶。如果我能正當地加以評判，那很多書真的是作者精益求精、嘔心瀝血，甚至終其一生的成果。而我從中得到的教訓是：作者應該從寫作本身，從思想的宣洩中獲得快樂；至於其他，都不必介意，一本書或成功或失敗，或遭讚譽或被詆毀，他都應該淡然一笑。

現在，戰爭降臨，新的思想也踏步而來。年輕人轉向我們過去不曾瞭解的神明，而且心裡明白，他們這些後來者要去向哪裡。年輕一代，思維活躍、性情激揚，早已不再將老傢伙的門敲響。他們闖進屋子，坐到我們的寶座上，空氣中滿是他們的叫嚷。而一些老年人，裝腔作勢，滑稽模仿，努力讓自己相信，他們的時代並沒有謝幕；他們拚命吶喊，但喊聲卡在喉嚨裡；他們猶如可憐的蕩婦，塗脂抹粉，想透過刺耳的歡樂，找回花枝招展的青春感覺。聰明點的，則盡量擺出姿態，顯得溫文儒雅。他們莞爾一笑，臉上閃過寬容的譏諷。他們想起，自己當年也是這樣把老一輩踩在腳下，也是這樣狂喊亂叫、無法無天；他們預見，這些高舉火把的勇士，有朝一日也會將自己的寶座拱手相讓。世界在變，永無定論。當尼尼微將它的偉大城邦發展到鼎盛時，新福音書早已老舊，彷彿塵土。那些豪言壯語，當他們說時，總以為前無古人，實際上卻是陳腔濫調，百年不變。鐘擺來回擺盪，旅程永遠循環。

有時候，一個人活過了他享有聲望的年代，進入到使他感覺陌生的世紀，這時，世人便會看到《人間喜劇》中的奇特景象。比如，今天，有誰還知道喬治．克雷布？然而在他生活的時代，他是有名的詩人，全世界都認為他是偉大的天才，但在今天這種複雜的現代狀況中，卻顯得非常罕見。他從亞歷山大．波普學派那裡汲取寫詩的技巧，他用雙韻體創作了很多道德故事。後來，法國大革命、拿破崙戰爭接連爆發，其他詩人隨機而變，唱起新歌。而克雷布先生依然墨守成規，繼續以雙韻體寫作。想必，他看過青年人那些風靡一時的新詩，一定覺得不堪卒讀。當然，大多數新詩，的確如此。但是，像濟慈和華茲華斯的頌歌、柯勒律治的一兩首詩、雪萊更多的詩，卻真正拓展了深廣的精神領域。克雷布先生已經過時了，但他還是孜孜不倦，寫他那些雙韻體的道德故事。我也讀過一點我們時代年輕人的詩作，他們當中，可能有更熱情的濟慈，或更純粹的雪萊，而且已經發表了讓世人難忘的詩章。我讚賞他們的優美辭藻——儘管如此年輕，卻已才華橫溢，因此，如果僅僅說他們大有希望，未免荒唐——我驚歎他們巧妙的文體，語言如此豐富（他們的詞彙表明，他們在搖籃裡就翻過羅傑的《詞彙寶庫》[1]）。但他們並未帶來新東西：要我說，他們學識有餘，涵養不足。他們拍拍我的肩膀，闖進我的懷抱，這種熱情，實在讓人受不了。我覺得，他們的激情蒼白無力，他們的夢想枯燥乏味。我不喜歡他們。我已經是老古董了。我會像克雷布一樣繼續寫雙韻體的道德故事。但是，如果我寫作不是為了自娛自樂，而是抱有其他想法，那我就是個大傻瓜。

1. 羅傑的《詞彙寶庫》（*Roget's Thesaurus*），由英國醫生、自然神學家和詞典編纂者彼得・馬克・羅傑（一七七九—一八六九）於一八〇五年編定的英語詞庫，很受歡迎，原版收錄一萬五千個詞。

第三章

但這都是題外話。

我寫第一本書時，還很年輕。機緣巧合，引起大家的注意，不少人想認識我。

剛剛被引入倫敦文學界時，我既膽怯又興奮，現在想來，不無憂慮。我很久沒去倫敦了，假如現在的小說描寫完全屬實，倫敦一定變化很大。昔日文人聚會之處，早已不再。切爾西和布隆伯利，取代了漢普斯特德、諾丁山大門、高街和肯辛頓。過去不到四十歲的人物就很了不起，現在二十五歲已顯得可笑。我想，在過去的那些日子，我們都羞於表達，因為怕人嘲笑，所以盡量約束自己，不讓人覺得驕傲自大。我不相信當年風流不羈的文人會潔身自好，但真想不起，文藝界那時有這麼多風流韻事。我們為自己荒誕不經的行為，蒙上一層體面的緘默，並不覺得虛偽。我們講話得體，直言不諱。女性那時還沒有取得自主地位。

我住在維多利亞車站附近，記得去一些熱情的藝文人士家中做客時，要坐很久的公車。因為膽怯害羞，我會在街道上徘徊很久，最後才鼓起勇氣去敲門；之後，誠惶誠恐，被帶進擠滿各色人物的房間。我被介紹給這位大師、那位名人，他們對我的拙作所說的溢美之詞讓我坐立不安。我知道，他們等我說些佳句妙語，然而直到聚會結束，我一句也想不起來。為了掩飾自己的尷尬，我只好假裝沏茶倒水，把切得不整齊的黃油麵包遞到客人手裡。我希望誰也別注意我，這樣我就可以放心地去觀察這些名人，聽他們妙語連珠。

我記得，我見過不少身材高大、腰桿筆直的女人，她們長著巨大的鼻子、貪婪的眼睛，身上的衣服好似甲冑；我也看到許多小老鼠似的老處女，骨瘦如柴，說話柔聲細氣，眼珠滴溜溜亂轉。她們戴著手套吃黃油麵包時的毛病真可笑，以為沒人看見，就偷偷在椅背上抹抹，擦擦手指頭，這讓我十分欽佩。這麼做，對主人家的家具肯定不好，不過我想，輪到主人到她們家去，肯定也會如此報復。這些女人，有的衣著時尚，她們說，反正搞不明白，為什麼一個人為寫一本小說，非要穿得寒酸？如果你身材苗條，就該盡情展現，小腳穿上時髦的鞋，不會妨礙編輯採用你的「東西」。但也有人認為，這很輕浮，所以她們穿著「藝術風格的布料」，戴著未經打磨的珠寶首飾。男人的衣著都不奇怪。他們盡量不讓人看出自己是作家。無論走到哪裡，別人都會以為他們是大公司的高階主管。他們看起來總是有點累。我以前從未接觸過作家，現在發現他們非常奇怪，但並不認為，他們就該像我看到的這樣不真實。

我還記得，他們話鋒機智，他們中的一個剛剛轉身，立馬被批得體無完膚，我經常為他們的嬉笑怒罵感到驚訝。藝術家，和別的行業不同，他們不僅可以譏諷同行的外表和性格，還能嘲笑他們的作品。他們有理有據、滔滔不絕，我真是望塵莫及。那時候，談話依然被看作有教養的藝術，巧妙的對答比熱鍋下劈里啪啦的荊棘[1]更受人賞識。那時，格言警句還沒有完全被笨拙的人拿來附庸風雅，交談中突然冒出幾句，立刻顯得妙趣橫生。遺憾的是，這些妙語我一點也想不起來。我只記得，他們談起文藝圈的另一面——作品銷售的一些細節，讓我感覺舒適順暢。評判完一部新作的好壞之後，自然會談及這本書能賣多少本、可以拿多少錢，預支也好總數也罷。後來，我們會談到這個那

1.《聖經．舊約．傳道書》第七章：「愚昧人的笑聲，好像鍋下燒荊棘的爆聲，這也是虛空。」

個出版商，比較一下誰慷慨誰吝嗇。我們還爭辯，是把作品交給支付稿酬高的，還是交給會宣傳會推銷的。有的出版商不善推廣、有的精於此道，有的恪守教條、有的順應潮流。再後來，我們還會談論一些代理人和他們為作家找到的門路。我們還會談論編輯，他們歡迎什麼樣的作品、千字多少錢，是很快付清、還是拖泥帶水。這一切，對我而言都很浪漫，讓我有一種神祕兮兮的兄弟會成員的親密感。

第四章

那時，沒有誰像羅絲·沃特芙德那樣對我好。她有男性化的智慧，也有女人的壞脾氣，而且她的小說立意新穎，讀了讓人難以平靜。正是在她家，有一次，我遇見了查爾斯·斯特里克蘭夫人。那天，沃特芙德小姐舉辦了一場茶話會，她的小房間比以往更加高朋滿座。看起來，每個人都在和別人交談，而我靜靜地坐在那裡，好不尷尬；但又不好意思插進去，打斷人家的談話。沃特芙德小姐，是位體貼的女主人，她注意到我的窘態，走到我身邊來。

「我想請你和斯特里克蘭夫人聊聊，」她說：「她對你的書簡直癡迷。」

「她是做什麼的？」我問。

我意識到自己的無知，如果斯特里克蘭夫人是有名的作家，那在和她交流之前，我就應該弄清楚狀況。

為了讓我記住她的話，沃特芙德故意將眼皮一低，一本正經地說：

「她專門負責宴會午餐。你只要別靦腆，多說兩句，她就會請你吃飯。」

羅絲・沃特芙德是玩世不恭的女人。她把生活看作寫小說的良機，把公眾當素材。如果有誰對她的才華非常賞識，而且大方地宴請她，她偶爾也會邀請他們成為座上賓。這些人對作家的崇拜讓她感到既可笑又粗鄙，但她仍對他們扮演好她的角色，表現出一名傑出女作家應有的言辭和風度。

我被帶到斯特里克蘭夫人面前，聊了十分鐘。除了她的聲音討人喜歡，沒覺得她有什麼特別。她在威斯敏斯特有一套房子，俯瞰未建成的大教堂，因為我們知道彼此住在同一個街區，所以感覺親近。對於所有住在泰晤士河與聖詹姆斯公園之間的人而言，陸海軍商店彷彿一個將他們聯結起來的紐帶。斯特里克蘭夫人要了我的地址，幾天後，我便收到她的請柬，邀我吃午飯。

我的約會不多，因此欣然前往。我到時，稍稍晚了點，因為擔心去得太早，就繞著大教堂閒晃了三圈，進門才發現客人都到了。沃特芙德小姐在，還有傑伊夫人、理查・唐寧和喬治・羅德。來的都是作家。這是早春晴朗的一日，大家興致勃勃，無所不談。

沃特芙德小姐，來時拿不定主意，是照她年輕時的唯美裝扮，身著灰綠、手握一枝水仙花好呢，還是展現成熟已久的手姿；如果是今天這樣，那就得穿上高跟鞋，和巴黎風尚的洋裝，頭戴一頂新帽。這帽子讓她神采飛揚。我還從未聽過，她用如此刻薄的話語，議論我們共同的朋友。傑伊夫人，心裡清楚，逾越禮規的言辭表明靈魂的智慧，所以時不時用近乎耳語的聲調，說些足以使雪白的桌布泛起紅暈的癡語。理查・唐寧，滔滔不絕發表離奇的謬論，而喬治・羅德，知道自己的驚人妙語無須囉唆，所以只管把食物往嘴裡塞。斯特里克蘭夫人話不多，但她有一種令人愉悅的本領，能夠讓大家圍繞同一個話題；一旦冷場，她總能圓起，使談話繼續下去。一個三十七歲的女人，高大豐滿，卻不顯胖；她並不漂亮，但臉龐討人喜歡，也許主要是，因為她那雙親切的棕色眼睛。她氣色不好，一頭黑髮卻精心梳理。在三個女人裡面，她是唯一沒化妝的，但和別人比起來，反而顯得樸素自然。

餐廳是按當時的時尚布置的，非常樸素。白色的護壁很高，綠色的牆紙上，掛著惠斯勒的蝕刻畫，嵌在簡潔的黑鏡框裡。印著孔雀圖案的綠窗簾，筆直地高懸著。地毯也是綠色的，白色小兔在濃鬱樹蔭中嬉戲的畫面，讓人想到威廉·莫里斯[1]的影響。壁爐架上擺著白釉藍彩陶器。那時候，倫敦一定有五百家餐廳的裝飾風格和這裡一樣，素樸、時尚而又單調。

離開斯特里克蘭夫人家時，我和沃特芙德小姐一起出門。因為天氣不錯，加之她的那頂新帽增添了興致，我們決定散會兒步，從聖詹姆斯公園穿過去。

「剛才的聚會非常好。」我說。

「你覺得飯菜可口，是吧？我告訴過她，如果想和作家來往，就得請他們吃好的。」

「真是絕妙的主意，」我答道，「但她為什麼要和作家來往呢？」

沃特芙德小姐聳了聳肩。

「她覺得他們有意思。她想跟隨潮流。我看她頭腦簡單，真可憐，她認為我們都很好。反正，她喜歡請我們吃飯，我們對吃飯也不反感。我喜歡她，不外乎這一點。」

現在想來，在那些攀附名流的人當中，斯特里克蘭夫人算是最單純的了，這些人為了捕獲獵物，往往挖地三尺，從漢普斯特德高高的象牙塔，一直到夏納步道最寒酸的地下室。年輕時，斯特里克蘭夫人住在寧靜的鄉下，沉浸在穆迪圖書館的書海之中，不但讓她讀到不少浪漫故事，更有倫敦這座大城市的羅曼史。她始終熱衷閱讀（這在他們這類人中很少見，他們大多數，對作家比對作家的著作、對畫家比對畫家的畫作更感興趣），在幻想中，她為自己創造了一個小天地，並生活其中，感到日常世界所不可能享有的自由。當她和那些作家結識，她有一種感覺，彷彿過去只能隔著腳燈遠遠望著的舞臺，現在親身站在上面。她看著他們粉墨登場，好像自己的生活也因此擴大，因為她不僅款待他們，還闖進了他們重門深鎖的幽暗世界。對於他們遊戲人生的信條，她認為無可厚非，但她一點也不想按他們的方式生活。這些人道德倫理上的怪癖，正如他們的奇裝異服、荒唐思想一樣，讓她覺得非常有趣，但是，對她自己安身處世的原則，卻毫無影響。

「斯特里克蘭夫人有先生嗎？」我問。

「有啊。他在城裡做事。我想是個證券經紀人吧。非常無趣。」

「他們感情好嗎？」

1. 威廉．莫里斯（William Morris，一八三四－一八九六），十九世紀英國設計師、詩人，他設計、監製或親手製造的家具、紡織品、花窗玻璃、壁紙，以及其他各類裝飾品引發了工藝美術運動，一改維多利亞時代以來的流行品味。

「兩人相敬如賓。如果你在他們家吃晚飯，會見到他。但她很少請人共進晚餐。他不愛講話，對文學藝術毫無興趣。」

「為什麼漂亮的女人總是嫁給無趣的男人？」

「因為有腦子的男人不娶漂亮的女人。」

我想不出有什麼要說的，於是轉移話題，想知道斯特里克蘭有沒有孩子。

「有，一個男孩、一個女孩。都在上學。」

這個沒什麼好說。我們又聊起別的來。

第五章

夏天，我和斯特里克蘭夫人見面不算少。時不時地，我去她家吃午飯，或參加豐盛的茶話會。我們興趣相投。我年紀輕輕，她也許樂意引導我處子般的腳步，踏上文學的艱辛之路；而對我來說，遇到一些不如意的煩心事，也高興有人聽我細訴衷腸，給我一些合乎情理的幫助。斯特里克蘭夫人很有同情心。這是一種迷人的資質，但常常被擁有它的人濫用了：他們一看到朋友有什麼不幸，就施展自己全部的靈巧，猛撲到他們身上去。同情心應該像一口油井；慣愛表現同情的人卻讓它噴湧而出，反而讓不幸的人受不了。有人胸前已沾滿淚水，我不忍再灑上我的。在這一點上，斯特里克蘭夫人顯得非常明智，她讓你覺得，接受她的同情，於她而言也是恩惠。那時，我青春熱情，和羅絲·沃特芙德談起這個，她說：

「牛奶很好喝，尤其加點白蘭地。但母牛情願讓奶趕快淌，因為腫脹的乳房很不爽。」

羅絲．沃特芙德非常刻薄。這種話，別人說不出口；但同時，誰也沒她那麼嫵媚。

還有一點，讓我喜歡斯特里克蘭夫人：她的住所，布置優雅。房間總是整潔清爽，擺滿鮮花，客廳裡的印花布窗簾雖說老套古板，但明亮鮮豔。在雅致的小餐廳裡吃飯，真是愜意：餐桌款式大方，女僕乾淨俐落，菜餚烹飪精緻。誰都看得出，斯特里克蘭夫人是能幹的主婦，毫無疑問，賢妻良母。客廳裡放著她孩子的照片。兒子——名叫羅伯特——十六歲，正在拉格比學校讀書；照片上，他身穿法蘭絨衣服，頭戴板球帽，另外一張上則是燕尾服，繫著硬領。和母親一樣，他長著平坦的額頭，沉靜、明亮的眼睛。看上去乾淨、健康、端正。

「我不知道，他算不算聰明，」一天，我正在看照片，她說：「但我知道，他很棒。性格可愛。」

女兒十四歲。一頭烏黑的長髮，像母親那樣，濃密地披在肩上。同樣溫順的神態，目光平靜、沉著。

「他倆長得都很像你。」我說。

「對啊，我覺得更像我，而不是他們的父親。」

「為什麼你從不讓我見他？」

「你想見嗎？」

她笑了，笑容迷人至極，臉上微微泛起紅暈；像她這般年紀的女人，說話居然臉紅，的確少見。或許，她的天真，正是她最大的魅力。

「你知道，他一點文學素養都沒有，」她說：「完全是個門外漢。」

她這麼說，並無貶意，相反，卻滿懷深情，好像說出他最大的缺點，就可以保護他，免得朋友揶揄似的。

「他在證券交易所做事，是個典型的經紀人。我想，他會煩死你的。」

「他會煩你嗎？」

「你明白，碰巧，我是他妻子。我很愛他。」

她笑了一下，掩飾自己的羞澀。我想，她可能擔心我會說什麼風涼話，換了羅絲．沃特芙德，聽她這樣說，肯定會挖苦嘲諷。她猶豫了片刻，眼神變得更加溫柔。

「他不假裝自己有才華。就是在證券交易所，他賺的錢也不多。但他很善良。」

「我想我會非常喜歡他。」

「等哪天沒有別人，我請你來家裡吃晚飯。但記住，你會有點冒險，如果這個夜晚沉悶乏味，千萬別怪我。」

第六章

但是最後，我和查爾斯・斯特里克蘭先生見面，並非斯特里克蘭夫人說的那種情況。那天晚上，除了她丈夫，我還結識了其他幾個人。一天早晨，斯特里克蘭夫人派人送來一張便條，說當天晚上她要宴請，有位客人臨時來不了，讓我補缺。條子上寫著：

> 我事先聲明，你會厭煩透頂。總之這次的宴會應該很乏味，但如果你來，我會非常感激。反正我們可以聊聊。

這彷彿是兩國之間的睦鄰友好；我自然接受了邀請。

當斯特里克蘭夫人將我介紹給她丈夫時，他冷漠地和我握了握手。斯特里克蘭夫人心情極好，轉身對丈夫說了句玩笑話：

「我請他來，是要讓他知道，我真有丈夫。現在，他開始懷疑了。」

斯特里克蘭先生很有禮貌地笑了笑，就像那些認為你在說笑，卻又不覺得好笑的人一樣，但他沒有說話。又來人了，需要主人應酬，我被冷落一旁。最後，大家都到齊了，只等宣布晚宴開始，我一邊和一位要我「接待」的女士聊天，一邊琢磨——文明人踐行一種奇怪的才智：他們把短暫的生命，浪費在煩瑣的事務上。好比今天這種宴會，真是讓人感到詫異，為什麼女主人要請這些人來？為什麼這些人也不嫌麻煩，接受邀請，來了十個人？他們相見冷淡，分手釋然。當然，這純粹是社交義務。斯特里克蘭夫婦「欠下」了許多晚餐，對這些人，他們本來毫無興趣，但還是不得不回請；這些人就來了。為什麼要這樣？是為了避免用餐的單調？為了讓僕人休息半天？不，因為他們沒有理由謝絕，因為他們「欠下」了一頓晚餐。

餐廳擁擠，很不方便。這些人之中，有一位皇家法律顧問及其夫人、一位政府官員及其夫人、斯特里克蘭夫人的姊姊和姊夫麥克安德魯上校，還有一位國會議員的夫人。就是這個國會議員，發現自己有事不能離開議院，我才被請來補缺。這些人都很有地位。女士因為知道自己身分高貴，所以並不太講究衣著、不想討好別人。男人則是派頭十足。

總之個個都顯得稱心如意，躊躇滿志。

每個人都想讓宴會更熱鬧，所以嗓門比平常大，房間裡一片喧嘩。但是，大家始終沒有共同談一件事，每個人都在和他的鄰座講話，喝湯、吃魚、吃小菜時和右邊的人聊天，吃烤肉、甜食和開胃小吃時和左邊的人聊天。他們談論政治、高爾夫、孩子和新戲，談皇家藝術學院展出的畫、天氣、度假計畫。談話一刻也沒有中斷過，聲音也越來越響。斯特里克蘭夫人可以慶幸，她的宴會非常圓滿，她的丈夫舉止得體、彬彬有禮。也許他沒有談論很多，我感覺，宴會接近尾聲時，坐在他兩邊的女客人臉色有些疲倦。她們肯定覺得很難對話。有一兩次，斯特里克蘭夫人略顯焦慮的目光落在他身上。

終於，她站起身，帶女客人離開了房間。她們出去後，斯特里克蘭把門關上，走到桌子的另一端，坐在皇家法律顧問和政府官員中間。他又把紅酒轉了一圈，給我們遞雪茄。皇家法律顧問稱讚紅酒極好，斯特里克蘭就對大家說，他是從哪兒買的。我們談論起菸酒來。皇家法律顧問說了一樁他正在審理的案件，上校談起了馬球。我無話可說，因此默默坐著，想裝作很有禮貌的樣子聽人家講話。因為我知道，這些人，都和我無關，所以就坦然打量起斯特里克蘭來。他比我預想的要高大：不知道為什麼，我以前想像他身材瘦高、其貌不揚，但實際上，他體格魁梧、大手大腳，晚禮服穿在身上有些笨拙。

他給人的印象，簡直和一個打扮好去參加宴會的馬夫差不多。四十歲的男人，長得不帥，也不難看；但他的五官都比一般人的大一點，所以不太雅觀。他的鬍鬚刮得乾乾淨淨，一張大臉毫無修飾，讓人感覺不快。他的頭髮微紅，剪得很短，眼睛很小，呈藍色或灰色。他相貌平凡。我不再納悶，為什麼斯特里克蘭夫人談起他總有些尷尬；對於一個想在文藝界取得一定地位的女人來說，他簡直一無是處。很明顯，他不會社交，但這也不是人人都該會的；甚至，他沒什麼怪癖，能讓他超凡脫俗；他只不過是一個忠厚老實、枯燥乏味的普通人。一個人，你可以欣賞他的品性，卻不必和他在一起。他幾乎等於零。他可能是一位值得尊敬的社會一分子，一位好丈夫、好父親，一個誠實的經紀人；但是，在他身上，你根本沒有必要浪費時間。

第七章

乏味的社交季臨近尾聲，我認識的每個人都忙著安排度假。斯特里克蘭夫人打算帶全家去諾福克海灘，孩子們洗海水浴、丈夫打高爾夫。我們相互道別，說好秋天再見。但是，在我離開倫敦的前一天，出去買東西時，又碰見斯特里克蘭夫人帶著兒女；和我一樣，她也是在離開之前出門採購。我們又熱又累。於是我提議，去公園裡吃霜淇淋。

我猜，斯特里克蘭夫人很高興我看到她的孩子，她欣然接受了我的邀請。他們比照片裡的樣子更加引人注目，她自然為他們感到驕傲。我也很年輕，所以他們並不感到拘束，高高興興，和我說這說那。他們格外漂亮、健康。大家在樹下歇息，彼此都很愉快。

一個小時過去，他們擠上一輛馬車回家了，

我也悠閒地向俱樂部走去。也許，我有點寂寞，真羨慕我瞥見的這種美滿生活。看起來，他們感情很好。他們說一些自己的小笑話，外人難以理解，他們卻笑得開心。如果單純從言語的智慧來判斷，查爾斯．斯特里克蘭先生算不上聰明，但是，他的智力足以應付自己的環境，這是一張通行證，不但能獲得幸福，而且可以成功。而斯特里克蘭夫人是迷人的女性，她愛自己的丈夫。我想，他們的生活，沒有艱難險阻的困擾，誠實、體面，兩個孩子善良可愛，所以必然繼承他們的地位和傳統；不知不覺，他們老了；他們將看到兒女成人，男孩娶妻、女孩嫁人——一個，姑娘家，將來會是生養健康孩子的媽媽；另一個，男子漢，英俊瀟灑，肯定會成為軍人；最後，他們功成身退，子孫滿堂，其樂融融，當他們年事已高，就將步入墳墓。

這一定是世間無數對夫妻的寫照，這種生活模式帶來的是天倫之美。它讓人聯想到一條平靜的小溪，蜿蜒流過青青的牧場，被濃蔭遮蔽，最後匯入蒼茫大海；但是，大海如此平靜，始終沉默，不動聲色，你會突然心生煩惱，感到莫名的不安。也許，這只是我自己的怪誕想法，這些天來一直在心頭作祟，我總感覺，大多數人這樣度過一生，好像不大對勁。我承認這種生活的社會價值，我也看到它井然有序的幸福，但是，我的血液裡有一種強烈的衝動，渴望一種桀驁不馴的旅程。這樣的安逸總讓我驚懼。我的心渴望更加驚險的生活。只要我能有所改變——改變和不可預知的冒險，我將踏上嶙峋怪石，哪怕激流險灘。

第八章

仔細閱讀我筆下的斯特里克蘭夫婦，我意識到，他們看起來有些模糊。要使書中的人物靈活逼真，就得刻畫他們的性格特徵；而我絞盡腦汁，卻未能使他們栩栩如生，不知是不是我的錯。我覺得，如果我能仔細觀察他們或日常或離奇的言談舉止，我就可以把他們寫活。現在這般，他們只像舊掛毯上的人形，很難從背景中分辨出來；遠遠望去，連輪廓也看不出，只有一團賞心悅目的顏色。我唯一的理由是，他們給我的印象，就是如此。有些人看起來虛幻，因為他們是社會有機體中的成員，他們生活在其中，並且依賴它而生活。他們猶如人體的細胞，必不可少，但是，只要他們健康活著，就會被吞噬進一個巨大的整體。斯特里克蘭一家，一個普普通通的中產家庭：一個是善良、殷勤的妻子，有著結交文學圈名人的小嗜好；一個是沉悶、無趣的丈夫，在仁慈上帝安排的生活中恪盡職守；再就是，兩個漂亮、健康的孩子。沒有比這更平凡的了。我真不知道，有什麼能讓人眼前一亮？

當我回想後來發生的一切，不禁自問：是不是我過於遲鈍，沒有看出查爾斯・斯特里克蘭的不同之處？也許吧。我想，這些年來，我對人情世故有所瞭解，但是，即便當初我認識斯特里克蘭夫婦時就已世事洞明，我對他們的判斷也別無二致。但我已經知道，人是多麼捉摸不定，所以今天，我不會像那年初秋剛回到倫敦一樣，聽到那個消息後，大吃一驚。

回倫敦還不到一天，我就在傑明街碰見了羅絲・沃特芙德。

「你怎麼這麼開心？」我說，「發生什麼事了？」

她笑了，目光閃爍，帶著一絲幸災樂禍。這意味著，她又聽到一個朋友的醜聞，表明這位女作家真是警覺。

「你見過查爾斯・斯特里克蘭了，不是嗎？」

不光她的臉，她的整個身體，都有一種興致勃勃的感覺。我點點頭。我懷疑這個傢伙不是在證券交易所虧大了，就是被公車撞到了。

「是不是太可怕了？他丟下老婆，跟別人跑啦。」

沃特芙德小姐一定覺得，在傑明街的路邊不適合大談這種事，所以，她像個藝術家，只拋出事實，卻堅稱自己並不知底細。而我認為無須介意。但她就是不肯講。

「我告訴你，我什麼也不知道，」面對我感到不安的疑問，她這麼回答，然後，快活地聳聳肩，「我相信，倫敦的哪家茶點店，一定有位姑娘辭職了。」

她衝我一笑，說她和牙醫約了時間，便揚揚得意地走了。這個消息與其說令人懊惱，不如說讓我更感興趣。那些日子，我的親身體驗不是很多，這件事，就像從書中讀到的一樣，讓我倍感興奮。我承認，我已經習慣生活中有這樣的事情了，但當時，還是有點震驚。斯特里克蘭肯定四十了，這樣的年紀卻陷入情場，簡直讓人作嘔。我那時血氣方剛，恃才放曠，認為一個男人陷入愛河而不使自己出醜，三十五歲是大限。這個消息，也讓我有些不安，因為，在鄉下我就寫信給斯特里克蘭夫人，告訴她我返程的日期，並且說，如果她不回信、沒什麼變化，那回來第二天，我去她家喝茶，就是我碰見沃特芙德的這一天，但我沒有收到斯特里克蘭夫人的信。她是要見我還是不見？很有可能，她心情煩亂，將我說的丟在一邊了。也許，我不應該去。但話說回來，她也有可能想瞞著我，如果讓她猜出我已知道這事，那我就太不小心了。我既怕傷害她的感情，又擔心去了讓她心煩，不禁左右為難。我感覺，她現在一定非常痛苦，我不願意看別人痛苦，自己卻無力分憂；但我又想去看看，斯特里克蘭夫人的反應到底怎樣，儘管自己心裡覺得羞愧。唉，真不知道如何是好。

最後，我還是有了主意，我應該像什麼事都不知道似的去她家，先讓女僕進去通報，看斯特里克蘭夫人是否方便。如果她不想見，就會打發我走。儘管如此，當我對女僕這般說時，還是很不好意思。我在幽暗的過道裡等著回話，鼓足了勇氣才沒有溜走。女僕出來了。可能是我太激動，胡思亂想，從女僕的神色看，好像她也都知道主人的家庭變故。

「請這邊走，先生。」她說。

我跟著她進了客廳。百葉窗拉著，室內光線暗淡，斯特里克蘭夫人背對窗戶坐著。她的姊夫麥克安德魯上校，站在一邊，背對著沒有燒旺的壁爐取暖。我來得真不是時候。我想，這一定讓他們始料未及，斯特里克蘭夫人，僅僅是因為忘了我們的約定，才沒把我趕走。我還想，上校一定會大發雷霆。

「我不清楚，你是不是等著我來。」我說，裝作若無其事的樣子。

「當然。安妮就上茶來。」

即便房間裡光線不足，我也看出，斯特里克蘭夫人的臉哭腫了。她的面色，本來就不好，現在更是變成了土灰色。

「你還記得我姊夫吧？假日前，那次晚餐上你見過。」

我們握了握手。我覺得很難為情，不知該說什麼，幸好斯特里克蘭夫人救了我。她問我，暑期怎麼過的，這樣，我終於有話可說，直到茶上來。上校要了威士忌蘇打。

「你最好也來一杯，艾米。」他說。

「不，我還是喝茶。」

這是最初的暗示：發生了不幸的事。我故意佯裝不知，和斯特里克蘭夫人隨便聊著。上校依然站在壁爐前，一言不發。我不知道，什麼時候告辭才好，也很納悶，斯特里克蘭夫人讓我進來到底做什麼。屋子裡沒有從前的鮮花，假期前的東西也沒有重新擺上。一向舒適的房間顯得冷冷清清，給人一種感覺，好像牆那邊停放著死人似的。我喝光了茶。

「要抽菸嗎？」斯特里克蘭夫人問。

她四處看了看，要找菸盒，但沒找到。

「恐怕沒了。」

突然，她淚流滿面，匆匆跑出了房間。

我吃了一驚。我想香菸是她丈夫的，現在一下找不到，這勾起了她的回憶，過去身邊的東西突然沒了，彷彿扎了她一刀。她意識到，過去的生活完了、結束了，昔日的榮光不可能再偽裝。

「我看我該走了。」我起身，對上校說。

「我想，你已經知道那個渾蛋不要她了吧。」他的怒火頓時爆發。

我猶豫了。

「你知道，大家都愛說閒話，」我回答，「有人對我大概說了這事。」

「他跑了。和一個女人去巴黎了。丟下艾米，一分錢都沒留下。」

「非常抱歉。」我說，但不知該說什麼。

上校端起威士忌，一飲而盡。他五十來歲，身材瘦高，留著鬍鬚和白髮。他的眼睛是淺藍色的，嘴巴軟弱無力。我記得上次見面，他就是這副蠢相，吹噓說他離開軍隊以前，一週打三次馬球，十年從未間斷。

「我想，我不該打擾斯特里克蘭夫人了，」我說，「很抱歉，你能告訴她嗎？如果有什麼要做，我願意效勞。」

他沒搭理我。

「我不知道她以後怎麼過。還有孩子。難道讓他們吃空氣？十七年啊！」

「什麼十七年？」

「結婚十七年，」他厲聲說道，「我從來沒喜歡過他。當然，他是我妹夫，我盡量做好。你認為他是紳士嗎？她真不該嫁給他。」

「難道沒有挽回的餘地？」

「她只有一件事可做，就是和他離婚。你剛進來時我就這麼對她說。『把離婚申請遞上去，親愛的艾米，』我說，『為了你，也為孩子。』最好別讓我見到他。我會把他打個半死。」

我不禁想，麥克安德魯上校這麼做可能有困難，因為，印象中斯特里克蘭身強力壯，但我什麼也沒說。這確實痛苦：一個人受到凌辱，卻沒有力量報復。我正想著再向他告辭，這時斯特里克蘭夫人又走進來了。她已擦乾眼淚，在鼻子上撲了粉。

「真對不起，我實在忍不住，」她說，「很高興你沒走。」

她坐了下來。我還是不知道說什麼，不太好意思談和自己無關的事。那時，我還不瞭解女人根深柢固的惡習：與任何願意傾聽的人談論自己的私事。看起來，斯特里克蘭夫人一直在努力控制自己。

「難道，大家都在說這件事？」她問。

我嚇了一跳，我確實像其他人一樣知道她家發生事情了。

「我剛回來。只見過羅絲‧沃特芙德一個人。」

斯特里克蘭夫人緊緊攥著自己的手。

「告訴我，她究竟說了些什麼，」我有些猶豫，她卻堅持，「我非常想知道。」

「你知道別人議論的口氣。這人靠不住，對吧？她說，你丈夫拋棄了你。」

「就這些？」

我沒對她講，羅絲‧沃特芙德說的茶點店姑娘的話。我撒了謊。

「她沒說他跟什麼人一起走的？」

「沒有。」

「我只想知道這個。」

我有些困惑，但無論如何，我該走了。我和斯特里克蘭夫人握手告別時，我說，如果有什麼需要幫忙，我樂意效勞。她勉強一笑。

「非常感謝。我不知道有誰能替我做什麼。」

我不好表達同情，轉身和上校說再見。上校沒有和我握手。

「我也要走了。如果你從維多利亞街走，我和你順路。」

「好，」我說，「那走吧。」

第九章

「真是可怕。」我們走在街上，他說。看得出，他和我一起出來，就是為了和我繼續談論這件事——他和他小姨子已經談了好幾個鐘頭。

「我們不清楚是哪個女人，你知道，」他說，「反正那個渾蛋跑巴黎去了。」

「我還以為，他們感情很好。」

「是啊。你進來之前，艾米還說，他們結婚這麼多年，沒吵過一次架。你瞭解艾米。世上再沒有比她好的女人了。」

既然他把這些祕密和盤托出，那我不妨繼續問問。

「你是說，她根本沒起過疑心？」

「哪有？八月他和她還有孩子，在諾福克度假，和平日裡沒什麼兩樣。我也去待了兩三天，是和我妻子，我還和他打過高爾夫。九月，他回到城裡，去替換他的合夥人。艾米依然待在鄉下。他們在那兒的房子租了六個星期，租約快到了，她給他寫信，告訴他自己哪天回倫敦。但他是從巴黎回的信，說，已經決定不和她過了。」

「他怎樣解釋的？」

「沒有解釋，朋友。那封信我看了。寥寥數語，不到十行。」

「真奇怪。」

說到這裡，車來車往，打斷了我們的話；我們正要穿過馬路。麥克安德魯說這些，聽起來難以置信，我懷疑斯特里克蘭夫人一定有苦難言，對他隱瞞了一些事。很明顯，一個人和妻子生活了十七年，肯定是發生了什麼事，才突然離開；這也使她懷疑，兩人的婚姻生活並不美滿。我正想著，上校趕了上來。

「當然，除了說自己跟一個女人跑了，他沒辦法解釋這事。我想，他認為早晚她會自己弄清楚。這傢伙就是這種人。」

「斯特里克蘭夫人打算怎麼辦？」

「嗯，首先是找到證據。我要親自去巴黎走一趟。」

「那他的生意呢？」

「這正是他的狡猾之處。一年來他的買賣越做越小。」

「他要走，對他的合夥人說了嗎？」

「隻字未提。」

麥克安德魯上校對證券交易一知半解，我更是一竅不通，所以我不太清楚，斯特里克蘭是在什麼情況下退出了他的生意。我聽說，他的合夥人氣急敗壞，揚言要告他。看來，要搞定這一切，他的口袋要少四、五百英鎊。

「幸好房子裡的全部家當都在艾米名下。她至少還有這些。」

「剛才你說，他一分錢也沒給她留下，是真的？」

「當然。她手頭只有兩三百英鎊，和那些家具。」

「那她怎樣生活？」

「天知道。」

事情變得更加複雜，上校怒火中燒，罵個不停，但顛三倒四，似乎並不是為了告訴我什麼，而只圖發洩。謝天謝地，他看到陸海軍商店上面的大鐘時，忽然想起約好了要去俱樂部打牌。於是，他和我分手，穿過聖詹姆斯公園，自己走了。

第十章

沒過一兩天，斯特里克蘭夫人給我捎來一張便條，問我晚餐後能否去看她。我發現她獨自在家。她穿著黑色禮服，非常樸素，就彷彿家裡死了人。我那時年少天真，感到非常驚訝：儘管她傷心至極，著裝卻依然遵循禮儀。

「你說過，要是我有事，你願意幫忙。」她說。

「沒錯。」

「那你願意去巴黎找查理[1]嗎？」

「我？」

我嚇了一跳。我想我只見過斯特里克蘭一面，不明白她讓我去做什麼。

「弗雷德要去，」弗雷德就是麥克安德魯上校，「但我覺得他不合適。他只會把事情搞砸。真不知道該請誰去。」

她的聲音有些顫抖，我覺得要是再不答應，就太殘忍了。

「但我和你丈夫說過的話，連十句都不到。我們不熟。很有可能，他不理我，說，見鬼去吧。」

「那又傷不了你。」斯特里克蘭夫人說著，笑了。

「你讓我去，要做些什麼？」

她沒有搭話。

「我覺得，他和你不熟，反而更好。你知道，他很不喜歡弗雷德。他覺得弗雷德是笨蛋，查爾斯不吃軍人那一套。弗雷德會勃然大怒，他們會大吵一架，事情不但辦不好，反而更糟。但如果你說，你是代表我去的，他不會拒絕和你談談。」

「我和你們剛認識不久，」我回答說，「除非知道整個情況，不然很難辦。我不好打聽和自己無關的事，為什麼你不自己去找他呢？」

「你忘了，他不是一個人。」

1. 查理（Charlie）：查爾斯（Charles）的暱稱。小說第十章、四十七章、五十八章中均出現。

我沒說話。我彷彿看見，自己去拜訪查爾斯．斯特里克蘭，遞上我的名片；他走進房間，用大拇指和食指捏著它——

「請問，有何貴幹？」

「我來和你談談，你夫人的事。」

「是吧。如果你年紀再大一點，肯定會懂得，不該多管閒事。如果你把頭稍稍向左轉，就會看到，那邊有一扇門。再見！」

可以想見，走出來時，我是多麼不體面。真希望晚回倫敦幾天，等到斯特里克蘭夫人處理好這事再回。我瞥了她一眼。她正陷入沉思，很快，又把頭抬起來，歎口氣，笑了一下。

「真是意想不到，」她說，「我們結婚十七年了。做夢也想不到，查理居然這樣，會迷上別的女人。我們感情一直很好。當然，我有許多興趣愛好，他沒有。」

「你知道是誰嗎？」——我不知道該怎麼講——「那個人是誰，和他一起走的？」

「沒有。好像誰都不是。太奇怪了。一般來說，男人如果愛上什麼人，總會被發現，出去吃飯什麼的。而妻子的朋友，總會把這些事告訴她。沒有人提醒我——什麼也沒有。他的信，彷彿青天霹靂。我還以為，他和我一直過得很好呢。」

她哭了起來。可憐的人兒，我真為她難過。不一會兒，她又平靜下來。

「不該讓人家笑話我，」她擦了擦眼睛，說，「唯一要做的，是盡快決定該怎麼辦。」

她繼續說著，有些語無倫次；一會兒說剛發生不久的事，一會兒又說他們的初戀和婚姻。不過，這樣一來，他們的生活，在我腦海裡逐漸形成了一幅清晰的畫面。原來，我過去的猜測，並沒有錯。斯特里克蘭夫人，是印度文官的女兒；她的父親退休後，在偏僻的英國鄉下定居，每年八月會帶全家到伊斯特本換換空氣；就是在那裡，她認識了查爾斯．斯特里克蘭。那年她二十歲，斯特里克蘭二十三歲。他們一起出遊，一起在海邊散步，一起聽黑人流浪歌手唱歌；在他正式求婚前的一個星期，她已決定要嫁給他。在倫敦，他們定居下來，剛開始住在漢普斯特德，後來生活好了，便搬到城裡，生了兩個孩子。

「他好像很喜歡他們。即使對我厭倦了，但怎麼能忍心拋棄孩子？真是不可思議。到現在我都不敢相信，這是真的。」

後來，她把他的信拿給我看。本來我很好奇，想知道，但一直不好意思問。

親愛的艾米：

我想你會發現，家中一切，都安排好了。你吩咐安妮的事，我已轉告，等你和孩子回到家，晚飯會為你們準備好。我不能接你們了。我已決定離開你，明早就去巴黎。這封信，我到了之後會寄出。我不會再回來了。去意已決，不容更改。

你永遠的，

查爾斯・斯特里克蘭

「沒一句解釋，沒一絲愧疚。這還是人嗎？」

「這樣看來，確實很奇怪。」我回答。

「只有一種解釋，他真的變了。我不知道，是哪個女人控制了他，卻把他變成了另一個人。很明顯，已經很長時間了。」

「為什麼這麼說？」

「弗雷德發現的。我丈夫總是說，每星期他去俱樂部打三、四個晚上的橋牌。弗雷德認識那個俱樂部的一個會員，有一次，和他說起查爾斯打牌的事。這個人非常驚訝，他說，他從未在那兒見過查爾斯。很明顯，我以為他在俱樂部，實際上，他是在和那個女人鬼混。」

我沉默良久。又想起他們的孩子。

「這事很難向羅伯特解釋。」我說。

「哦，我對他們隻字未提。你知道，我們返程的第二天，他們就回學校了。我還算冷靜，告訴他們，父親出差了。」

心裡藏著如此意外的祕密，卻能裝作漫不經心、若無其事，很不容易；還得集中精神，打點孩子上學，真是煞費苦心。斯特里克蘭夫人又哽咽了。

「他們以後可怎麼辦啊，可憐的寶貝？我們怎麼活啊？」

她盡力控制自己，我看到她的手一會兒握緊，一會兒鬆開，這種痛苦太可怕了。

「如果你覺得我能辦妥，我可以去巴黎，但你要告訴我，你要我去幹什麼。」

「我想要他回來。」

「我聽麥克安德魯上校說，你決定跟他離婚。」

「我永遠也不會跟他離婚，」她突然惡狠狠地說，「把我的話告訴他，他永遠也別想和那個女人結婚。我和他一樣，非常固執，我永遠也不跟他離婚。我要為孩子著想。」

我想，她最後說的，是為了向我表明她的態度，但我認為，這是出於嫉妒，而非母愛。

「你還愛他嗎？」

「不知道。我要他回來。如果回來，可以既往不咎。畢竟，我們做了十七年的夫妻。我是寬宏大量的女人，不會介意他做了什麼，只要我不知道。他應該清楚，這種迷戀不長久。如果他現在就回來，一切都可以敷衍過去，誰也不會知道。」

斯特里克蘭夫人對流言蜚語這般在意，讓我有些心寒，因為，當時我還不明白，他人的意見對女人的生活，關係如此重大。我認為這種態度，會在她們深切的情感上，投下不真誠的陰影。

斯特里克蘭住的地方，家裡人知道。他的合夥人曾透過斯特里克蘭存款的銀行，給他寫過一封措辭嚴厲的信，責罵他銷聲匿跡；斯特里克蘭在回信中冷嘲熱諷，說在哪兒可以找到他。他顯然住在一家旅館。

「我沒聽說過這地方，」斯特里克蘭夫人說，「但弗雷德非常熟悉。他說，這家很貴。」

她的臉漲得通紅。我猜，她彷彿看見丈夫住在豪華的房間裡，在一家家高檔的餐廳吃飯。她想像他過著花天酒地的生活，天天去賭馬、夜夜逛劇場。

「像他這樣的年紀，不能老這樣，」她說，「畢竟，四十歲的人了。如果是年輕人，倒可以理解，但這年紀，就太可怕了，孩子都快長大了。再說，他的身體也吃不消。」

憤怒與痛苦，在她胸中搏鬥。

「告訴他，他的家在召喚他。家裡什麼都沒變，但也都變了。沒有他，我活不下去。我寧願自殺。跟他談談從前，談談我們的往事。如果孩子問起，我該怎麼對他們說？他的房間還跟他走之前一模一樣。他的房間在等他。我們都在等他。」

我去巴黎該說什麼，她都教我了。甚至，他可能問什麼、我應該答什麼，她也一一說了。

「你會為我盡力辦好這件事，對吧？」她可憐兮兮地說，「告訴他，我現在的狀況。」

看得出，她希望我使出渾身解數，博取他的同情。她哭個不停。我難過極了。斯特里克蘭的冷酷、殘忍，讓我非常氣憤；我答應一定盡我所能，帶他回來；再過一天我就起程，不把事情辦妥，絕不回來。這時，天色已晚，我們說得激動，都已筋疲力盡。我起身離開。

第十一章

旅途中，我對自己巴黎之行的使命，疑慮重重。現在，我已看不到斯特里克蘭夫人痛苦的模樣，可以更從容地考慮這件事。我發覺，她的行為有些矛盾，這讓我疑惑不解。她很不幸，但為了引起我的同情，她向我表演她的不幸。顯而易見，她準備大哭一場，因此準備了好多條手帕；我很欽佩她的深謀遠慮，然而現在回想起來，她眼淚的分量變輕。我說不準，她讓丈夫回來，是因為愛他，還是怕招人議論；我也懷疑，愛的痛楚是否摻雜著虛榮心受傷的痛苦，這對我年輕的心靈來說，簡直齷齪。我那時還不懂得，人性有多矛盾；我不知道，真誠中有多少虛偽、高尚中有多少卑鄙，或者，邪惡中有多少善良。

但是，我的巴黎之行本來就有些冒險，我離目的地越近，情緒就越高漲。我也反觀自己，就像在演戲，我對自己的角色非常滿意：一個值得信賴的朋友，要把誤入歧途的丈夫，帶回給寬宏大量的妻子。我決定，第二天晚上去找斯特里克蘭，因為本能驅使我精心挑選了這一時間。在飯前想說服一個人，幾乎不可能。我自己就常常憧憬愛情，但只有在茶餘飯後，才有力氣幻想美滿生活。

我在我住的旅館打聽查爾斯·斯特里克蘭的住處。那裡叫比利時旅館。但出乎意料，門房說沒聽過。我聽斯特里克蘭夫人說過，這家旅館很大、很豪華，在里沃利大街後面。我們在旅館名錄中找。叫這個名字的旅館只有一家，在摩納街[1]。它既不時尚，也不是有錢人住的地方。我搖搖頭。

「肯定不是這家。」我說。

門房聳了聳肩。巴黎再沒叫這名字的旅館了。我想，斯特里克蘭隱瞞了自己的住址。他給合夥人的那個，也許是在捉弄他。我不知道，這是不是顯示了斯特里克蘭的幽默感，他把一個怒不可遏的證券經紀人，騙到巴黎一條下三爛的街道、臭名遠揚的房間，讓他

1. 摩納街（Rue des Moines），巴黎第十七區，議會宮 - 凱旋門地區。

白跑一趟。不過，我覺得，還是去看看。第二天六點左右，我叫了輛馬車，到了摩納街。我在街角下了車，想走到旅館，在外面看看再進去。這條街的兩邊，都是為窮人開的小店，走進去一半，路左邊就是比利時旅館。我住的旅館很一般，但和這家相比，氣派多了。這是棟高樓，破舊不堪，多年沒有翻修過，但兩邊的房子整潔乾淨。旅館髒兮兮的窗戶，全都關著。查爾斯・斯特里克蘭顯然不會找這麼個地方，和那位讓他拋棄了榮譽與責任的美女在此尋歡作樂。我非常惱火，覺得自己被耍了，差點兒問都不問，就想扭頭走人。之所以進去，不過是為了向斯特里克蘭夫人有個交代，我仁至義盡了。

旅館在一家商店旁邊。門開著，一進去有塊牌子寫著：櫃檯在二樓。沿著狹窄的樓梯走上去，我看到一間用玻璃隔起來的小房間，裡面有一張辦公桌、幾把椅子。隔間外面，有一條長凳，可能是給門房晚上睡覺用的。四下無人，但我在一個電鈴按鈕下看到兩個字：接待。我按了一下，很快侍者來了。這是一個年輕人，賊眉鼠眼，滿臉慍怒，穿著短袖和拖鞋。

我不知道，為什麼自己問起話來，要故意裝作漫不經心。

「斯特里克蘭先生住這兒吧？」我問。

「三十二號，六樓。」

我大吃一驚，一時說不出話來。

「他在嗎？」

侍者看了看小隔間裡的一塊木板。

「他的鑰匙不在這兒。自己上去看吧。」

我想，不妨再投石問路。

「夫人在嗎？」

「只有先生。」

上樓梯時，侍者一直用懷疑的目光打量我。樓梯昏暗不堪，汙濁的氣味撲鼻而來。走到三樓，一扇門開了，一個女人穿著睡衣、披頭散髮，默默地看著我。終於，走到六樓，我敲了敲三十二號房門。屋子裡響動了一下，門打開了一條縫。查爾斯·斯特里克蘭出現在我面前。他一言不發，分明沒認出我來。

我自報家門，盡量顯出非常輕鬆的樣子。

「你不記得我了？去年七月我在你家吃過飯。」

「進來吧，」他愉快地說，「很高興見到你。坐吧。」

我走了進去。這是一個很小的房間，被幾件所謂法國路易·菲利浦式樣的家具擠滿了。一張大木床、上面堆著鼓囊囊的大紅鴨絨被，一個大衣櫃，一張圓桌，一個很小的臉盆架，兩把軟墊椅子、裹著紅色稜形平紋布。一切都又髒又舊。麥克安德魯上校煞有介事描述的那種浪蕩浮華，連個影子也沒有。斯特里克蘭把椅子上胡亂堆放的衣服扔到地上，讓我坐下。

「有什麼事嗎？」他問。

在這個小房間裡，他顯得比我印象中的更加高大。他穿著一件破舊的諾福克夾克[2]，鬍子拉碴，好多天沒刮。我上次見他，他整潔一新，但看上去並不自在；現在，他這般邋遢，卻神態自若。我不知道，他聽了我要講的一番話後，會作何反應。

「我是代你妻子來看你的。」

「晚餐前我要出去喝一杯。來得正好。喜歡苦艾酒嗎？」

「還可以。」

「那走吧。」

他戴上圓頂禮帽——這個也早該洗洗了。

「我們可以一起吃飯。你還欠我一頓飯呢。」

「當然。就你一個人嗎？」

我真是聰明，這麼重要的問題，我居然能問得不著痕跡。

「哦，是的。說真的，我已經三天沒有說話了。我的法文不夠道地。」

當我走在前面、下了樓梯，想起茶點店的那位姑娘來，不知道她怎樣了。是他們吵架分手了，還是他的熱情已過？看起來，似乎不大可能：他謀畫了一年，就是為了讓自己陷入絕境。

我們走到克里希大街，在一家大咖啡館露天的桌子中找了一張，坐了下來。

2. 諾福克夾克（Norfolk jacket），一種衣長齊臀，寬鬆舒適，帶腰帶的單排扣外套，通常以格子呢製成。

第十二章

這會兒，正是克里希大街人頭攢動的時刻，只要想像豐富，就能在來來往往的行人中，發現許多庸俗貪婪的浪漫。小職員、女售貨員，彷彿是從巴爾札克筆下走出的老式人物，憑藉人性的弱點賺錢的各色男女。在巴黎的一些貧民區，街道上總是熙熙攘攘，充滿勃勃生機，讓人血脈賁張，靈魂隨時靜等著出人意料的事情發生。

「巴黎你熟嗎？」我問。

「不熟。我們度蜜月時來過。我自己從沒來過。」

「那你怎麼找到這家旅館的？」

「別人介紹。我要便宜點的。」

苦艾酒上來了，我們一本正經，把水澆在融化的糖塊上。

「我想，我還是說說，為什麼來找你吧。」

我開門見山，卻不無尷尬。

他眨了眨眼睛。

「我知道，早晚會有人來的。艾米給我寫了很多封信。」

「那我要講什麼，不說你也清楚。」

「那些信，我都沒看。」

我點燃一根菸，好給自己一點思考的時間。但這時，卻不知該怎麼完成使命了。一路上想好的雄辯措辭，或憤怒、或委婉，在克里希大街一下失靈了。突然，他咯咯地笑了起來。

「真是可惡的差事，對吧？」

「哦，不知道。」我回答。

「那好，聽我的，都忘了吧，這樣，我們就可以好好玩一個晚上。」

我有些遲疑。

「你想過沒有，你的妻子非常難過？」

「她會想通的。」

他說話的冷漠神情，簡直難以形容。這讓我很難堪，只能盡力掩飾。我學我叔叔亨利的腔調說話；他是牧師，平常請親戚給候補助理牧師協會捐款時，就是這種口氣。

「你不介意我直來直往吧？」

他搖搖頭，笑了。

「你這樣對她，應該嗎？」

「不應該。」

「她有什麼不好？」

「沒有。」

「那你們結婚十七年，你又挑不出她什麼毛病，這樣拋棄她，你不覺得很惡劣嗎？」

「惡劣極了。」

我感到吃驚，瞥了他一眼。無論我講什麼，他都滿口應承，這就沒轍了。我的處境，忽然變得非常複雜，更別提有多可笑了。本來，我想說服他、打動他、勸導他、警告他，曉之以理，必要時，還會斥責他、咒罵他、挖苦他；但是，當罪人對自己的罪行供認不諱，勸導的人又能如何？在這一點上，我沒有經驗，因為，換我自己做錯了事，總是矢口否認。

「還有什麼要說的？」斯特里克蘭說。

我撇了撇嘴。

「嗯，你都承認了，好像就是沒什麼可說。」

「我想是吧。」

我感覺出師不利，有些惱火。

「豈有此理，總不能一分錢不給，就把女人甩了吧。」

「為什麼不能？」

「她怎麼生活？」

「我已經養了她十七年。她為什麼不能變一變，自己養自己？」

「她不行。」

「讓她試試。」

當然，有許多道理我可以講。我可以談婦女的經濟地位，談男人婚後心照不宣或顯而易見應盡的義務，很多很多，諸如此類；但我認為只有一點，是重要的。

「難道，你不愛她了？」

「一點都不愛了。」他回答。

這個問題，對我們雙方來說，都很嚴重，然而他的回答顯得輕描淡寫，厚顏無恥；

為了使自己不笑出來，我拚命咬住嘴唇。我一再提醒自己，他的行為極其可惡。我絞盡腦汁，終於讓自己變得義憤填膺。

「他媽的，你得想想孩子。他們可沒做對不起你的事。他們不是自己要來這個世界的。像你這樣不管不顧，他們肯定會流落街頭。」

「他們已經好好生活了很多年。大多數孩子沒這麼好命。再說，總有人會養活他們。必要時，麥克安德魯夫婦可以供他們上學。」

「可是，你難道不喜歡他們嗎？多可愛的兩個孩子啊。你的意思是，你不想再為他們承擔任何責任嗎？」

「他們小的時候我確實喜歡，現在長大了，沒什麼好牽掛的。」

「簡直太沒人性了。」

「我看也是。」

「你看來一點也不覺得羞恥。」

「是不覺得。」

我想改變一下策略。

「誰都會認為，你是個十足的蠢貨。」

「隨他們怎麼說。」

「所有人都討厭你、鄙視你，你也無所謂嗎？」

「無所謂。」

他的回答簡短、輕蔑，讓我的問題顯得非常荒謬，儘管這些問題似乎很有道理。我思量了一兩分鐘。

「我懷疑，假如一個人知道自己的親朋好友都反對自己，他還能不能心安理得？你真的就無動於衷？是人都有良知，早晚你會後悔的。即使你的妻子死了，你也不後悔？」

他沒有說話。我等了一會兒，想讓他開口。最後，還是我自己先說話。

「你有什麼要說的？」

「我只想說一句：你笨得可以。」

「無論如何，法律會讓你撫養你的妻子兒女，」我有些生氣地說，「我想法律會為他們提供保護。」

「法律能從石頭裡榨出油來嗎？我沒錢，就一百英鎊。」

我更加困惑了。當然，他住那麼便宜的旅館，經濟狀況可想而知。

「錢花完了怎麼辦？」

「再去賺一些。」

他非常冷靜，眼睛裡始終充滿嘲諷，彷彿我說的一切都是蠢話。我停了一會兒，考慮接下來說什麼。但這次，他先開口了。

「為什麼艾米不能再嫁人呢？她還年輕，也算漂亮。我可以推薦一下：她是個賢妻。如果她想跟我離婚，我完全可以順著她、依著她。」

現在，輪到我發笑了。他很狡猾，不過，顯然是有目的的。出於某種原因，他必須隱瞞自己和一個女人私奔，閉口不提她的行蹤。於是我也變得斬釘截鐵。

「你妻子說，不管你怎樣，她都不會和你離婚。她打定主意了。我勸你，還是死了這條心吧！」

他非常驚訝地看著我，顯然不是在假裝。笑容從他的嘴角消失了，他很認真地說：

「但是，親愛的朋友，我才不管她怎樣呢。她離也好、不離也罷，我都無所謂。」

我笑了起來。

「哦，算了吧！別把我們當傻瓜。碰巧我們知道，你是和一個女人一起來的。」

他愣了一下，隨即哈哈大笑。笑得那麼響，旁邊的人都好奇地轉過頭來，甚至有人跟著笑起來。

「這沒什麼好笑。」

「可憐的艾米。」他還在笑，齜牙咧嘴地說。

然後，又滿臉不屑的樣子。

「女人的腦子真可憐！愛，就知道愛。她們以為，男人離她而去，是因為有了別人。你覺得我是這樣的傻瓜嗎，把為一個女人做過的事，再做一遍？」

「你是說，你離開妻子，不是因為另一個女人？」

「當然不是。」

「你敢發誓？」

我不知道，為什麼自己要這樣講。真是幼稚。

「我發誓。」

「那麼，上帝作證，你究竟為什麼離開她？」

「我想畫畫。」

我直直地盯著他。我不明白。我想他瘋了。讀者務必記住，我這時還很年輕，面前坐著的，是一個中年人；而我驚詫不已，什麼都忘了。

「但你已經四十歲了。」

「正因為這個才想。再不開始就晚了。」

「你從前畫過畫嗎？」

「小時候我很想當畫家，但父親叫我去做生意，他說，學藝術，沒前途。一年前我開始畫一點。去年我一直在上夜校。」

「斯特里克蘭夫人以為你在俱樂部打橋牌，其實都是在夜校？」

「對。」

「你為什麼不告訴她？」

「我覺得，還是不知道的好。」

「你會畫了嗎？」

「還不行。但會學會的。正因為這個，我才來巴黎。在倫敦，我得不到我想要的東西。這裡也許可以。」

「你認為，像你這麼大年紀學畫，可以嗎？大多數人都是十八歲開始。」

「如果十八歲學，肯定比現在快些。」

「你怎麼覺得自己有繪畫的才能？」

他沒有馬上回答我的問題。目光停在過往的人群上，但我覺得他什麼也沒看見。就是回答了，也跟沒回答一樣。

「我必須畫畫。」

「這樣做，是不是在碰運氣？」

他望著我，眼睛裡有一種奇怪的神色，讓我感到很不爽。

「你多大了？二十三歲？」

我覺得他離題了。像我這樣的年輕人碰碰運氣，再自然不過；但是，他的青春早已不再，有孩子有老婆，是個體面的證券經紀人。於我自然的東西，於他卻顯得荒謬。但我還是想盡量公平。

「當然，奇蹟也許出現，你會成為大畫家。但必須承認，這種可能，微乎其微。如果最終你不得不承認全搞砸了，可就後悔莫及了。」

「我必須畫畫。」他又重複了一遍。

「要是頂多你只能當個三流畫家，是不是還要孤注一擲？不管怎樣，如果是其他行業，你才華平平，關係不大，可以得過且過；但是，當一個藝術家，完全不同。」

「你他媽真是個傻瓜。」他說。

「我不知道你為什麼這麼說，除非我言過其實。」

「我告訴你，我必須畫畫。我身不由己。一個人掉進水裡，他游泳游得好不好沒關係，反正他得掙扎，不然就得淹死。」

他的聲音富有激情，我不由自主地被打動了。我感覺在他體內，彷彿有一股猛烈的力量奮力掙扎；這股力量強大無比，壓倒一切，好像違背他自己的意志，將他緊緊地攫住。我無法理解。他似乎真的被魔鬼附身了，很可能，突然就會被撕得粉碎。但表面上看來，他卻再普通不過。我的目光，好奇地落在他身上，他卻毫不緊張。我不知道，一個陌生人會怎樣看他：他坐在那裡，穿著破舊的諾福克夾克，戴著早該換洗的圓頂禮帽；他的褲子鬆鬆垮垮，他的指甲未修乾淨；他的臉鬍子拉碴，一雙小眼睛，高高翹起的大鼻頭，顯得既笨拙又粗俗；他的嘴很大，嘴唇很厚，給人一種耽於色欲的感覺。唉！我不知道該怎麼評判他。

「你不打算回妻子身邊了？」最後我開口說。

「死也不回。」

「但她願意不計前嫌，從頭來過。她不會說你的。」

「讓她見鬼去吧。」

「你不在乎別人把你當成徹頭徹尾的壞蛋嗎？你不在乎妻子兒女去要飯嗎？」

「毫不在乎。」

我沉默了片刻。為了讓自己的話顯得有分量，我故意把一個個字咬得真真切切：

「你真是個不折不扣的渾蛋！」

「心裡話終於說出來了，好，我們去吃飯吧。」

第十三章

也許，我拒絕他的邀請比較合適。我想，如果我回去向他們彙報，應該把自己真實的氣憤表演一番，我怎樣一口拒絕了和這種人共進晚餐，至少麥克安德魯上校會記我的好。但是，我總擔心，一直這麼道貌岸然地演下去，我演不好，也會害臊；而且，這對斯特里克蘭不會產生作用，這樣，我便更難開口推辭。只有詩人和聖賢才會相信，在柏油馬路上辛勤澆灌，能培育出百合花來。

我付了酒錢，和他走到一家廉價的小餐館，這裡擁擠熱鬧，我們大吃起來。我是因為年輕、胃口好，他則由於良心麻木。然後，我們進了一家酒館，喝咖啡和利口酒。

關於巴黎之行，我要說的話已全部說盡，雖然沒有繼續調查——這對斯特里克蘭夫人來說是背叛，但我實在無法和斯特里克蘭的冷漠相抗衡。只有女人才會反反覆覆做同一件事，而且熱情不減。而我安慰自己，盡量瞭解斯特里克蘭的內心是有用的。我對這一點其實更感興趣。但這並非易事，因為斯特里克蘭並不能說善道。他講起話來很困難，彷佛語言根本不是用來表達自我的工具；所以，你必須透過那些陳詞濫調、粗俗俚語以及模糊不清的手勢，來猜測他內心的意圖。儘管他說不出什麼高深的話來，但他性格中的某種東西，卻讓他顯得不那麼乏味。也許，是因為真誠。他似乎對首次見到的巴黎（不算他和妻子度蜜月的那次）並不在意，對那些異常新奇的景象，毫不詫異。我來巴黎上百次了，每次都興奮不已，走在巴黎的街頭，始終感覺隨時都會有驚險或奇遇。斯特里克蘭卻不為所動。現在想來，我認為他什麼也看不到，他看到的，只是一些讓他靈魂不安的幻景。

這時，發生了荒唐的事。小酒館裡有幾個妓女，有的和男人坐在一起、有的獨自坐著；不一會兒，我就注意到，有一個瞄著我們。當她的目光撞上斯特里克蘭的目光，她笑了。但我想他並沒有看見她。不一會兒她出去了，很快又回來，經過我們身邊時，她很有禮貌地請我們給她買喝的。她坐下，我和她聊起來，但她的目標顯然是斯特里克蘭。我向她解釋，他只懂幾個法文單詞。但她還是要和他說話，一半手勢，一半外國人說的那種好像更容易讓人懂的蹩腳法語，還有幾句英語。有的話只能用法語講，她就讓我幫她翻譯，然後眼巴巴地問我，他說的什麼意思。他的脾氣不錯，甚至覺得事情好笑，但他對她沒半點意思。

「我想你征服人家了。」我笑了起來。

「我才不願意被奉承呢。」

如果換做我，我會感到尷尬，也不可能坐懷不亂。這個女人長著一雙笑眼，迷人的嘴巴，年紀也很輕。我感到奇怪，斯特里克蘭有什麼吸引她。她放得很開，什麼都說，我繼續翻譯。

「她想讓你帶她回家。」

「我不需要任何女人。」他回答。

我盡量把他的話翻譯得委婉；我覺得拒絕這種邀請並不禮貌。我說，他是因為沒錢才拒絕的。

「但我喜歡他，」她說，「告訴他，是為了愛。」

我把她的話翻譯過來，斯特里克蘭很不耐煩地聳了聳肩。

「告訴她，讓她去死吧。」他說。

他的態度十分清楚地表明了他的意思，女孩子猛地把頭往後一揚。也許她脂粉下的臉也紅了。她站了起來。

「這位先生真不懂禮貌。」她說。

她走出了酒館。我有些氣惱。

「有必要這樣侮辱她嗎？」我說，「不管怎樣，她這樣做，是看得起你。」

「這種事，教我噁心。」他粗暴地說。

我好奇地看著他。他的臉上確實是厭惡的神情，但這卻是一張盡顯粗鄙而肉欲的臉。我猜，那個女孩子一定是被他的這種野蠻吸引了。

「我在倫敦，什麼樣的女人沒見過。來巴黎不是為了這個。」

第十四章

回倫敦的途中，關於斯特里克蘭，我想了很多。我該怎麼對他妻子講，得理出一個頭緒來。事情辦得不盡人意，我想像得出，她不會對我滿意，連我自己都不滿意。斯特里克蘭讓我迷惑。我不明白他的動機。當我問他，是什麼讓他萌生了學畫的念頭，他說不清楚，或者不願說，我不得而知。我試著這樣解釋：在他乏味的心靈中，漸漸產生了一種模糊的反叛意識；但是，一個不容置疑的事實，卻推翻了上述解釋：他對自己過去的單調生活從未流露出厭煩之情。如果只是無法忍受無聊的生活，才立志當畫家，進而掙脫沉悶生活的枷鎖，這可以理解，也很平常；但問題在於，我覺得他並非如此。最後，因為我的浪漫，我想出了一種解釋，儘管顯得牽強，卻是唯一讓我感到滿意的解釋。這就是：在他的靈魂中，也許有著深層的創作本能，儘管他的生活遮蔽了它，它卻無情地瘋長，像癌症一樣擴大到細胞組織，直至占據了他整個人，使他無法抗拒，必須採取行動。杜鵑把蛋下在別的鳥窩裡，當雛鳥孵出，牠就會把人家的孩子從窩裡擠出去，最後，還把窩掀翻。

但是，多麼奇怪，這種創作的本能，居然會抓住這個遲鈍的證券經紀人，讓他身敗名裂，也讓依賴他生活的家人可能陷入不幸；不過，比起上帝的旨意讓人臣服來，倒也不足為奇，這些人有錢有勢，上帝對他們緊追不捨，直到最終將他們征服，讓他們放棄世俗之情、男歡女愛，甘心到修道院中過淒苦清靜的生活。皈依，有時以不同的形態出現，也可以透過不同的方式實現。有些人，是激變，彷彿憤怒的激流把石塊瞬間化作齏粉；另一些人，則是漸變，好比日積月累，水滴石穿。斯特里克蘭，有著盲信者的直接和使徒般的狂熱。

但以我務實的眼光來看，他的激情，能否創作出有價值的作品，還有待觀察。我當時問他，在倫敦夜校學畫的同學怎麼看他的畫，他笑了笑說：

「他們覺得，我在亂搞。」

「那你在這邊也去學畫了嗎？」

「去了。今天早上那個笨蛋還來過呢——我是說那個老師，你知道；他看了我的畫，眉頭一皺，一言不發就走了。」

斯特里克蘭咯咯地笑起來。他似乎並不灰心。別人的意見對他毫無影響。

在和斯特里克蘭的來往中，正是這一點使我不安。有人也說他們不在乎別人對自己的看法，但這多半是自欺欺人。一般而言，他們能夠自行其是，是因為別人看不出他們的怪異想法，最多因為三五知己的支持，他們才敢一意孤行。如果一個人的離經叛道切合他所在階層的行事作風，那他在世人面前違反常規倒也不難。這會讓他揚揚得意。既標榜了自己的勇敢，又不用擔風險。但是，想讓別人認可，這或許是文明人最根深柢固的本能。一個標新立異的女人，一旦冒犯了禮儀，招惹了明槍暗箭的非議，沒誰比她跑得更快，去尋求體面的庇護。那些告訴我，自己毫不在乎別人看法的人，我絕不相信。這只不過是無知，虛張聲勢。他們的意思僅僅是：他們不怕別人非議，因為他們確信沒有人會發現。

但是，這裡真有一個不在乎別人看法的人，傳統對他無可奈何。他就像是一個身上抹油的摔角手，你根本抓不住他；這就給了他自由，讓你火冒三丈。我還記得，我對他說：

「你看，如果每個人都像你這樣，地球就不轉了。」

「真是蠢話。不是每個人都會像我這樣。大多數人，平平淡淡，知足常樂。」

有一次，我想挖苦他。

「有一句格言，你肯定不相信：凡人一舉一動，必是社會準則。」

「沒聽過，純粹瞎扯。」

「嗯，這是康德說的。」

「隨你，反正是瞎扯。」

就是這麼個人，你指望他良心發現，根本沒用。這就像不用鏡子，卻想照出自己一樣。我認為，良心，是心靈的守門人，社會要向前發展，就必然制訂一套規矩禮儀。它是我們心中的警察，它就在那兒，監視著我們，不能違反。它是自我中心的間諜。世人想讓別人認可自己的欲望如此強烈、害怕別人指責自己的恐懼如此劇烈，結果適得其反，引狼入室；而它就在那裡監視，高度警惕，保衛著主人的利益，一旦這個人有了半點脫離群體的想法，馬上就會受到它的斥責。它逼迫每一個人，把社會利益置於個人之上。它把每個人，牢牢繫於整體之上。而人，總會說服自己，相信某種群體利益大於個人，結果淪為這個主子的奴隸。他將自己放在榮譽的寶座上。正如弄臣奉迎皇帝按在他肩頭的御杖一樣，最後，他也為自己有著敏銳的良心而倍感驕傲。於是，對那些違背良心的人，他會覺得，可以任意責罵，因為，他已是群體的一員，他很清楚，已經沒有什麼能反對他了。當我看到，斯特里克蘭對良心的譴責無動於衷，我就像碰見了一個可怖的怪物，嚇得毛骨悚然，只能倉皇退縮。

那晚，我向他告別時，他最後對我說的話是：

「告訴艾米，來找我沒用。總之，我要搬走了，她找不到的。」

「我覺得，她擺脫你滿好的。」我說。

「朋友，我就希望你能讓她看清這一點。可惜，女人都很蠢。」

第十五章

當我回到倫敦，一封急信已在等我，教我晚飯後就去斯特里克蘭夫人家。麥克安德魯上校和他夫人，早都到了。斯特里克蘭夫人的姊姊，比她大幾歲，樣貌和她差不多，只是更老些；她顯得精明能幹，彷彿整個大英帝國都揣在她的口袋裡；這些高級官員的太太，深知自己身分尊貴，所以總這般神氣。她神情活潑，她的教養幾乎無法隱藏她的信念：如果不是軍人，你連一個站櫃臺的都不如。她討厭近衛隊，認為他們太自負；她不屑談論這些官員的老婆，認為她們缺乏禮數。她衣著俗氣，但價錢昂貴。

斯特里克蘭夫人顯得十分緊張。

「好，快說說你帶回來的消息吧。」她說。

「我見到你丈夫了。恐怕，他已打定主意，不回來了。」我停了一會兒，「他想畫畫。」

「你說什麼?!」斯特里克蘭夫人大叫起來，驚訝極了。

「難道你完全不知道他喜歡畫畫？」

「簡直是精神錯亂了。」上校大喊道。

斯特里克蘭夫人皺了皺眉頭，苦苦地在記憶中搜索。

「我記得結婚前，他經常帶著個顏料盒四處遊蕩。但是，他真畫得不怎麼樣。我們常常取笑他。這種事，他絕對沒什麼天賦。」

「當然，這只是藉口。」麥克安德魯夫人說。

斯特里克蘭夫人又仔細想了一會兒。很清楚，她對我帶回來的消息難以理解。現在，她已把客廳稍稍收拾了一番，家庭主婦的本能戰勝了沮喪，這裡，不像出事後我第一次看到的那樣冷冷清清，彷彿是帶家具的出租屋；但是，在我和斯特里克蘭巴黎會面之後，卻很難想像，他是這種環境裡的人了。我覺得，他們也不會沒有察覺，斯特里克蘭和這裡，已經沒多大關係了。

「可是，如果他想當畫家，為什麼不告訴我呢？」後來，斯特里克蘭夫人問，「我想，對於這種抱負——我不會不支持。」

麥克安德魯夫人咬緊了嘴唇。我猜，她妹妹喜好結交文人雅士的嗜好，她從來都不贊成。一說到「文藝」這個詞，她就冷嘲熱諷的口氣。

斯特里克蘭夫人繼續說：

「不管怎樣，如果他有天賦，我會第一個支持。我不介意犧牲自己。相比證券經紀人，我更願意嫁給畫家。要不是為了孩子，我什麼都不在乎。住在切爾西一間破舊的畫室裡，會和住在這裡一樣快樂。」

「親愛的，我可真要生你的氣了，」麥克安德魯夫人叫喊起來，「照你的意思，這些鬼話你信了？」

「但這是實情。」我溫和地說。

她沒好氣地瞪了我一眼。

「一個四十歲的男人，是不會拋棄工作、拋棄妻子兒女去當畫家的，除非是因為女人。我猜他一定是遇見了你的——文藝界朋友，被她搞得暈頭轉向。」

斯特里克蘭夫人蒼白的面頰突然泛起紅暈。

「她是怎樣一個人？」

我沒有立刻回答。我帶給他們的，是一枚重磅炸彈。

「沒有女人。」

麥克安德魯上校和他妻子難以置信地喊叫起來；斯特里克蘭夫人從椅子上跳了起來。

「你的意思是，你根本沒看到她？」

「沒有女人，看誰呢？就他一個人。」

「簡直太荒唐了。」麥克安德魯夫人大喊道。

「我早就知道，我得親自走一趟，」上校說，「我敢跟你們打賭，我肯定立馬就把她找出來。」

「我也希望你親自去，」我很不客氣地回答，「你就會看到，你完全猜錯了。他並沒有住高級旅館，而是寒酸的小房間。離家出走，不是去過放蕩的生活。他也沒多少錢。」

「你想，他會不會做了什麼不可告人的事，怕警察找麻煩，所以躲了起來？」

這個提醒在每個人心頭閃過一線希望，但我認為，這純粹是胡扯。

「要是這樣，那他也不會傻到，把自己的住址告訴合夥人，」我尖刻地說，「反正，有件事我敢保證，他沒有和誰一起走。沒有愛上誰。他腦子裡一點也沒有這種想法。」

片刻間他們沉默了，都在思量我的話。

「好吧，如果你說的是真的，」終於，麥克安德魯夫人開口說，「事情倒沒我想的那麼糟。」

斯特里克蘭夫人瞥了她一眼，沒有說話。

她的臉色變得異常蒼白，清秀的眉毛顯得很黑，低垂下來。我不懂她這種神情。麥克安德魯夫人繼續說：

「如果只是心血來潮，他會收心的。」

「為什麼你不去找他啊，艾米？」上校出了個主意，「你完全可以和他在巴黎住一年。孩子我們來照看。我敢說，他很快就會厭倦。早晚會回倫敦來的。事情都會過去的。」

「要是我，才不那麼做呢，」麥克安德魯夫人說，「他愛怎樣就怎樣。總有一天，他會夾著尾巴回來，舒舒服服過日子的。」說到這兒，麥克安德魯夫人冷冷地看了妹妹一眼，「你和他一起生活，有些時候也許太不聰明了。男人都是怪物，你應該懂得管住他們。」

麥克安德魯夫人和大多數女性的見解相同：男人拋棄深愛他的女人，永遠是畜生，但是，如果他真這樣做了，女人的過錯其實更多。感情自有其理，理性難以知曉。[1]

斯特里克蘭夫人的目光，茫然地從一個人臉上移到另一個人臉上。

「他永遠也不回來了。」她說。

「哦，親愛的，你要記住，剛才不是說了嗎？他已經過慣了衣來伸手的舒服日子。那麼窮酸的旅館、那麼破爛的房間，你想他能待多久？再說，他沒多少錢。一定會回來的。」

「只要他是和女人跑的，就還有可能回來。我不相信什麼是絕對的。三個月，他就煩死她了。但如果，他不是因為戀愛跑的，那一切都完了。」

「唉，我想你說的這些太玄了。」上校說。對於這種人性，他的職業習性不能理解，所以用「玄」來表達他全部的蔑視，「別聽她的。他會回來的，而且像桃樂西說的，讓他在外頭胡鬧一陣子，不會怎麼樣的。」

「但是，我不想讓他回來了。」她說。

「艾米！」

一陣狂怒緊緊攫住了斯特里克蘭夫人，她的臉色驟然煞白，有氣無力。現在，她語速更快，有點氣喘。

「如果他瘋狂地愛上了別人，跟她跑了，我可以原諒。我想倒算正常。我也不會太責怪，因為他是被騙走的。男人心腸太軟，女人肆無忌憚。但現在，不是這麼回事。我恨他。我再也不會原諒他！」

麥克安德魯上校和他妻子一起勸她。他們很吃驚。他們說她瘋了。他們不理解。斯特里克蘭夫人絕望地轉向我。

「你也不明白嗎？」她喊道。

「我不敢肯定。你的意思是說：如果他是為了女人離開你，你可以原諒；但如果他是為了理想離開你，你就不能？你覺得前者彷佛比賽，而後者你便無能為力，對吧？」

斯特里克蘭夫人瞪了我一眼，顯得不那麼友善，但沒有回答。也許我的話，戳到了她的痛處。她繼續用低沉而顫抖的聲音說：

「我從沒想過，我會像恨他這樣恨一個人。你知道嗎？我一直安慰自己說，不管這事持續多久，最終他還是會回來。我想，在他臨終前，他叫我去，我也會去。我會像母

1. 感情自有其理，理性難以知曉（Le cœur a ses raisons que la raison ne connait point），法文，法國思想家帕斯卡的話。舊譯「感情有理智所根本不能理解的理由」。

親那樣照料他，最後，告訴他，一切都不重要，我原諒他所做的一切，永遠愛他。」

女人總喜歡在愛人臨終前表現得大度不凡，這始終讓我感到不安。有時候，好像她們不情願男人壽命太長，就是怕沒機會把這一幕好戲盡早上演。

「但是現在——現在全完了。我對他不會再有任何感情，我們形同陌路。我情願他死得很慘，貧困潦倒，饑寒交迫，無親無故。我希望他渾身長瘡，惡臭腐爛。我和他真完了。」

我想，不妨這時把斯特里克蘭的建議說出來。

「如果你想和他離婚，他願意按你說的，怎麼做都可以。」

「我為什麼要給他自由？」

「我想他不需要吧。他這樣做，可能對你更好些。」

斯特里克蘭夫人很不耐煩地聳聳肩。我覺得我對她有點失望。我那時和今天不同，認為人性單純如一，但是，我沮喪地發現，原來這麼迷人的女人也會有如此可怕的報復心。那時我還不明白，人性其實非常複雜。現在，我清楚地意識到：卑鄙與高尚、邪惡與善良、仇恨與熱愛，可以並存於同一顆心靈中。

我不清楚該說些什麼，來減輕斯特里克蘭夫人此時的痛苦和屈辱。我覺得，應該試試。

「你知道，我不能肯定，你丈夫的行為，也許是情非得已。我想，他已經不是他自己。他似乎鬼迷心竅，被一股力量抓住，朝著別的方向跑去；他就像落入蛛網的蒼蠅，已經無力掙扎。他彷彿著了魔。這讓我想起，大家常說的那些離奇故事：一個人的身體被另一個人的靈魂占據，將他自己的趕了出去。這個靈魂在體內很不安分，神祕地變來變去。要是過去，大家就會說，查爾斯·斯特里克蘭被魔鬼附身了。」

麥克安德魯夫人將她的裙襬撫平，胳臂上的金鐲子滑到了手腕上。

「你說的這些太離譜了，」她刻薄地說，「我不否認，也許艾米對她丈夫有些想當然了。如果她不是忙於自己的事，我不相信她會發覺不了事情不妙。如果亞歷克有什麼心事，我就不信，不到一年，還不被我看個一清二楚。」

上校茫然望向空中，我不知道有誰能像他這樣，故作清白。

「但這改變不了事實：查爾斯·斯特里克蘭是無情的禽獸。」她狠狠地看了我一眼，「我可以告訴你，為什麼他拋棄自己的妻子——純粹是自私，再沒別的。」

「這是再好不過的解釋了。」我說。但心想，這等於什麼也沒解釋。當我說有些累了，起身告辭，斯特里克蘭夫人也沒留我。

第十六章

接下來發生的事，表明了斯特里克蘭夫人的品性。不論她多麼委屈，她都盡量隱藏。她很精明，懂得訴說自己的諸多不幸，很快會惹人生厭，所以她情願避而不談。每逢外出——因為同情她的遭遇，朋友總想著邀請她——她的舉止總是完美。她顯得勇敢，但不刻意；心情愉快，但不肆無忌憚；似乎，她更渴望傾聽別人的煩惱，而非談論她自己。每當她說到自己的丈夫，總是顯出憐憫。她對他的這種態度，起初我不太理解。有一天，她對我說：

「你知道，你說查爾斯一個人在巴黎，肯定是搞錯了。據我所知，當然我不能告訴你這消息怎麼來的，他不是一個人離開英國的。」

「要能這樣掩人耳目，他可真是天才。」

她的目光從我身上移開，臉有些紅了。

「我的意思是，如果有人和你談起這件事，說他和別人私奔了，你無須辯解。」

「當然不會。」

她轉移了話題，好像剛才說的事，與她無關緊要。不久，我就發現，一個奇怪的故事在她的朋友間流傳。他們說，查爾斯．斯特里克蘭迷上了一位法國舞蹈家，他是在帝國大劇院遇到這個女人的，後來就一起去了巴黎。我不知道這個故事怎麼傳開的，但奇怪的是，它為斯特里克蘭夫人贏得不少同情，而且在同一時間，為她增加了不小的聲望。這對她的文藝圈事業，可以說不無好處。麥克安德魯上校，當初說她一貧如洗，並未誇大其詞，她需要盡快找到一條謀生之道。她打定主意，利用一下她認識不少作家這一優勢，毫不費力就學起了速記和打字。她所受的教育，使她比一般打字員進步更快，她的故事，也讓她更有吸引力。朋友都答應給她工作做，並且盡力把她推薦給自己的朋友。

麥克安德魯夫婦，沒有孩子，生活優渥，就幫著她撫養子女，斯特里克蘭夫人只需要維持自己的生活就好。她把房子租了出去，變賣家具，在威斯敏斯特附近找了兩房小公寓，安頓下來，重新開始生活。她非常能幹，她的這種冒險也一定會成功。

第十七章

事情過去大約五年，我決定去巴黎住段時間。我待膩了倫敦，每天做著相同的事，實在讓人心煩。我的朋友，生活按部就班、平平淡淡，他們不再能帶給我驚喜，當我碰見他們，我知道，他們會說：老樣子；甚至，連他們的風流韻事，也平庸乏味。我們就像從終點返回到終點的電車，連乘客的數目也能扳指頭算出。生活被安排得如此井井有條，我不免有些驚慌。我退掉了我的小公寓，變賣了家當，決定重新開始生活。

離開前，我去向斯特里克蘭夫人辭行。有段時間沒見她了，我發現她有了變化：人更老了，瘦了，皺紋更多，連性格也有了改變。她的生意很好，在昌瑟瑞街開了家列印店。她自己動手不多，更多是盯著雇用的四個女孩子打字。她想方設法，總是把稿子列印得很精緻，很多地方使用藍色、紅色的字；打好的稿件用各種淺色的粗質紙裝訂起來，彷彿是精美的波紋綢；她的活兒工整優美，細緻準確，因此遠近聞名。她很是賺錢。但她覺得，自己開門謀生不那麼體面，所以總提醒你，她出身高貴。與人談話，她時不時就提她認識的一些人物，讓你知道，她的社會地位一點也不低。對於自己的經營能力，她總羞於談起，但一說到比如第二天晚上要在南肯辛頓的皇家法律顧問那兒吃飯，她就滿臉欣喜。她很樂意告訴你，她兒子在劍橋大學就讀；講起女兒參加舞會，一出場就眾星捧月，應接不暇，她總微微一笑。所以，我覺得我說了蠢話。

「她要不要來你的列印店做事？」

「哦，不，我不讓她幹這個，」斯特里克蘭夫人回答，「她長得很漂亮，一定會有一門好親事。」

「我還以為，能幫上你的忙呢。」

「有人建議讓她當演員，我當然不同意。有名的劇作家我都認識，只要我開口，明天就有角色給她演。但我不想讓她和那些人打交道。」

斯特里克蘭夫人的這種專斷，教我心寒。

「有你丈夫的消息嗎？」

「沒有，音訊全無。可能已經死了吧。」

「我在巴黎也許會碰見他。如果有什麼消息，要不要告訴你？」

她猶豫了片刻。

「如果他生活窘迫，我會幫他一點兒。我可以給你寄筆錢，在他需要時，一點一點交給他。」

「你真好。」我說。

但我知道，這不是出於仁慈之心。常言說，痛苦使人高貴，這不對；讓人行動高尚的，有時是自滿得意；而痛苦，往往使人變得心胸狹窄，充滿仇恨。

第十八章

事實上，我到巴黎不到兩週，就遇見斯特里克蘭了。

很快，我就在達姆斯街找了間小公寓，又花幾百法郎，從二手市場置辦了一些家具。早上，我讓門房幫我煮咖啡、打掃房間。然後我便去看我的朋友德克．斯特洛夫。

德克．斯特洛夫是這樣一個人：有的一想起他就報以嘲笑，有的則尷尬地聳聳肩，往往因人而異。造化弄人，他給人的印象，是個滑稽角色。他是畫家，卻是很蹩腳的畫家。我是在羅馬認識他的，至今還記得那時他的作品。他拜倒在凡俗之物的腳下。他臨摹懸在斯巴尼亞廣場貝尼尼式樓梯上的繪畫，並不覺得它們美得失真；而他的畫室裡滿是這樣的作品：留著小鬍子、長著大眼睛、頭戴尖頂帽的農夫，衣衫襤褸的兒童，以及裙子豔麗的女人。他們有的在教堂門口的臺階上閒坐，有的在晴空下的翠柏間嬉戲，有的在文藝復興時期風格的噴泉邊纏綿，有的跟在牛車一邊，穿過坎帕尼亞平原。這些人物，畫得非常精緻，活靈活現。連攝影師也拍不出這種呼之欲出的效果。住在梅迪奇別墅的一位畫家，管他叫「巧克力盒大畫家」。看了他的畫，你會認為莫內、馬奈，所有印象派畫家，從來沒有出現過。

「我知道自己不是偉大的畫家，」他說，「我不是米開朗基羅，不是，但我有自己的東西。我賣畫。我把浪漫帶給各種各樣的人。你知道嗎？不只荷蘭，挪威、瑞典、丹麥也有人買我的畫。他們主要是商人、有錢人。你想像不到，在那些國家冬天是什麼樣子，陰沉寒冷，漫無盡頭。他們喜歡看我作品中的義大利景象。這就是他們希望看到的義大利。也是我來這裡之前想像中的義大利。」

而我認為，這始終是他揮之不去的幻想，這幻想讓他目眩，看不見真相；儘管真相殘酷，他卻依然用幻想的目光凝望著自己的義大利：浪漫的俠盜，美麗的廢墟。他畫的是他的理想，儘管貧乏、平庸、陳舊，但終究是理想；這就賦予了他一種獨特的魅力。

正因如此，德克．斯特洛夫於我，並非像對他人那樣，只是一個被嘲弄的對象。他的一些同行，毫不掩飾對他作品的蔑視，但他很會賺錢，他們花起他的錢來，簡直毫不猶豫。他出手大方；那些手頭緊的，一面嘲笑他天真，那麼輕易就相信他們編造的不幸故事，一面又厚顏無恥地伸手向他借錢。他很重感情，但是，在他容易被打動的感情裡面，包含著某種愚蠢，讓你接受了他的好意，卻沒有一絲感激之情。從他那裡借錢，就像從小孩子手裡搶東西，你看不起他，因為他太好欺負了。我想，一個以身手敏捷為傲的扒手，一定會對一個粗心大意的女人感到憤慨，因為她把裝滿珠寶的包包隨便落在了馬車上。造物主讓斯特洛夫成為笑柄，卻又拒絕讓他的感覺麻木。他始終被笑話，無論錢不錢的事，都讓他不堪其擾；但他又從未停止給人製造嘲笑的機會，就像是他有意為之似的。他不斷受傷害，但他性格善良，從不記仇：毒蛇咬了他，但他沒有記取教訓，剛不疼了，就又好心地把蛇揣在懷裡。他的生活，就像按照鬧劇編寫的悲劇。因為我從不嘲笑他，所以他很感激，常常把一連串煩惱，灌到我富有同情心的耳朵裡。最糟糕的是，這些事都很荒誕，他講得越感人，你就越想笑。

儘管他是很糟糕的畫家，但他對藝術的直覺卻很敏銳，和他一起去參觀畫廊，真是難得的享受。他的熱情是真誠的，他的評價是敏銳的。他是天主教徒，不但對古典繪畫由衷欣賞，對現代繪畫也頗為認同。他能慧眼識珠，而且不吝讚美。我想，在我認識的人之中，沒有像他這樣有見識的了。他比大多數畫家接受過更好的教育，也不像他們對其他藝術那樣一無所知；他在音樂和文學方面的鑒賞力，讓他對繪畫的理解更深刻也更多樣。對於像我這樣的年輕人，他的指導和建議，極其寶貴，無可比擬。

離開羅馬後，我和斯特洛夫繼續通信往來，每兩個月左右，我就會收到他用陰陽怪氣的英語寫的長信，他那說話急促、富有熱情、手舞足蹈的神情，立刻躍然紙上。在我來巴黎前不久，他和一個英國女人結婚了，在蒙馬特區一間畫室住了下來。我有四年沒見過他了，也從未見過他妻子。

第十九章

我沒告訴斯特洛夫，我要來巴黎。當我按響他畫室的門鈴，開門的正是他，一時居然沒認出我來。隨即，他驚喜地大叫起來，連忙拉我進屋。受到這麼熱情的歡迎，真是讓人高興。他妻子正在火爐旁做針線活兒，看見我，站起身來。斯特洛夫把我介紹給她。

「你還記得嗎？」他對她說，「我經常跟你談起他。」接著他又對我說：「幹嘛不告訴我你來了？你來巴黎多久了？打算待多久？為什麼不早來一小時，咱們就可以共進晚餐？」

他劈頭蓋臉，問了一大堆。讓我坐在一把椅子上，不停地拍打我，好像我是靠墊似的。給我拿這拿那，又是抽雪茄，又是吃蛋糕，又是喝紅酒，一刻也不消停。家裡沒有威士忌，他的心都要碎了；要為我煮咖啡，想方設法來招待我，笑得合不攏嘴，每個毛孔都汗涔涔的。

「你一點都沒變。」我看著他，笑著說。

他還是我記得的那副可笑樣子：又胖又矮，一雙小短腿。他還年輕——應該不到三十歲——但頭已經禿了。一張圓臉，面色紅潤，皮膚白淨，嘴唇紅通通。他的藍眼睛也是圓的，戴著金絲大眼鏡，眉毛很淡，幾乎看不見。他笑容可掬，讓你想到魯本斯筆下那些肥胖的商人。

當我告訴他，我準備在巴黎待一段時間，而且公寓已經租好了，他狠狠地責怪我，為什麼不讓他知道。他說，他會幫我找好房子，借給我家具——難不成我真花了一筆冤枉錢？——而且幫我搬進去。他是說真的，沒能給他幫忙的機會，看來真不夠哥們兒。而斯特洛夫夫人靜靜地坐在那兒補襪子，一言不發，她聽著他說話，嘴角掛著平靜的笑。

「喏，你看到了，我已經結婚了，」他突然問，「你覺得我妻子怎麼樣？」

他微笑著看著她，扶了扶鼻樑上的眼鏡，汗水使眼鏡不斷滑下來。

「你到底想讓我說什麼呢？」我笑了。

「真是的，德克。」斯特洛夫夫人插話了，也笑了起來。

「嗨，她不夠美嗎？我告訴你，兄弟，別耽擱了，盡早結婚吧。我是最幸福的人了。

你看她坐在那兒，像不像一幅畫，夏丹的畫，嗯？我見過世界上所有漂亮的女人，但沒有誰能像德克．斯特洛夫夫人這樣美。」

「你要是再胡說，德克，我就走了。」

「我的小寶貝兒。」他說。

她的臉上微微泛起紅暈，因為他深情的語調讓她有些尷尬。斯特洛夫寫信說過，他深愛他的妻子，現在，我看到他的目光一刻也沒有從她身上離開過。我不知道她是否愛他。可憐的小丑，他不是一個能激發愛情的對象，但她眼中的笑容充滿深情，有可能，在她的緘默之中，也隱藏著情深意長。她不是他苦苦相戀、無限幻想中的美人，但還是相當漂亮。她身材高䠷，灰色的洋裝樸素大方，優雅得體，絲毫掩蓋不住她美麗的身段。這樣的身材，對雕塑家比對服裝供應商更有吸引力。她的頭髮茂密，是棕色的；面色蒼白，五官清秀，但並不出眾。她長著安靜的灰色眼睛。她差點兒就成了美人，但因差之毫釐，所以差強人意。然而，斯特洛夫說她像夏丹的畫，並非沒有道理，她讓我想起戴著頭巾、繫著圍裙的家庭主婦，這一形象，在偉大的畫家筆下已然不朽。我可以想見，她安然地忙碌在鍋碗瓢盆之間，使家務成為一種儀式，從而獲得道德的意義；我並不認為她很聰明，或者有趣，但在她熱情的專注中，有些東西，讓我頗感興趣。

她的緘默有點神祕。我不知道她為什麼要嫁給德克・斯特洛夫。雖然她也是英國人，但我看不出她的家庭背景、成長經歷，以及她婚前的生活方式。她很沉默，然而一旦說起話來，聲音悅耳，落落大方。

我問斯特洛夫，他是不是還在摸索繪畫。

「摸索？我現在比以前任何時候都畫得好。」

我們坐在他的畫室裡，他朝畫架上一幅未完成的作品揚了揚手。我吃了一驚。畫面上，一群義大利農夫，身穿坎帕尼亞地區的服裝，在一座羅馬大教堂的臺階上懶洋洋地躺臥著。

「這就是你現在的畫？」

「是啊。在這裡，我也能找到像在羅馬那樣的模特兒。」

「你不覺得很美嗎？」斯特洛夫夫人問道。

「我這個傻妻子，總以為我是大畫家。」他說。

他抱歉地微笑，無法掩飾內心的喜悅。他的目光，依然停留在他的作品上。很奇怪，在評判別人的作品時，他的眼光如此精準、不落俗套，然而他自己陳腐、平庸的畫作也讓他感到滿意，真是難以置信。

「讓他看看你別的畫吧。」她說。

「需要嗎？」

雖然德克．斯特洛夫總是遭到朋友的嘲笑，然而他依然渴望別人的讚美和天真的自我滿足，永遠無法抗拒向別人展示自己的作品。他拿出一幅畫來，上面，兩個義大利鬈髮小孩正在玩彈球。

「多可愛的兩個孩子啊。」斯特洛夫夫人說。

然後，他給我看了很多畫。我發現，他在巴黎畫的跟在羅馬一樣，陳舊過時，耽於風景。這些畫全都虛情假意、言不由衷、品質拙劣，但是，又沒有一個人比德克．斯特洛夫更樸實、更真誠、更率直。這種矛盾，誰能說清呢？

鬼使神差地，我忽然問他：

「我說，你知道一個叫查爾斯．斯特里克蘭的畫家嗎？」

「你是說，你也認識他？」斯特洛夫喊叫起來。

「簡直是個畜生。」他妻子說。

斯特洛夫笑了起來。

「我可憐的寶貝。」他走過去，吻了吻她的雙手。「她不喜歡他。真奇怪，你竟然認識斯特里克蘭！」

「我不喜歡無禮之人。」斯特洛夫夫人說。

德克依然笑著，轉過身來向我解釋。

「你明白，有一天我讓他來我這兒看畫。嗯，他來了，我把我的畫幾乎都拿給他看了。」說到這兒，斯特洛夫猶豫了片刻，有些不好意思。我不知道，他為什麼要講這件不光彩的事，而且還得尷尬地把它講完。「他看著——看著我的畫，什麼也沒說。我以為他看完了會發表意見。最後我說：『喏，就這麼多！』但他說：『我來是想問你借二十法郎。』」

「德克居然把錢借給他了。」他妻子憤憤地說。

「我當時大吃一驚。我從不拒絕別人。他把錢放進口袋，只是點了點頭，說了聲『謝謝』，就走了。」

講這件事時，德克·斯特洛夫那張又胖又蠢的臉上顯出驚訝不已的神情，你不發笑才怪。

「我根本不在乎，即便他說我的畫很不好。但他什麼也沒說——什麼也沒說。」

「你還好意思說，德克。」他妻子說。

可悲的是，不論是誰，首先會認為，這位荷蘭人如此行事很可笑，而非對斯特里克蘭的粗魯行為感到生氣。

「我再也不想看到他。」斯特洛夫夫人說。

斯特洛夫笑起來，聳了聳肩。他的好性子已經恢復了。

「事實上，他畫得很棒，非常了不起。」

「斯特里克蘭？」我驚叫起來，「我們說的不是同一個人吧。」

「就是那個高個子，長著紅鬍子的傢伙。查爾斯．斯特里克蘭。一個英國人。」

「我認識他的時候他還沒鬍子。如果蓄起來，很可能是紅的。這個人，五年前才開始學畫。」

「就是他。一位了不起的藝術家。」

「不可能吧。」

「我什麼時候看走眼？」德克說，「告訴你，他很有天分。肯定的。一百年以後，如果還有人記得你和我，那是因為我們認識查爾斯．斯特里克蘭。」

我很吃驚，但也非常興奮。我突然想起，我和他最後一次談話。

「什麼地方能看到他的畫？」我問，「他已經很有名氣了嗎？現在住哪兒？」

「不，沒有名氣。我想，他一幅畫也沒賣出去。你要是和別人談起他，沒有一個不笑的。可是我知道，他是非常好的畫家。說到底，他們不是也笑過馬奈嘛？柯洛一張畫也沒賣出去。我不知道他住哪兒，但我可以帶你去見他。每天晚上七點，他都會去克里希大街上的一家咖啡館。你要是願意，明天我們一起去。」

「我不知道，他是不是願意見我。我會讓他想起一些他巴不得忘記的事。但既然來了，就去吧。在那兒能看到他的作品嗎？」

「看不到。他什麼也不給你看。我認識一個小畫商，他手裡有兩三張他的畫。但是，必須我陪你去，你看不懂的。我一定要親自給你講講。」

「德克，真是受不了你，」斯特洛夫夫人說，「他那樣對你，你怎麼還說他的好話？」她轉過頭來對我說：「你知道嗎？有一些荷蘭人來買德克的畫，他卻勸他們買他的。他硬是讓斯特里克蘭把畫拿來，給那些人看。」

「你覺得怎麼樣？」我笑著問她。

「糟糕透頂。」

「哦，親愛的，你不懂。」

「哼，你的那些荷蘭朋友很生氣。他們認為你是在跟他們開玩笑。」

德克・斯特洛夫摘下眼鏡，擦了擦。他通紅的臉龐因激動而閃閃發亮。

「為什麼你認為美——這世上最寶貴的東西，會像沙灘上的卵石，一個漫不經心的路人，隨隨便便就能撿到？美是美妙、是奇異，藝術家唯有透過靈魂的煎熬，才能從宇宙的混沌中創造出美。而當美出現，它並非為了讓每個人都認出它自己。要認識它，你必須重複和藝術家一樣的奇異之旅。這是一支他唱給你的旋律，要想再次用心聆聽，就需要智慧、感覺以及豐富的想像力。」

「為什麼我總覺得你的畫很美呢，德克？我第一次看到，就欽佩不已。」

斯特洛夫的嘴唇有點顫抖。

「去睡吧，寶貝。我要陪我們的朋友散散步，一會兒就回。」

第二十章

德克．斯特洛夫答應第二天晚上來找我，帶我去一家咖啡館，那裡斯特里克蘭經常去。有意思，我發現這正是上次來巴黎我和他一起喝苦艾酒的地方。這麼多年，他習性未變，在我看來，也是一種個性吧。

「他就在那邊。」當我們走到咖啡館，斯特洛夫說。

儘管已到十月，夜晚還是很暖和，人行道上的咖啡桌坐滿了。我四處張望，並未看到斯特里克蘭。

「看，在那兒，一個角落。他在下棋呢。」

就見一個人俯身在棋盤上，我只能看到一頂大氈帽和紅鬍子。我們從桌子中間穿過去，來到他面前。

「斯特里克蘭。」

他抬頭看了看。

「喂，胖子，你來幹什麼？」

「我給你帶來一個老朋友，他想見你。」

斯特里克蘭瞥了我一眼，顯然沒認出我來。他的目光又回到了棋盤上。

「坐下，別吵。」他說。

他走了一步棋，注意力立刻又集中到棋局上。可憐的斯特洛夫懊惱地看了我一眼，但我並沒覺得有什麼不自在。我點了東西喝，靜等著斯特里克蘭下完棋。能悠然坐在一邊觀察他，未嘗不可。說真的，我幾乎認不出他來了。首先是他的紅鬍子，亂糟糟的，幾乎遮住了他的臉，頭髮也很長；但最讓我吃驚的是，他變得極其消瘦。這樣一來，他的大鼻子愈發傲慢地翹起，顴骨更突出，眼睛也顯得更大。他的太陽穴深陷了下去。面黃肌瘦，簡直皮包骨。他穿的還是五年前我見過的那身衣服，只是現在破破爛爛，汙漬斑斑，鬆鬆垮垮，像是穿著別人的。我看到，他的兩隻手很髒，指甲很長，除了筋就是骨，顯得瘦長而有力，我不記得這兩隻手從前是不是這樣均勻。他坐在那兒，專心下棋，給我一種很奇特的印象——彷彿他身體裡蘊藏著無比的力量。不知為什麼，他的消瘦讓這一點更加明顯了。

走了一步棋，他挺起身靠在椅背上，用奇怪的目光凝視著他的對手。和他下棋的，是一個留著長鬍子的法國人，胖胖的。他看了一下自己的棋，突然笑罵起來，不耐煩地將棋子收起，胡亂扔進棋盒裡。他口無遮攔地咒罵著斯特里克蘭，叫來侍者，付了酒錢，走了。斯特洛夫把椅子往桌邊挪了挪。

「我想，現在咱們可以聊聊了。」他說。

斯特里克蘭的目光落在他身上，一臉沒好氣的神情。我相信，他一定想說什麼挖苦話，但因為沒有找到，所以選擇了沉默。

「我給你帶來一個老朋友，他想見你。」斯特洛夫滿臉堆笑，又重複了一遍。

斯特里克蘭若有所思地看著我，差不多有一分鐘。我沒說話。

「我這輩子，從來沒見過這個人。」他說。

我不知道，他為什麼要這樣說，從他的眼神，我敢肯定他認出我來了。我已經不像幾年前那樣，動不動就感覺難為情了。

「前幾天，我見到你妻子了，」我說，「你一定想聽聽她最近的消息。」

他乾笑了一聲，眼裡閃著光亮。

「我們曾共度一個快樂的夜晚，」他說，「有多久了？」

「五年了。」

他又要了一杯苦艾酒。斯特洛夫滔滔不絕，解釋說他如何和我見面，如何無意中發現我們都認識斯特里克蘭。我不知道斯特里克蘭是否在聽。因為只有一兩次，他好像回憶起了什麼，看了我一眼，其餘大部分時間似乎都在沉思。如果不是斯特洛夫嘮叨個沒完，這場談話肯定要冷場。半個小時過去了，荷蘭人看了看錶，說他得回去了，問我要不要和他一起走。我想，留下來也許能聽斯特里克蘭說些什麼，所以說再坐會兒。

胖子一走，我開口說：

「德克．斯特洛夫說，你是了不起的畫家。」

「你以為我會在乎？」

「能看看你的畫嗎？」

「為什麼？」

「說不定我會買一幅。」

「說不定我一幅都不想賣。」

「你過得還好吧？」我笑著說。

他咯咯地笑起來。

「你看像嗎？」

「餓得半死不活的樣子。」

「就是半死不活。」

「那我們去吃點兒東西吧。」

「幹嘛請我吃飯？」

「不是發善心，」我冷冷地說，「你半死不活，跟我沒關係。」

他的眼睛又亮了起來。

「那走吧，」他站了起來，「我正想好好吃一頓呢。」

第二十一章

我讓他帶我去他選的餐館，在路上，我買了份報紙。點過菜後，我就把報紙架在一瓶聖加爾米耶礦泉水上，讀了起來。我們一言不發，只管吃飯。我發現他時不時地看我一眼，但我沒理他。我就是想逼著他自己說話。

「有什麼消息嗎？」我們沉默無語，快吃完飯時，他開口說。

我猜，他的這種口氣，顯然有點沉不住氣了。

「我平常喜歡讀一些戲劇專欄。」我說。

我疊起報紙，放在一邊。

「這頓飯，吃得真不錯。」他說。

「我看我們就在這兒喝咖啡，好不好？」

「好。」

我們點上雪茄。我默默地抽著。我發現，他的目光含著淡淡的笑，不時落在我身上。我耐心地等著。

「從上次見面到現在，你都在幹什麼？」終於，他開腔了。

我沒什麼好說的。我的生活只不過是每日勤奮寫作，有一點小冒險；我朝著種種不同的方向摸索實驗，逐漸積累了不少書本知識、人情世故。而對於斯特里克蘭近年的生活，我故意不聞不問。我沒有表現出對他多有興趣，最終，我得逞了。他開始談論自己。但是，他的口才太差，這些年的經歷他講得含糊不清，所以許多地方我只能憑自己的想像來填補。對於他的生活，我很感興趣，卻只能瞭解個大概，這簡直就像讀一部殘缺不全的手稿。我的印象是，這個人一直饑寒交迫，東奔西走；但是我發現，對大多數人來說無法忍受的事情，他卻毫不在乎。斯特里克蘭的卓越之處在於，和大多數英國人不同，他完全漠視生活的舒適。讓他一直住在一間破屋子裡，他也不會惱怒，他不需要周圍都是漂亮的擺設。我覺得，他從來沒注意到那些壁紙是多麼骯髒，就是我第一次拜訪他時的那個屋子。他不需要扶手椅，坐在硬背椅上也覺得挺舒服。他總是吃得津津有味，但吃什麼，根本無所謂；對他來說，吞下的食物只是用來充饑，沒有吃的，他也能挨餓。我瞭解到，有六個月，他每天只靠一個麵包、一瓶牛奶過活。他是一個沉迷於感官享受的人，但對這些東西又無動於衷。挨餓受凍，在他不算苦。他完完全全過著一種精神生活，真是令人欽佩。

當他把從倫敦帶來的一點錢花光，他沒有沮喪。他沒賣出自己的畫，我想，他也根本沒推銷過自己。他開始找一些能賺錢的門路。他不無慘痛地自嘲，告訴我說，他曾給一些想見識巴黎夜生活的倫敦佬當嚮導。這倒是很對他慣於嘲諷的壞脾氣。莫名其妙地，這座城市那些亂七八糟的地方，他都瞭若指掌。他對我說，他曾經在瑪德琳林蔭大道轉來轉去，想遇到一個喝醉的英國人，帶他去看違法亂紀的事。如果運氣好，他就能賺一筆；但是他那身破衣服最終嚇壞了別人，沒人敢冒險跟他走。一個偶然的機會，他找到一份翻譯專利藥品廣告的工作，這些藥要在英國醫藥界推廣。有一次趕上罷工，他還做過油漆工。

在這些日子裡，他從未丟下他的藝術工作；但是很快，他就沒興趣去畫室學畫了，全憑自己摸索。他一文不名，連畫布和顏料都買不起，他最需要的，也就這些。據我所知，他畫得很吃力，因為他不願受人指點，所以不得不花費許多時間摸索技巧，而這些技巧，對以往的畫家早已不是問題。他追求的東西，我不太明白，或許連他自己都不明白；我又一次感到，他是一個對什麼東西容易著魔的人。他的腦子，似乎不太正常。在我看來，他不願意把自己的畫拿給人看，是因為他對這些畫實在不感興趣。他生活在幻想之中，現實對他而言毫無意義。我感覺，他是將自己強烈的個性一股腦兒傾注在畫布上，心無旁騖，只專注於心靈之眼所看到的東西，而對現實的事物渾然不覺；一旦畫完了，也許作品本身就不重要了，我是說，他很少能把一幅畫畫完，但是激情已經耗盡，他便對畫出的東西失去了興趣。他對自己的作品從未滿意過；和困擾他心靈的幻象相比，他的畫反倒無關緊要。

「為什麼不把畫拿去展覽呢？」我問他，「我還以為，你願意聽聽別人的意見。」

「你願意嗎？」

他說這幾個字時那種鄙夷不屑的神情，簡直難以形容。

「難道你不想成名嗎？大多數畫家都不會對此無動於衷。」

「幼稚。如果你不在乎一個人那點看法，一群人對你的看法又有什麼關係？」

「我們並不都是理性的啊。」我笑道。

「名氣是誰搞出來的？評論家、作家、證券經紀人、女人。」

「想到那些你從不認識、從未見過的人被你的畫筆打動，或隱約或瘋狂，難道你不感到欣慰嗎？人人都愛權力。如果你能打動世人的靈魂，讓他們心生悲憫，或者感到恐懼，我無法想像還有什麼比這個更棒了。」

「鬧劇。」

「那你為什麼還在意畫得好不好呢？」

「不。我只是把我看到的畫下來而已。」

「如果我處在一個荒島上，除了我自己，沒人能看到我寫的東西，我懷疑自己還會不會寫下去。」

很長時間，斯特里克蘭沒有說話，但他的眼睛奇怪地閃著光，彷彿他看到了什麼，讓他的靈魂欣喜不已。

「有時候，我想去茫茫大海中的一個孤島，在那裡，我可以住在無人知曉的山谷中，四周不知名的樹木環繞，寂靜無聲。在那兒，我想我可以找到我想要的東西。」

事實上，他不會這樣表達自己。他比手畫腳地說著，然後停住。所以，我只能用我自己的話描述他想要說的。

「回頭想想過去的五年，你覺得這麼做值得嗎？」我問他。

他看著我，我見他不明白我的意思，便解釋說：

「你放棄了舒適的家庭、對普通人而言幸福的生活。原來的生意也不錯。可是現在在巴黎過得很辛苦。如果讓你重新來過，你還會這麼做嗎？」

「會。」

「你知道嗎？你沒有問過你的妻子、孩子。你從來沒有想過他們嗎？」

「沒。」

「你別他媽的老說一個字。難道就從來沒後悔過，你給他們造成的不幸嗎？」

他咧嘴笑了一下，搖搖頭。

「我能想到，有時候你還是禁不住想起過去。我不是說七、八年前，而是說更早，你和你妻子相識、相愛，直到結婚。你還記得第一次把她摟在懷裡的喜悅嗎？」

「我不想過去。唯一重要的，是永恆的現在。」

我想了想他這話。也許，很隱晦，但我覺得，還是大致明白他的意思。

「你快樂嗎？」我問。

「當然。」

我沉默了，怔怔地望著他。他也目不轉睛地望著我，不一會兒，眼睛裡又滿是譏諷。

「恐怕，你是對我有意見吧？」

「廢話，」我馬上說，「我對蟒蛇沒什麼意見，相反，我對牠的心理活動很有興趣。」

「這麼說，你對我純粹是職業上的興趣？」

「那倒是。」
「這才對，你不應該反對我。你的性格也很討厭。」
「所以我們才熟悉啊。」我反唇相稽。
他冷冷一笑，沒說什麼。我真希望自己知道，怎麼來形容他的笑。我不能說他笑得好看，但這笑在他的臉上綻放光彩，不像平日那般陰沉，看起來有些陰陽怪氣。這是一個緩緩而來的笑，它出現在眼睛中，又立刻消失；這笑非常感性，既不殘忍也不可親，卻讓人想到薩特[1]那半人半獸的喜悅。正是他這一笑，我才想到問他：
「來巴黎談過戀愛嗎？」
「我沒時間幹那種蠢事。生命短促，沒有時間又談戀愛又搞藝術。」
「你看起來可不像隱士啊。」
「所有的俗事都讓我想吐。」
「人性真是令人討厭的東西，是不是？」我說。

1. 薩特（Satyr），希臘神話中的森林之神，半人身半馬、羊身，好女色。

「你為什麼要笑我？」

「因為我不相信你。」

「那你他媽的就是個傻瓜。」

我停了一下，目光直直地看著他。

「你騙我有什麼好？」我說。

「我不明白你的意思。」

我笑了。

「讓我來告訴你吧。這幾個月以來你腦子裡從來沒想過這種事，你甚至讓自己相信，你已經做得夠好。你為自己獲得了自由而感到欣喜，你覺得自己終於成為靈魂的主人。你彷彿在群星中昂首漫步。然後，突然，你受不了了，你發現，原來自己的腳始終深陷汙泥中。你想，就索性在爛泥中打滾。於是你就去找了個女人，一個粗鄙、庸俗、下賤的女人，一個好色成性、禽獸一樣的女人，你像野獸般猛撲到她身上。你酩酊大醉，精神失常，簡直要瘋了。」

他盯著我，一動不動。我也直直地盯著他。我又一字一句地說：

「我要告訴你，就是這麼奇怪，而當這一切結束，你會感覺自己渾身潔淨。你覺得自己只是無形的精神，因為你已擺脫了肉體；你好像一伸手就能觸摸到美，因為美彷彿是實實在在的東西；你感覺你和徐徐的微風、綻芽的樹木以及變幻的流水息息相通。你感覺自己就是上帝。你能解釋一下，是這樣嗎？」

他一直盯著我，直到我說完。然後把臉轉向一邊。他的臉上，有種異樣的神情，或許，一個被嚴刑拷打至死的人，才會有這種表情。他沉默了。我知道，我們話已說盡。

第二十二章

我在巴黎定居下來，著手寫一個劇本。我的生活安排得有條不紊，早上寫作，下午在盧森堡公園或者大街上散步。我把大把的時間耗在羅浮宮，因為這是巴黎所有畫廊中我感覺最親切的，也最適合冥想。要不然就是在塞納河邊閒逛，翻一翻路邊的舊書，但從來不買。我這兒讀一頁，那兒讀一頁，就這樣胡亂地知道了不少作家。到了晚上，我就去看朋友。常常，我會去斯特洛夫家，有時，在他那兒吃個便飯。德克・斯特洛夫自詡他的義大利麵做得拿手，我也認為他的廚藝比他的畫要好。當他端上來一大盤香噴噴的義大利麵、澆著新鮮多汁的番茄，我們喝著紅酒，吃著他自己烤的麵包，簡直就是皇家國宴。漸漸地，我和斯特洛夫的妻子布蘭奇熟了起來。我想，可能因為我是英國人，而她在這裡認識的英國老鄉不多，所以很高興見到我。她淳樸善良，討人喜歡，但就是話不太多。不知怎的，她給我的一個感覺是，她心裡似乎總隱瞞著什麼。但我也想過，或許是因為她生性矜持，而她丈夫又心直口快，過於囉唆。斯特洛夫什麼話也藏不住。即便最私密的事，他也會和你公開討論。有時，這會讓他妻子感到尷尬。那次，斯特洛夫告訴我，他吃了通便藥，說得那麼仔細，我見她惱羞成怒，但就這麼一次。他講得一本正經，我笑得前仰後合，這讓斯特洛夫夫人非常惱火。

「你好像喜歡把自己當傻瓜啊。」她說。

見她生氣了，他的圓眼睛睜得更圓了，眉毛也沮喪地豎起來。

「親愛的，我惹你生氣了？我再也不吃了。這都是因為我肝火太旺。我整天坐著不動，缺乏運動。三天我都沒……」

「天哪，住嘴！」她打斷了他的話，氣得眼淚差點迸出來。

他的臉垮了下來，噘著嘴，像個挨了罵的孩子。他向我使眼色，希望我能幫他圓場，但我已克制不了自己，笑得直不起腰來。

一天，我們去一個畫商那兒，斯特洛夫說，他至少會讓我看到兩三幅斯特里克蘭的畫，但當我們到那兒，畫商說，斯特里克蘭已經把畫拿走了，他也不知道為什麼。

「但我並沒有為這事生氣。我收下他的畫，是看在斯特洛夫先生面子上。我告訴他，我會盡量替他賣。但是，說真的——」他聳了聳肩，「我對年輕人有興趣，可是，你也知道，斯特洛夫先生，他們之中，少有天才。」

「我拿我的名譽向你保證，所有這些畫家，沒誰比他更有天分。相信我，你錯過了一筆大買賣。總有一天，他的這些畫，比你店裡所有的畫加起來都值錢。想想莫內，當時他的畫一百法郎沒一個人買。但現在值多少錢？」

「是。但那時候有一百個畫家，一點不比莫內差，卻同樣賣不掉畫，現在，這些人的畫依然不值錢。誰知道這是怎麼回事？是不是畫得好就能出名？別信這個。再說，你這位朋友畫得到底好不好，沒有證明啊。除了斯特洛夫先生，我還沒聽誰誇獎過他。」

「那好，你倒說說看，怎樣才能證明畫得好？」斯特洛夫氣得面紅耳赤。

「只有一個辦法——出名。」

「市儈！」德克吼道。

「你想想，過去偉大的藝術家——拉斐爾、米開朗基羅、安格爾、德拉克洛瓦，都很出名。」

「我們走吧，」斯特洛夫對我說，「要不然，我會宰了這傢伙。」

第二十三章

我和斯特里克蘭經常見面，偶爾跟他下棋。他脾氣時好時壞。有時，他默默地坐著，心不在焉，誰也不理；有時心情好，就結結巴巴說話。他從來都說不出高明的話，但是他總愛冷嘲熱諷，也不是沒用。他想說什麼，總是直言不諱。他對別人的感情極其冷漠，當他傷著了別人，自己反倒開心。他經常這樣得罪德克．斯特洛夫，氣得他走掉，發誓再也不跟他講話；但是，斯特里克蘭身上有一股強大的力量，始終吸引著這個肥胖的荷蘭人，最終他還是會跑回來，像隻搖尾乞憐的狗，儘管他知道，迎接他的，只是當頭一棒。

不知道為什麼，斯特里克蘭能容下我。我們的關係十分特殊。有一天，他要向我借五十法郎。

「真是做夢也想不到啊。」我回答說。

「為什麼？」

「對我來說很無趣。」

「我窮得叮噹響，這你知道。」

「我管你呢。」

「餓死你也不管嗎？」

「為什麼要管？」我反問道。

他盯了我一會兒，捋著他凌亂的鬍鬚。我對他笑了笑。

「有什麼好笑的？」他說，眼神裡掠過一絲憤怒。

「你太幼稚了。不承擔義務。別人也沒有義務幫你。」

「如果我交不起房租被趕出來、被逼上吊，你也不覺得心裡不安嗎？」

「一點也不。」

他咯咯地笑了起來。

「你胡說。如果我真的上了吊，你會後悔死的。」

「你試試就知道了。」

一絲笑意在他眼中閃爍，他默默地攪著苦艾酒。

「想不想下棋？」我問。

「隨你。」

我們開始擺棋，很快擺好了，他望著棋盤，一副胸有成竹的樣子。當你看到自己的兵馬嚴陣以待，即將衝鋒廝殺，免不了倍感快慰。

「你真以為我會借錢給你嗎？」我問他。

「我想不出，為什麼你不借。」

「你讓我感到吃驚。」

「為什麼？」

「其實你內心感情脆弱。看到這一點真讓我失望。如果你不是那麼天真，想讓我同情你，我會更喜歡你。」

「如果你為之所動，我會瞧不起你。」他回答說。

「這樣更好。」我笑了。

我們開始下棋。彼此都很專心。當我們下完了，我對他說：

「這樣吧，如果你真的手頭緊，就讓我看看你的畫，要是有喜歡的，我就買了。」

「見鬼。」他說。

他站起身要走，我攔住了他。

「你還沒有付酒錢呢。」我笑著說。

他咒罵著，扔下錢就走了。

這以後好幾天，我都沒有見到他。一天晚上，我正坐在咖啡館看報紙，斯特里克蘭走了進來，在我跟前坐下。

「你還沒上吊啊。」我說。

「沒。我有錢了。有人找我給一個退休的管道工畫像[1]，給了兩百法郎。」

「這筆買賣怎麼來的？」

「賣麵包的女人介紹的。這個管道工跟她說過，要找人給他畫像。我得給她二十法郎。」

「他是怎麼樣的人？」

「很棒。一張大紅臉，像條羊腿。右臉上有一顆長著長毛的痣。」

這天，斯特里克蘭心情好，當德克．斯特洛夫來和我們坐在一起，斯特里克蘭立刻攻擊起他來，盡是無情的嘲弄。他猛戳這位可憐的荷蘭人的痛處，這種本領我絕不會欽佩。他用的不是譏諷的長劍，而是謾罵的大棒。這次攻擊突如其來，讓斯特洛夫猝不及防，毫無招架之力。他像一隻受驚的羔羊，嚇得東躲西藏，完全暈頭轉向。他驚愕不已，最終流下了眼淚。最糟糕的是，儘管你討厭斯特里克蘭，感到這場面很可惡，但還是忍不住想笑。有些倒楣鬼，即使他們情真意切，也讓人感到十分可笑，德克·斯特洛夫就是這樣的人。

儘管如此，當我回想在巴黎度過的這個冬天，給我留下美好記憶的，依然是德克·斯特洛夫。他的小家，始終迷人。他和他妻子，就像一幅讓人感覺快意的畫，他對她天真的愛，總是帶著刻意的優雅。儘管他的舉止依然可笑，但他的真情實意還是會打動你。我能理解他妻子對他的感覺，很高興見她溫柔以待。如果她有幽默感，她一定會覺得好笑，因為他把她放在寶座上，當偶像一樣膜拜，但即便她感到好笑，她也必然被深深感動。他是忠貞不渝的愛人，當她老了，身材不再豐滿，也不再美麗，對他來說，她也依

1. 這幅畫，以前在里爾一個有錢的製造商手裡，德國人逼近里爾時他逃走了，現在收藏在斯德哥爾摩國家美術館。瑞典人總這麼渾水摸魚，自在消遣。——原注

然沒變。在他眼裡，她永遠是世上最美的女人。他們的生活，安然有序，令人愉悅。他們的房間，只有一個畫室、一間臥室，和一個小廚房。所有的家務，都由斯特洛夫夫人包攬；當德克在畫他那些糟糕的畫時，她就去市場買菜、做午飯、縫補衣服，整天像勤快的螞蟻般忙忙碌碌；到了晚上，她坐在畫室裡，又是縫縫補補，而德克彈奏著曲子，我敢肯定，她一定聽不懂。他彈得很有味道，但常常帶著過多的感情，他將自己誠實、多愁善感、而生機勃勃的靈魂，全部傾注到樂曲中。

他們的生活，自得其樂，彷彿一首牧歌，達到一種奇異的美。而德克·斯特洛夫在每件事情上的荒誕不經，給這牧歌增添了一種奇怪的音符，如同未經調整的不和諧音，但這反而使之更現代、更人性，像莊重場合的粗俗笑話，更加增添了美的辛辣。

第二十四章

耶誕節前夕，德克・斯特洛夫來請我去和他們一起過節。這一天總使他感傷，他希望能和朋友行禮如儀將它過完。有兩三個星期，我們都沒見過斯特里克蘭了——我是因為忙，有幾個朋友來巴黎拜訪，要陪；斯特洛夫則因為和他大吵了一架，決定跟他絕交。斯特里克蘭讓人難以忍受，斯特洛夫發誓再也不理他了。但是節日來臨，他又心軟了。他簡直痛恨這種想法：讓斯特里克蘭一個人過節；將心比心，他不忍放棄這段美好的友情，讓可憐的畫家獨自惆悵。他在自己的畫室裡裝飾好了一棵聖誕樹，我猜，我們都會在枝杈上找到可笑的小禮物。但是，他不好意思再去找斯特里克蘭；這麼容易就原諒別人對自己的蠻橫侮辱，有點丟臉，雖然他決心跟斯特里克蘭和解，卻希望到時我也在場。

我們一起走到克里希大街，但斯特里克蘭不在咖啡館。天氣太冷，不能坐外面了，我們進去店裡，坐在皮革長椅上。屋子裡又悶又熱，空氣裡滿是灰濛濛的煙霧。斯特里克蘭沒來，但不一會兒，我們就發現了那個偶爾和他下棋的法國畫家。我和他還算認識，他走過來在我們的桌子邊坐下。斯特洛夫問他，有沒有看到斯特里克蘭。

「他生病了，」他說，「你不知道？」

「嚴重嗎？」

「很嚴重，我聽說。」

斯特洛夫的臉一下白了。

「為什麼他不寫信告訴我？太蠢了，我居然和他吵架。我們必須馬上去看他。都沒人照顧他。他住哪兒？」

「我不知道。」那個法國人說。

我們發現，三個人誰也不知道怎麼找他。斯特洛夫越來越擔心。

「他可能已經死了，都沒人知道。太可怕了。我不敢再想。我們必須馬上找到他。」

我想讓斯特洛夫明白，在偌大的巴黎找一個人，簡直是大海撈針。我們得先有計畫。

「對。但是等我們計畫好了，他可能早沒氣了；等我們找到他，一切都晚了。」

「少安毋躁，讓我們想想辦法。」我不耐煩地說。

我只知道斯特里克蘭原來住在比利時旅館，但他早就搬走了，那兒的人也肯定不記得他。他想法怪異，行蹤詭祕，臨走時不可能告訴別人他去哪兒了。再說，這已是五年前的事了。不過，我敢肯定，他住得不會太遠。既然他頻繁光顧同一家咖啡館，說明他來這裡很方便。忽然，我想起來，他經常去的那家麵包店之前介紹他給別人畫像，說不定從那兒能問到他的住址。我要了一本電話本，查找起來。附近一共有五家麵包店，唯一的辦法是一家一家去打聽。斯特洛夫很不情願地跟著我。他本打算在和克里希大街相連的幾條街上尋找，挨家挨戶去詢問。最終，還是我簡單的方案奏效了，我們走進第二家麵包店時，櫃檯後的女人說，她認識斯特里克蘭。她不確定他到底住哪裡，總之是對面三棟樓中的一棟。我們的運氣真不錯，第一棟樓的門房說，在頂樓可以找到他。

「他大概生病了。」斯特洛夫說。

「可能吧，」門房漠不關心地說，「反正，我好幾天沒看見他了。」

斯特洛夫在我前面跑上樓梯，當我走到頂樓，他已經敲開了一家門，正和一個穿襯衫的工人說話。這人指了指另一扇門，很肯定地說，那屋住著個畫家，有一星期沒看到他了。斯特洛夫剛要上前敲門，忽然轉過身來，向我做了一個無奈的手勢。我發現他有些驚慌。

「要是他死了怎麼辦？」

「不會的。」我說。

我敲了敲門。沒人答應。我擰了下門把手，門沒鎖。我走進去，斯特洛夫跟在後面。房間裡很黑，只能看出這是一間閣樓，上面是傾斜的屋頂。從天窗射進來一道暗淡的光，和室內的昏暗差不了多少。

「斯特里克蘭。」我喊了一聲。

沒人回答。真是詭異，而斯特洛夫站在我身後，雙腳好像在發抖。我猶豫了片刻，想著要不要劃根火柴。角落裡隱約可見一張床，我懷疑亮光中會不會出現一具屍體。

「沒有火柴嗎，你這個傻瓜？」

黑暗中忽然傳來斯特里克蘭粗暴的聲音，嚇了我一跳。

斯特洛夫一聲驚叫。

「哦，上帝，我還以為你死了呢。」

我劃亮一根火柴，看有沒有蠟燭。匆忙一瞥間，只見這是一個很小的房間，一半臥室、一半畫室，裡面只有一張床，面對牆放著一些畫、一個畫架、一張桌子、一把椅子。

地板上沒有地毯。也沒有火爐。桌子上胡亂放著顏料、調色刀和一些雜物，雜物中有一截快燒完的蠟燭。我點亮蠟燭。斯特里克蘭躺在床上，顯得很不舒服，因為這張床對他來說太小了。為了取暖，他把所有的衣服都蓋在身上。很明顯，他在發高燒。斯特洛夫走到他身邊，因為激動，聲音都變了。

「哦，可憐的朋友，你怎麼啦？我不知道你生病了。為什麼不告訴我一聲？你知道，為了你我什麼都可以做。你還計較我說過的話嗎？我不是那個意思。我錯了。我生你的氣，太不應該了。」

「活見鬼。」斯特里克蘭說。

「現在，別不講理。有我你會更好點兒。沒人照顧你嗎？」他把斯特里克蘭身上的衣物拽了拽給蓋好。斯特里克蘭喘著粗氣，強忍怒火，一言不發。他不滿地瞥了我一眼。我靜靜地站在那兒，看著他。

「如果你想幫我，就去買些牛奶吧，」終於，他開腔了，「我已經兩天出不了門了。」床頭放著一個空牛奶瓶，一張報紙、上面有一些麵包屑。

「你有吃的嗎？」

「沒有。」

「多久了?」斯特洛夫喊道,「你是說,你都兩天沒吃沒喝了?太可怕了。」

「我有水。」

他的目光,在一個他伸手就能搆到的大水罐上停了會兒。

「我馬上去,」斯特洛夫說,「還想要別的什麼嗎?」

我建議給他買一個溫度計,一些葡萄和麵包。斯特洛夫很高興自己能幫上忙,噔噔跑下樓去了。

「該死的傻瓜。」斯特里克蘭嘟囔著。

我摸了摸他的脈搏。跳得很快,很虛弱。我問了他一兩句話,他不回答。我再追問,他不耐煩地把臉轉向牆壁。沒什麼可做,只能靜等著。十分鐘後,斯特洛夫氣喘吁吁地回來了。除了我讓買的,他還買了蠟燭、肉汁和酒精燈。他很會辦事,一分鐘也沒耽擱,馬上就做好了牛奶麵包。我量了斯特里克蘭的體溫,華氏一百零四度,確實病得厲害。

第二十五章

過了一會兒，我們離開了。德克要回家吃晚飯，我提議找醫生，給斯特里克蘭看看。但是，當我們走到街上，呼吸著新鮮的空氣，想起沉悶的閣樓，這個荷蘭人叫我馬上和他去他的畫室。他心裡有事，卻不對我講，但他堅持說，我陪他回去，很有必要。我想，醫生來了我們也像剛才一樣，做不了什麼，於是就同意了。一進屋，就見布蘭奇．斯特洛夫正在擺桌子準備吃飯。德克走上前去，握住了她的雙手。

「親愛的，我求你件事。」他說。

她望著他，表情愉悅而又莊重，這正是她的迷人之處。他的大紅臉上掛著汗珠，閃閃發亮，樣子很滑稽，而他圓圓的眼睛因為激動，流露出熱切的光芒。

「斯特里克蘭病得很重。快要死了。他一個

人住在骯髒的閣樓裡，沒人照顧。我求你，讓我把他接過來。」

她飛快地把手縮了回去，我從來沒見她動作這麼快過；她的臉一下紅了。

「哦，不。」

「哦，親愛的，不要拒絕。我不忍心他一個人待在那兒。因為他，我會睡不著的。」

「你去照顧他，我不反對。」

她的聲音顯得冰冷而又疏遠。

「這樣他會死的。」

「讓他死好了。」

斯特洛夫有些氣喘。他擦了擦臉，轉過身來希望我說幾句，但我不知道說什麼好。

「他是很了不起的畫家。」

「跟我有什麼關係？我討厭他。」

「哦，親愛的，我的寶貝，你不會的。我求求你，讓我把他接過來。我們可以讓他好過些。也許我們能救他。他不會麻煩你的。什麼都由我來做好了。我們可以在畫室裡給他支張床。我們不能讓他像狗一樣死掉，太不人道了。」

「為什麼他不去醫院？」

「醫院！他需要的是愛的手臂，照料他要竭盡全力才行。」

我驚訝地發現，她居然非常激動。她繼續擺放桌椅，但兩隻手在抖。

「我沒耐心再跟你說。你想想，如果你生病了，他會動一根指頭來幫你嗎？」

「那有什麼關係？我有你照顧。沒那個必要。再說，我不一樣，我沒那麼重要。」

「你還不如一隻雜毛狗有骨氣呢。躺在地上，任人踩踏。」

斯特洛夫微微一笑。他以為，自己明白妻子為什麼這種態度。

「哦，小氣的寶貝兒，你還在想那天他來看畫的事。他不覺得好，有什麼關係呢？是我太蠢了，給他看那些。我敢說，我畫得也沒多好。」

他傷心地環顧了一下畫室，畫架上有幅未完成的畫：一個義大利農夫微笑著，手裡拿著一串葡萄，舉在一個黑眼睛的小女孩頭上。

「即使他不喜歡，也不該沒禮貌。沒必要侮辱你。這擺明他瞧不起你，你卻舔他的手。哦，我恨他。」

「小寶貝，因為他是天才。別以為我也是。我倒希望自己是；但天才我一眼就能看出，而且打心裡讚賞。天才是世上最奇妙的東西。但對天才自己而言，卻是很大的負擔。我們應該容忍他們，要很有耐心。」

我站在一旁，這樣的家庭場面讓我有些尷尬。我想，為什麼斯特洛夫非要讓我和他一起回來。他妻子的眼角已有了淚水。

「我要把他接過來，不僅僅因為他是天才，起碼，他是個人，他病了，身無分文。」

「我永遠也不讓他進我們家的門——永遠。」

斯特洛夫向我轉過身來。

「你來說吧，這簡直生死攸關。不能把他丟在那個悲慘的地方不管。」

「很明顯，讓他過來休養會更好，」我說，「但是，當然，這會讓你們不方便。我想，還是有個人日夜照顧他好。」

「親愛的，你不是那種怕麻煩就不幫的人。」

「如果他來，我就走。」斯特洛夫夫人暴怒地說。

「我簡直不認識你了。你一直那麼善良。」

「哦，看在上帝分上，別說了。你快把我逼瘋了。」

終於，她的眼淚流了出來。她在一把椅子上坐下，將頭埋在雙手中，肩膀不停地抽搐著。德克立即在她身邊跪下，抱住她，親吻她，叫著各種親密的愛稱，廉價的眼淚順著他的臉流了下來。不一會兒，她就推開了他，擦乾眼淚。

「讓我自己待一會兒。」她說，情緒平復了好多。然後，她對著我，強顏歡笑：「這樣子，讓你怎麼看我呢？」

斯特洛夫困惑地望著她，有些猶豫了。他皺起額頭，噘著通紅的嘴巴。這讓我想到一隻不安的荷蘭豬。

「還是不答應，親愛的？」最後他說。

她疲倦地擺了擺手，一副筋疲力盡的樣子。

「畫室是你的。一切都是你的。如果你要讓他來，我怎麼攔得住呢？」

斯特洛夫圓圓的臉上瞬間綻出了笑容。

「這麼說你答應了？我就知道你會的。哦，我的寶貝。」

突然，她克制住了自己。一雙黯淡的眼睛望著他。她交叉雙手放在胸口，彷彿心快要跳出來似的。

「哦，德克，自從我們認識，我還沒求你做過什麼呢。」

「你知道，只要你一句話，世上沒什麼事我不去做。」

「求求你，不要把斯特里克蘭帶家裡來。其他人，隨便你。小偷、酒鬼、任何一個流浪街頭的人，都可以。我能保證，我會竭盡所能。但是，求你，別把斯特里克蘭帶回來。」

「可是，為什麼？」

「我怕他。我也不知道為什麼，但總有什麼讓我非常怕他。他會給我們帶來禍端。我知道。我感覺到了。如果你把他帶來，不會有好結果。」

「真是沒道理！」

「不，不，我知道我是對的。會有可怕的事情發生。」

「因為我們做了好事？」

現在，她呼吸急促，臉上有一種莫名的恐懼。我不明白她想到了什麼。我感覺，她被一種無形的驚懼牢牢抓住，完全身不由己。她一向穩重，這種驚恐，讓人吃驚。斯特洛夫一臉的困惑、驚愕，看了她好一會兒。

「你是我妻子，對我來說比什麼都寶貴。如果你不完全同意，誰也不能來這裡。」

她閉目片刻，我以為她要暈倒了。我對她有些不耐煩；真沒想到她是這樣神經質的女人。這時，又聽到斯特洛夫的說話聲。沉寂似乎奇怪地被他的聲音打破了。

「你自己不是也曾陷入絕境，正好有人伸出了援手？你知道，這多麼重要。如果你有機會，就不願意幫別人一把嗎？」

他這話，司空見慣，甚至有些說教，我差點笑了。但布蘭奇・斯特洛夫的反應卻讓我吃驚。她的身體顫抖了一下，久久地望著她丈夫。而他緊緊盯著地板。我不知道，為什麼他這樣尷尬。她的臉上泛起一陣紅暈，接著變白——更白，慘白可怕；你會感覺，她的血液也在她身體的表面緊緊收縮；甚至她的雙手也變得毫無血色。她渾身戰慄。畫室裡的寂靜在聚集，彷彿變成了可以感知的存在。我一臉茫然。

「把斯特里克蘭接來吧，德克。我會盡心照顧他。」

「我的小寶貝。」他笑了。

他想擁抱她，但她躲開了。

「當別人的面別這麼親熱，德克，」她說，「讓人家笑話。」

她的神情已經恢復了自然；誰能說，剛才她還被一種劇烈的感情所搖撼。

第二十六章

第二天，我們就去幫斯特里克蘭搬家。要說服他過來，需要極大的毅力和耐心，還好他病得很重，對於斯特洛夫的懇求和我的果斷，他都沒有辦法抵抗。在他有氣無力的咒罵聲中，我們給他穿好衣服，扶他下樓，上了馬車，終於把他弄到斯特洛夫的畫室。我們到達時，他已筋疲力盡，他讓我們把他放在床上，一言不發。他足足病了一個半月。曾經有段時間，他好像都活不了幾個小時了，我確信，是因為這個荷蘭人精心照料，他才挺了過來。我從來沒見過這麼難伺候的病人。倒不是說他愛挑剔、發牢騷，恰恰相反，他從不埋怨，絕無要求，一聲不吭；但他似乎憎恨別人照顧；要是問他感覺怎樣、需要什麼，他會嘲笑、冷笑，最後甚至破口大罵。我發現他實在可惡，所以，他剛一脫離危險，我就毫不猶豫地提醒他。

「見鬼去吧。」他乾脆地回答。

德克．斯特洛夫完全放下了自己的工作，以他的同情和體貼，悉心照料斯特里克蘭。他手腳靈活，把他伺候得舒舒服服。真沒想到，他的手段這樣高明，居然能勸他乖乖服下醫生開的藥。他什麼都不嫌麻煩。儘管他的收入只夠維持他和妻子的生活，沒錢能亂花，但是現在，他卻大手大腳，購買反季的昂貴美味，好勾起斯特里克蘭反覆無常的胃口。我怎麼也忘不了，他勸斯特里克蘭補充營養時的苦口婆心。無論斯特里克蘭怎樣無禮，他從不發火；如果他只是陰沉著臉，他便假裝沒看到；如果他咄咄逼人，他就呵呵一笑。等斯特里克蘭的身體恢復得好些了，有力氣取笑別人，就嘲笑他，他卻故意裝聾賣傻，逗他開心。他會高興地給我使個眼色，讓我知道病人已無大礙。斯特洛夫真是太厲害了。

但是，更讓我感到吃驚的是布蘭奇。她證明自己，是一個不僅能幹而且專業的護士。沒什麼再能讓你想起，她曾激烈地反對丈夫，不讓斯特里克蘭住到家裡來。病人需要各種照顧，她堅持盡到自己的責任。她整理他的床鋪，換床單時盡量不打擾他。她還幫他洗漱。當我說她非常能幹，她像平常那樣欣然一笑，說有一陣子她在醫院工作過。她一點也讓人看不出，她曾那麼討厭斯特里克蘭。她和他說話不多，但總是善解人意，用心呵護。有兩個星期，斯特里克蘭需要整夜看護，她就和丈夫輪流照顧。我真不知道，漫漫長夜，她坐在病床前作何感想。斯特里克蘭躺在那兒，模樣古怪，他更瘦了，一臉亂蓬蓬的紅鬍子，眼睛深陷，凝視的目光更顯狂熱，因為生病，眼睛看起來非常大，那種光亮很不自然。

「夜裡他和你說過話嗎？」有次我問她。

「從來沒有。」

「你還像從前那樣不喜歡他？」

「更討厭，如果要說的話。」

她看著我，用她那雙沉靜的灰色眼睛。她的表情如此平靜，真難相信，我曾親眼看見，她表現出那麼強烈的抵抗情緒。

「你這麼照顧他，他謝過你嗎？」

「沒有。」她笑了。

「真沒人性。」

「非常可惡。」

斯特洛夫當然高興。她把他交給她的重擔挑了起來，而且盡心盡力，這讓他難以表達他的感激之情。但他對布蘭奇和斯特里克蘭之間的關係又感到疑惑。

「你知道嗎？我看見他們一起坐在那兒好幾個小時，一個字都不說。」

有一次，我和他們坐在畫室裡。這時候，斯特里克蘭的身體已經好多了，再有一兩天就能下床。德克和我在聊天。斯特洛夫夫人在縫補，我認出她手裡的襯衫，是斯特里克蘭的。斯特里克蘭仰面躺著，一言不發。偶然地，我看見他的目光停在布蘭奇．斯特洛夫身上，帶著異樣的嘲諷。布蘭奇感覺到斯特里克蘭在看自己，便抬起眼睛，頃刻間四目對望。我不大明白她臉上的神情。她的目光中有一種奇怪的困惑，也許是——但是，為什麼呢？——驚恐。很快，斯特里克蘭移開了目光，懶洋洋地打量著天花板；但布蘭奇依然盯著他，她的表情，真令人費解。

過了幾天，斯特里克蘭可以下床了。他瘦得簡直皮包骨。衣服穿在他身上，就像稻草人披著破布。他鬍鬚凌亂、頭髮邋遢，他的五官，本來就比常人的要大，一場大病，讓他的五官更加異乎尋常；但正因奇怪，反而不顯其醜。他的怪樣，竟有一種威武莊嚴的氣派，我真不知道，怎樣才能準確描述他給我的印象。儘管他肉體的遮蔽幾乎透明，不過，顯而易見的並非他的精神力量，而是他臉上那種野蠻的肉欲。聽起來很荒唐，但我認為，他這種野蠻的肉欲混雜著令人驚異的精神力量。在他身上，有某種原始的東西。他似乎參與了大自然的神祕力量，就像希臘人用半人半獸的形象，用薩特、弗恩[1]來呈現這種神祕力量。我想到馬西亞斯[2]，他竟然敢和阿波羅比賽樂器，結果被活活剝了皮。斯特里克蘭內心似乎懷著奇妙的和弦和難以預料的圖景。我預見，他的結局將是無盡的折磨和絕望。又一次，我感覺他被魔鬼附身了；但不能說是邪惡的魔鬼，因為這是在混沌初開、善惡未分之前早已存在的原始力量。

他的身體還很虛弱，不能畫畫。坐在畫室裡，一聲不響，天知道他在想什麼。有時，他也看書。他喜歡的書都很奇怪。有時我發現他在研讀馬拉美的詩，像小孩子一樣逐字逐句大聲地讀著，我真想知道，那些微妙的節奏和晦澀的詞語，帶給他怎樣奇特的感受。有時，他又沉浸在加伯利奧[3]的偵探小說中。想起來有趣，他對書的選擇，表現出他怪誕性格不可調和的各種方面。同樣奇怪的是，儘管他身體很虛弱，但依然討厭舒適。斯特洛夫喜歡舒適，他的畫室裡有一對非常柔軟的扶手椅，和一張大沙發椅。斯特里克蘭從不碰這幾張椅子；有一天我走進畫室時，就他一個人，我發現他坐在一個三腳凳上。這並不是清心寡欲的做作，而是因為，他不喜歡椅子。如果他非得坐椅子，他會選沒有扶手的硬木椅。他這種性格，讓我非常惱火。我從未見過，一個人居然這麼不在乎自己身邊的事物。

1. 弗恩（Faun），古羅馬傳說中半人半羊的農牧神。

2. 馬西亞斯（Marsyas），森林之神，希臘神話中長著羊角羊蹄的半人半獸神。馬西亞斯的樂器是雙管笛，太陽神阿波羅的樂器是里拉琴，他們比賽演奏。因為兩人的水準不相上下，於是阿波羅提出，他可以將里拉琴倒過來演奏。但是雙管笛無法倒過來演奏，所以馬西亞斯輸了。按照約定，阿波羅提出勝利者的要求，馬西亞斯被吊在松樹上，活剝了皮。

3. 埃米爾．加伯利奧（Emile Gaboriau，一八三二－一八七三），法國作家、偵探小說先驅。

第二十七章

兩三個星期過去了。一天早上，當我的寫作告一段落，我想給自己放個假，便去了羅浮宮。我四處溜達，觀賞著那些熟悉的名畫，任憑自己心馳神往，浮想聯翩。我走進一側長長的畫廊，突然看見斯特洛夫。我笑了，因為他那又圓又胖的身軀、彷彿受了驚嚇似的神情，每次都讓人想笑。等我走近他，我注意到他很沮喪。他愁眉苦臉，但又很滑稽，像一個穿戴整齊的人落入水中卻又死裡逃生，心有餘悸，生怕別人笑話他。他轉過身來，望著我，但我知道，他並沒有看見我，一雙圓圓的藍眼睛，在眼鏡片後面顯得疲倦不堪。

「斯特洛夫。」我喊道。

他嚇了一跳，然後笑了，但笑得很淒慘。

「你怎麼在這種滿是時尚玩意兒的地方到處閒晃？」我打趣說。

「我很久沒來羅浮宮了。想看看有什麼新東西。」
「你不是告訴我，這星期要畫一幅畫嗎？」
「斯特里克蘭在我畫室畫畫呢。」
「哦？」
「我提議的。他的身體還沒有好到能回去。我想，我們可以一起用我的畫室。在那個區，很多人都是共用一個畫室。我覺得一定很有趣。我常常想，如果一個人畫累了，另一個可以陪他說說話，這樣挺有意思。」
這些，他說得很慢，說一句就尷尬地停頓一會兒，而他那雙善良而愚蠢的眼睛一直盯著我。那裡面滿是淚水。
「我還是沒聽明白。」我說。
「斯特里克蘭不願意自己畫畫時別人在他身邊。」
「他媽的，那是你的畫室。他該自己搬出去。」
他可憐巴巴地望著我，嘴唇顫抖著。
「出什麼事了？」我直截了當地問。
他吞吞吐吐，臉漲得通紅，難過地瞥了一眼牆上的畫。

「他不讓我畫。叫我滾出去。」

「你為什麼不讓他滾到地獄去呢？」

「他把我趕出來了。我不能和他硬來啊。他連我的帽子都扔了出來，關了門。」

斯特里克蘭的行徑讓我憤怒，但是我也生自己的氣，因為德克・斯特洛夫扮演了一個滑稽角色，我又忍不住想笑。

「你妻子說什麼？」

「她出去買東西了。」

「他會讓她進去嗎？」

「不知道。」

我疑惑地望著斯特洛夫。他站在那兒，彷彿一個正被老師訓斥的孩子。

「我去把斯特里克蘭趕走怎樣？」我問。

他嚇了一跳，閃閃發光的臉漲得通紅。

「不。你最好別管。」

他向我點了點頭，就走了。非常清楚，出於某種原因，他不想和我討論這事。真是搞不懂。

第二十八章

一星期後，真相大白。晚上十點左右，我在飯館吃了飯，回到公寓，一個人坐在客廳裡看書，這時門鈴暗啞地響了起來。我走到過道，打開門，斯特洛夫站在我面前。

「可以進來嗎？」他問。

樓道光線昏暗，我看不清他的樣子，但他說話的聲音讓我吃驚。我知道他生活節制，要不還以為他喝醉了呢。我帶他到客廳，讓他坐下。

「謝天謝地，終於找到你了。」他說。

「怎麼啦？」他激動的神情，讓我驚愕。

現在，我可以看清他了。平常他總是穿戴整齊，這回卻衣冠不整，突然這麼亂糟糟的。我深信不疑，他一定喝多了。我笑了。正想取笑他這副模樣。

「我不知道該去哪裡，」他大聲地說，「我

早就到了，不過你不在。」

「我吃飯回來晚了。」我說。

我改變了主意；顯然，他不是因為喝醉才這麼不堪。他的臉平常總那麼紅潤，現在卻青一塊紫一塊。他的兩隻手哆嗦著。

「出什麼事了？」

「我妻子離開我了。」

他幾乎哽咽了；喘著氣，淚水順著他圓圓的臉龐滾落下來。我不知道該說什麼。我首先想到，她丈夫昏頭昏腦，這麼熱心地對待斯特里克蘭，讓她忍無可忍，加之斯特里克蘭冷嘲熱諷，所以她堅決要把他趕走。我知道，她表面沉靜，實則倔強；如果斯特洛夫依然拒絕，她很容易離家出走，發誓再不回來。但是，看到這個小個子這麼痛苦，我不能笑。

「好朋友，別難過。她會回來的。女人一時說的氣話，千萬別當真。」

「你不知道。她愛上斯特里克蘭了。」

「什麼！」我大吃一驚，但是，這太令人難以置信了，我覺得非常荒唐。「你怎麼這麼傻？難道是吃斯特里克蘭的醋？」我差點笑了出來。「你知道的，她受不了斯特里克蘭。」

「你不明白。」他嗚咽著說。

「真頑固。」我有些不耐煩地說，「來杯威士忌蘇打，你可能會好點兒。」

我猜想，出於某種原因——天知道，人會怎樣想方設法來折磨自己——德克一心想讓妻子照顧斯特里克蘭，可是他自己笨手笨腳，所以把她惹毛了。而她為了氣他，也就千方百計讓他生疑。

「聽我的，」我說，「我們現在回你的畫室。如果是你一時做錯了，就該低頭認罪。我覺得，你妻子不是那種記仇的人。」

「我怎麼能回畫室呢？」他有氣無力地說，「他們在那兒。我把房子讓給他們了。」

「這麼說，不是你妻子離開了你，而是你離開了你妻子。」

「看在上帝分上，不要和我說這種話。」

我還是沒把他當一回事。我一點也不信他的話。但他看起來真的很痛苦。

「好吧，既然你到這兒來跟我說，那就一五一十，都告訴我吧。」

「今天下午，我再也受不了了。我走到斯特里克蘭面前，對他說，我覺得你的身體恢復得夠好，可以回自己的住處了。我要用自己的畫室。」

「只有斯特里克蘭這種人，才要人家明說，」我說，「他怎麼講？」

「他笑了笑。你知道他怎麼笑，不是什麼讓他感到好笑，而是讓你覺得自己他媽的是個傻瓜。他說他馬上就走。他開始收拾東西。你記得，當時我從他住處拿了些他用得著的。他讓布蘭奇給他找一張包裝紙，一根繩子，他要打包。」

斯特洛夫停下了，有些氣喘，我以為他會暈倒。這不是我料想中他要講的故事。

「她臉色蒼白，但還是拿來了包裝紙和繩子。而他一言不發，一邊打包，一邊吹著口哨，根本不理我們。他的眼角，帶著譏諷的笑。我的心沉得像鉛一樣。我擔心有什麼事情發生，希望自己不要說話。他四處看，找自己的帽子。這時她開口了：

「『我要和斯特里克蘭一起走，德克，』她說，『我不能和你過下去了。』

「我想說話，卻張口結舌。斯特里克蘭也沒說話。他繼續吹著口哨，好像跟他沒關係似的。」

斯特洛夫又停了下來，擦了擦臉。我沉默不語。現在，我相信他了。我很吃驚。但依然無法理解。

這時候，他已淚流滿面，他用顫抖的聲音告訴我，他怎樣走過去，想把她摟在懷裡，她卻躲開了，而且讓他不要碰她。他求她，不要離開。告訴她他有多愛她，讓她想想他的一片忠誠。他向她說起往日的幸福生活。他一點也不生她的氣，絲毫不會責怪她。

「讓我安安靜靜地走吧，德克，」後來她說，「難道你不知道我愛斯特里克蘭？他去哪兒，我就跟到哪兒。」

「但是，你肯定知道，他永遠不會帶給你幸福。為了你自己，不要走。你明白等待你的會是什麼。」

「這是你的錯，是你堅持讓他來的。」

斯特洛夫轉向斯特里克蘭。

「可憐可憐她吧，」他哀求道，「你不能讓她做出這種瘋狂的事來。」

「這是她自己選的，」斯特里克蘭說，「我並沒有強迫她跟著我。」

「我已經決定了。」她木然地說。

斯特里克蘭這種傷人的冷靜讓斯特洛夫再也控制不了自己。盲目的憤怒攫住了他，他也不知道自己在幹什麼，突然撲向斯特里克蘭。斯特里克蘭猝不及防，踉踉蹌蹌後退了幾步，但是，儘管他大病初癒，力氣還是比斯特洛夫大很多，不一會兒，斯特洛夫根本不知道發生了什麼事，就發現自己躺在地上了。

「你這個滑稽的小丑。」斯特里克蘭罵道。

斯特洛夫爬了起來。他發現自己的妻子依然冷冷地站著，在她面前這樣出醜，更讓他覺得丟臉。在廝打中他的眼鏡掉了，一時看不見在哪兒。她默默地撿起來，塞到他手裡。他似乎突然意識到自己的不幸，儘管他知道這讓自己顯得更加可笑，但他還是大哭起來。他捂住臉。那兩個人望著他，一言不發，站在原地，連腳都沒挪一下。

「哦，親愛的，」後來他呻吟著說，「你怎麼能這樣殘忍？」

「我也身不由己，德克。」她回答。

「我崇拜你，世上沒有哪個女人會讓我這麼崇拜。如果我做了讓你不高興的事，為什麼不告訴我？只要你說，我一定改。為了你，我能做的都會做。」

她沒有回答。她面無表情，而他感覺自己不過是讓她更生厭。她穿上外套，戴上帽子，向門口走去。他明白馬上就再也見不到她了，於是快步走過去，跪在她面前，抓住她的手，什麼臉面也不顧了。

「哦，不要走，親愛的。沒有你我活不了；我會自殺的。如果我有什麼惹你生氣，求你原諒我。再給我一次機會，我會更努力，讓你幸福的。」

「站起來，德克。真是丟人現眼。」

他搖搖晃晃地站了起來，但依然不讓她走。

「你要去哪兒？」他慌忙問道，「你不知道斯特里克蘭住的是什麼樣的地方啊。你不能住那兒。太可怕了。」

「如果我不在乎，跟你又有什麼關係？」

「你等一下，我還有話要說。不管怎樣，這總可以吧。」

「那又怎樣？我想好了。不管你說什麼，都改變不了。」

他倒吸了一口氣，將一隻手按在胸口，因為心中的痛苦讓他難以承受。

「我不是要你改變主意，我只是求你再聽我說幾句。這是最後求你了。不要拒絕。」

她站住了，用她那雙沉靜的眼睛望著他，而這目光對他來說已如此陌生。

她走回畫室，靠在桌上。

「哦？」

斯特洛夫費了好大力氣，才讓自己平靜了一些。

「你得有點理智。不能靠空氣過日子。你知道，斯特里克蘭一分錢也沒有。」

「我知道。」

「你會吃不飽、穿不暖，受盡苦頭。你知道斯特里克蘭為什麼這麼長時間才恢復過來？因為他一直在挨餓啊。」

「我能賺錢養他。」

「怎麼賺錢？」

「我不知道。會有辦法的。」

一個可怕的想法掠過荷蘭人的腦海，他打了一個寒戰。

「我想你一定是瘋了。我不知道你被什麼蒙住了。」

她聳了聳肩。

「現在我可以走了嗎？」

「再等一下。」

他疲憊地環顧了一下畫室；他喜歡這裡，因為她的存在，使這裡充滿歡樂與溫馨；他把眼睛緊緊地閉上片刻，然後又久久地望著她，彷彿是要把她的樣子永遠刻在心中。他站起身來，抓過自己的帽子。

「不，我走。」

「你？」

她大吃一驚，不明白他是什麼意思。

「一想到你要住在那麼可怕、骯髒的閣樓裡，我受不了。不管怎麼說，這是我的家，也是你的家。你在這裡會更舒服。至少不用受那份罪。」

他走到抽屜邊，拿出一些錢來。

「都在這裡了，我給你一半。」

他把錢放在桌上。斯特里克蘭和他妻子都沒說話。

這時，他又想起一件事來。

「你能把我的衣服收拾一下，放在門房那邊嗎?明天我過來拿。」他強顏歡笑。「再見，親愛的。謝謝你過去帶給我的幸福。」

他走出來，帶上了門。在我的想像中，我看見斯特里克蘭把帽子往桌上一扔，坐下來，點燃了菸。

第二十九章

我沉默片刻，想著斯特洛夫所說的。他的軟弱，我無法忍受，他也看出，我對他不滿。

「你也知道，斯特里克蘭過的什麼日子，」他顫抖地說，「我不能讓她也那樣過活——絕對不能。」

「這是你的事。」我回答。

「要是你，你會怎麼做？」他問。

「她是眼睜睜自己走的。如果不得不吃些苦頭，也是她自找的。」

「對，但是，你知道，愛她的是我，不是你。」

「你還愛她嗎？」

「哦，比以往更愛。斯特里克蘭不能讓女人幸福。這事維持不久。我要讓她知道，我永遠不會讓她失望。」

「你是說，你還會讓她回到你身邊？」

「我毫不猶豫。到那時候，她會比以往更需要我。等她被他拋棄，受盡屈辱，心傷透了，要是她無處可去，那就太可怕了。」

他似乎一點也不恨她。我想，可能是我太迂腐，所以對他這種軟弱竟有些憤慨。也許，他猜到我在想什麼，所以對我說：

「我不能指望她像我愛她一樣愛我。我是小丑，不是能讓女人喜歡的男人。這一點我早就知道。如果她愛上了斯特里克蘭，我不能怪她。」

「我還從沒見過，像你這樣沒有自尊心的人。」我說。

「我愛她，遠遠勝過愛我自己。我覺得，愛情中如果考慮自尊，只能說明你更愛自己。不管怎樣，一個結了婚的男人愛上別的女人，這司空見慣，常常等他的一頭熱過了，就又回到妻子身邊，而她也接納他，這種事，誰都覺得很自然。為什麼男人可以這樣，女人就不行？」

「我承認，這合乎邏輯，」我笑了笑，「但是大多數男人都不會這樣想，根本做不到。」

在我和斯特洛夫說話時，我想，這事來得太突然，我還是百思不得其解。我想像不出，事先他會沒有察覺。我還記得布蘭奇．斯特洛夫那奇怪的眼神，也許可以這樣解釋：她已經模糊地意識到她心底的感情，連她自己也感到驚慌。

「之前你沒懷疑過他們的關係嗎？」我問。

他沒有立刻回答。桌上有支鉛筆，他拿起來，隨手在吸墨紙上畫了一個頭像。

「如果你不喜歡我這樣問，就直說。」我說。

「把話說出來，輕鬆多了。哦，要是你知道我心裡有多難受就好了。」他把鉛筆往桌上一扔。「對，兩星期前我就知道了。她沒決定之前我就知道了。」

「那你還不叫斯特里克蘭收拾東西走人？」

「我不相信。簡直不可思議。她本來那麼受不了他啊。太不可思議了，簡直讓人難以置信。我還以為是我在吃醋呢。你明白，我一向愛吃醋，但我強迫自己不表現出來；她認識的每個男人我都吃醋，連你也是。我清楚，她不像我愛她那麼愛我。這很正常，不是嗎？但她允許我愛她，這我就夠幸福的了。我強迫自己出去，一走就是幾小時，好讓他們在一起；我想懲罰我自己，這麼愛懷疑，簡直不配；但是當我回來，我發現他們並不需要我——斯特里克蘭當然不會在意我在不在家，可是布蘭奇也不需要我。我走過去吻她，她居然渾身發抖。最後，我已經確定是怎麼回事，卻不知如何是好；我知道，如果我大吵大鬧，只會讓他們笑話我。我覺得，如果我默不作聲，睜一隻眼閉一隻眼，事情也許就會過去。我打定主意，安靜地打發他走，用不著吵鬧。哦，如果你知道我心裡的苦就好了！」

然後，他把自己讓斯特里克蘭搬走的事，又說了一遍。他選擇了恰當的時機，盡量讓自己的話聽起來不是那麼有意，但他還是沒能控制住自己，本來想說得爽快友好，但還是流露出了嫉妒怨恨。他沒想到自己一說，斯特里克蘭一口答應，而且立馬收拾東西；但首先，讓他意想不到的是，他的妻子也決定和斯特里克蘭一起走。看得出，他非常希望自己繼續忍耐下去。他寧要嫉妒的煎熬，也不要分離的痛苦。

「我想殺了他，結果卻讓自己出那麼大醜。」

他沉默良久，終於說出了我以為的心裡話。

「如果我再等等，或許就沒事了。我真不該這麼急躁。唉，可憐的姑娘，為什麼我要逼她走啊？」

我聳了聳肩，但沒說話。我對布蘭奇．斯特洛夫一點也不同情，但我知道，如果我把我聯想到的實情告訴德克，只會讓他更難過。

這時他已筋疲力盡，但還是喋喋不休。他把當時三個人說的話，又重複了一遍。他一會兒告訴我他沒講到的，一會兒又跟我說，當時什麼該說什麼不該說；歎息自己太盲目了。他後悔，哪件事他不該做，咒罵自己，哪件事沒有做。夜漸漸深了，最後我和他一樣疲憊不堪。

「你現在打算怎麼辦？」我最後問他。

「還能怎麼辦？我等她來叫我回去。」

「為什麼不一走了之，去散散心呢？」

「不，不。如果她需要，我得讓她能找到我。」

對於眼下的狀況，他似乎束手無策，也無計可施。我要他去睡覺，他說睡不著；他想出去走走，直到天亮。很顯然，他無處可去。我勸他留下過夜，睡我床上。我客廳有一張長沙發，我可以睡那兒。他已經有氣無力，無法拒絕我的好意。我給他服了足夠劑量的佛羅拿，好讓他昏昏沉沉睡幾個小時。我想我愛莫能助，只能如此了。

第三十章

但是，我給自己收拾的床鋪很不舒服，讓我徹夜難眠，輾轉反側，想了很多這個不幸的荷蘭人給我講的事情。我對布蘭奇．斯特洛夫的行為感到迷惑不解，因為我看出，這僅僅來自肉體的誘惑。我不認為她曾真正喜歡過自己的丈夫，女人心中的愛，往往只是親暱和安慰，大多數女人都是這種反應。這是一種被動的感情，能夠被任何一個人激起，就像藤蔓可以攀爬在任何一棵樹上；當一個女孩嫁給隨便哪個男人，總相信日久生情，世俗之見，如此牢固。說到底，這種感情不過是衣食無虞的滿足、財產殷實的驕傲、受人愛慕的愉悅，以及家庭圓滿的得意；女人賦予這種感情精神層面的價值，只是出於一種無傷大雅的虛榮。但這種感情，在面對激情時往往顯得手足無措。我懷疑，布蘭奇．斯特洛夫之所以非常討厭斯特里克蘭，一開始便有模糊的性誘惑的因素在內。我是誰啊，怎麼可能解開性的複雜神祕？或許，斯特洛夫的激情，激起卻未能滿足她天性的一面，她討厭斯特里克蘭，是因為她覺得，他身上有自己所需要的那種力量。當她極力反對丈夫把斯特里克蘭帶回家時，我想是真誠的；她被他嚇壞了，雖然不知道為什麼；我還記得，她曾預言會有災禍。我覺得，她對斯特里克蘭的恐懼，是對自己恐懼的奇怪移植，因為他讓她疑惑，簡直不可思議。斯特里克蘭，相貌粗野狂放，眼神超然不群，嘴唇肉欲性感，身材高大健壯，這些都給人野性激情的印象；也許她跟我一樣，在他身上看到了某種邪惡，就像史前時期的野獸，因為和大地保持著原始的聯繫，似乎還保有牠本來的精神。如果斯特里克蘭對她的影響不可避免，那麼她對他的感情，不是愛就是恨。而她一開始是恨。

接著我想，每日守護病人，也讓她對他陰錯陽差地動了感情。她托起他的頭給他餵吃的，感覺自己手上沉甸甸的；餵完了，她擦一擦他那充滿肉欲的嘴唇和紅鬍子。她清洗他的手腳，那上面一層茂密的汗毛；她給他擦手，儘管他還虛弱，但她也能感覺到，他的手堅實有力。他的手指修長，是藝術家那種靈巧而善於創造的手指；我不知道，他的手指在她心裡引起了怎樣慌亂的想法。他靜靜地睡著，一動不動，好像死了一樣，他就像森林中的一頭野獸，狂奔逐獵之後躺在那兒休息；她想知道，在他夢裡有怎樣的幻想？他是不是夢見有個仙女正在希臘的森林中飛奔，薩特在後面緊追不捨？她拚命奔跑，慌不擇路，但他步步緊逼，她甚至感覺到，他熱辣辣的呼吸吹到了自己的脖子上！但她依然一聲不響向前飛奔，他也一聲不響緊緊追趕；最後，她終於被他抓住了，但是，使她渾身戰慄的，究竟是恐懼，還是狂喜？

布蘭奇·斯特洛夫被強烈的情欲死死地抓住。也許她依然討厭斯特里克蘭，卻渴望得到他，在此之前，她生活中的一切都變得一文不值。她不再是一個性格複雜、既善良又善變、既體貼又輕率的女人；她是邁娜得斯[1]，她是欲望的化身。

不過，也許是我胡亂猜測，可能因為她對自己的丈夫感到厭倦，而只是出於沒有半點感情的好奇，才愛上了斯特里克蘭。或許，她對他並沒有特別的感覺，只是屈從於他的意願，僅僅因為日夜相守、空虛無聊，到頭來卻發現，她陷入了自己織就的羅網。我怎麼知道，在她平靜的眉宇和冰冷的灰色眼睛後面，究竟隱藏著怎樣的思緒和感情？

1. 邁娜得斯（Maenad），希臘、羅馬神話中追隨酒神狄奧尼索斯（巴德斯）的「瘋女人」。她們頭戴常春藤花環，身披獸皮，手持節杖，跟著他在山林中漫遊。

不過，即便像人這種生物的行為不可預料，難以確定，但布蘭奇・斯特洛夫的所作所為還是可以合理地解釋。另一方面，我根本無法理解斯特里克蘭。我絞盡腦汁，也想不出他這次行為為何如此反常，和我對他的理解大相徑庭。說來也不奇怪：他這樣無情地背叛朋友的信任，毫不猶豫地滿足自己的一時之快，給別人帶來極大的痛苦，因為這就是他的性格。他根本不懂知恩圖報。他沒有惻隱之心。我們常人的感情在他身上幾乎不存在，指責他沒有感情，就像指責老虎兇殘一樣荒謬。但他這次的心血來潮，我想不通。

我不相信，斯特里克蘭會愛上布蘭奇・斯特洛夫。我根本不信，他會愛上誰。柔情是愛的重要組成部分，但斯特里克蘭無論對人對己，都是鐵石心腸。愛需要有甘願示弱的態度、保護他人的願望，盡心竭力、取悅對方的渴望——總之，愛需要無私，或者至少將自私隱藏得了無痕跡；而且愛也需要矜持。而這些特徵，在斯特里克蘭身上簡直無法想像。愛是全神貫注，它需要一個人全力付出；即使頭腦最清醒的人，也可能知道，要讓他的愛永不停止，根本沒有可能；愛給予的真實是虛幻，而且，明明知道是虛幻，不是別的，卻依然愛得義無反顧。愛讓一個人比原來的自己更豐富，同時又更貧乏。他不再是他自己。他不是一個人，而是一件東西、一樣工具，需要透過某種外在的目的來抵達他的自我。愛情從來免不了多愁善感，而斯特里克蘭卻是我認識的人中最不吃這一套的。我不相信，任何時候，他會去忍受愛的癡狂，他永遠都受不了外在的枷鎖。如果有什麼東西阻礙了他那無人理解、慫恿他奔向未知事物的熱望，我相信，他會毫不猶豫，將它從心中連根拔除，哪怕讓他痛苦，讓他遍體鱗傷、鮮血淋淋。如果我對斯特里克蘭的複雜印象，總結得還算成功，那麼，下面的話也不算離譜：我覺得斯特里克蘭在愛情這件事上，既過分，又貧乏。

但是我想，每個人的愛情觀，都帶著自己的秉性，所以因人而異。像斯特里克蘭這樣一個人，在愛情中自然會有自己獨特的方式。要分析他的感情，簡直白費力氣。

第三十一章

第二天，儘管我勸斯特洛夫別走，他還是離開了。我說我可以幫他回家拿東西，但他堅持自己去；我想，他是希望他們沒有收拾他的東西，這樣他就可以見到妻子，也許還能勸她回到自己身邊。但是當他回去，東西已經在門房那兒了，門房告訴他，布蘭奇出去了。如果說，他能不向她吐自己的一肚子苦水，我才不信呢。我發現，每個他認識的人，他都會向人家訴說他的不幸；他以為能博得同情，結果只引來嘲笑。

他的舉止，有失體統。他知道妻子什麼時間去買東西，一天，再也忍不住見不到她，當街把她攔住。她不理他，但他還是說個沒完。他結結巴巴地道歉，說他做過多少錯事，他告訴她，他一心一意愛她，求她回到自己身邊。她不回答，只是快步向前，把臉扭向一邊。我想像得出，他邁著那雙胖胖的小短腿，努力追趕她。他氣喘吁吁，告訴她，自己有多慘；他求她可憐他；他保證，只要她原諒自己，什麼都願意為她去做。他提出帶她去旅行。他告訴她，斯特里克蘭很快就會厭倦她。當他對我講述整個丟人現眼的經過，我氣壞了。這可真是，既沒理智又失尊嚴。凡是讓他妻子瞧不起的事，他可是一件不落都做了。女人對於依然愛她而她已不愛的男人，往往比誰都殘忍；她不只是不憐憫、不寬容，更會瘋狂地羞辱他。布蘭奇．斯特洛夫突然收住腳步，使盡渾身力氣，狠狠往丈夫臉上抽了一巴掌。趁他愣住，她倉皇逃走，三步兩步跑上畫室的樓梯。從頭到尾，一個字也沒講。

當他給我講這些時，他捂著臉，彷彿還能感覺到那火辣辣的刺痛，他的眼裡顯出令人心碎的痛苦和驚愕，但又很滑稽。我就像看著一個胖嘟嘟的小學生，儘管知道不對，還是忍不住想笑。

後來，他會沿著她買東西的街道跟著她，他站在不遠處的角落裡，眼看著她走過去。他不敢再上前說話，只是用一雙圓圓的眼睛望著她，要說的一切都在他的眼神裡。我想，他可能以為，他可憐的樣子會打動她。但她絲毫不為所動。她買東西的時間依然沒變，路線也沒變。我覺得，她的冷漠有些殘忍。也許，這樣折磨他，對她是一種樂趣。我真不明白，為什麼她這麼恨他。

我勸斯特洛夫放聰明一些。他這種沒骨氣的表現氣死人。

「你這樣下去，全沒好處，」我說，「我想，你還是給她來個下馬威，她就不會像現在這樣討厭你。」

我建議他回老家待一段時間。他常對我說起，荷蘭北部那個寂靜的小鎮，他的父母生活在那裡，都是窮人。他的父親是木匠。他們住在一棟破舊的小紅磚房裡，乾淨整潔，旁邊是緩緩流動的運河。那裡的街道，寬闊、寂靜；兩百年過去，這個地方已經衰敗，但房子依然保持著昔日的榮光。富商巨賈，把貨物運往遙遠的印度群島，在這裡過著平靜、豐裕的生活，這些家族雖已敗落，卻還閃耀著往日輝煌的光芒。你可以沿著運河漫步，走到寬廣的綠色原野，四處都是旋轉的風車，黑白相間的乳牛，懶洋洋地低頭吃草。我想，在這樣的環境中，帶著童年的美好記憶，德克・斯特洛夫會忘記自己的不幸。但他不肯回去。

「我必須留在這兒，她需要時，就可以找到我。」他又重複他說過的話。「如果有什麼不好的事，她找不到我，那就太可怕了。」

「會發生什麼事呢？」我問他。

「我不知道。但我害怕。」

我聳了聳肩。

儘管有這麼大的痛苦，德克・斯特洛夫依然讓人覺得可笑。如果他憔悴了、變瘦了，自然會引起別人的同情。然而他不是這樣。他依然胖嘟嘟的，圓圓的臉龐像熟透的紅蘋果。他一向衣冠整潔，現在還是穿著他那漂亮的黑色外套、戴著圓頂禮帽，雖然都有點小，但短小精悍，一副灑脫的樣子。他的大肚子更胖了，一點也沒受影響，比以往更像發福的商人。有時候，一個人的外表和他的靈魂並不相稱，這實在糟糕。德克・斯特洛夫，有著羅密歐的激情、托比・培爾契爵士[1]的身形。他本性善良大方，但行事荒唐莽撞；他深知美為何物，但創作平庸無奇；他見解獨特敏銳，但舉止粗俗笨拙。他與人交往老練圓通，自己的事情卻弄得一塌糊塗。大自然創造他時，將這麼多自相矛盾的東西放在一起，讓他面對令人迷惑不解的冷酷宇宙，這是多麼殘忍的惡作劇啊！

1. 托比・培爾契爵士（Sir Toby Belch），莎士比亞戲劇《第十二夜》中的人物，又肥又胖，喜歡酗酒行樂。

第三十二章

好幾個星期，我都沒有看見斯特里克蘭。我很討厭他，如果有機會，我倒是樂意向他明說，但是，沒必要為了這個去四處找他。我不太願意擺出道德的架勢憤慨指責，這樣總顯得揚揚得意，會讓任何有幽默感的人覺得裝腔作勢。除非非常生氣，我才會去嘲笑別人。斯特里克蘭慣愛冷嘲熱諷，這讓我非常敏感，他一定以為我故作姿態。

但是，一天晚上，當我沿著克里希大街行走，經過斯特里克蘭經常光顧，而我現在再也不去的那家咖啡館，我和斯特里克蘭撞了個滿懷。布蘭奇·斯特洛夫陪著他，正要走向他最喜歡的那個角落。

「這麼長時間，跑哪兒去了？」他說，「我還以為你走了呢。」

他這樣富有誠意，表明他知道我不想理他。對他這種人，根本不需要什麼客套。

「沒有，」我說，「我哪裡也沒去。」

「為什麼好久不來這裡了？」

「巴黎的咖啡館又不是只有這一家，在哪裡不能消磨時間呢？」

這時候，布蘭奇伸出手，和我打招呼。不知道為什麼，我還以為她會有些變化，不過她還是穿著從前那件灰色衣服，顯得優雅得體。她額頭光潔、眼神平靜，正像我過去經常看到的，她在斯特洛夫的畫室裡做家務時那樣。

「下盤棋吧。」斯特里克蘭說。

天知道，當時我為什麼沒有一口拒絕他。我很不情願地跟在他們後面，走到斯特里克蘭經常坐的那個位子對面。他讓侍者拿來了棋盤棋子。對於這次偶遇，他們顯得十分坦然，我也只能不覺其謬，裝作若無其事。斯特洛夫夫人看著我們下棋，臉上的表情令人費解。她沉默不語，其實一向都是如此。我看著她的嘴，想尋找她真情流露的線索；我望著她的眼睛，想知道有沒有驚慌或痛苦的暗示；我打量她的額頭，看能否捕捉到一絲一閃而過的表明她心緒的皺紋。但她的臉龐，彷彿一副從不開口的面具。她的雙手放在膝蓋上，一動不動，一隻輕輕握著另一隻。我聽說過一些事，知道她是性情暴烈的女人；德克那麼死心塌地地愛她，她卻那麼狠狠地打他，只能說明她反覆無常、冷酷無情。她拋棄了有丈夫保護的安樂窩，不去過舒舒服服的日子，反而承擔起她明知道的患難生活。這表明她渴望冒險、願意過苦日子，這種吃苦耐勞的性格，從她過去辛勤操持家務、熱心家庭主婦的職責來看，倒也並不稀奇。她一定是個性格複雜的女人，這與她沉靜的外表，形成了巨大的反差。

這次相遇，讓我有些激動，我一邊緊張地思索著這些，一邊集中精神，想好好下棋。我使出渾身解數，想打敗斯特里克蘭，因為他往往看不起手下敗將；如果他贏了，那種得意揚揚的架勢讓你很難接受。不過，如果他輸了，倒也全不會發脾氣。他是一個壞贏家、卻是一個好輸家。有人認為，只有在下棋時才能看清一個人的性格，這從斯特里克蘭的例子中，可以見出奧妙。

下完棋，我叫來侍者，付了酒錢，離開了他們。這次會面，沒什麼事值得書寫、沒一句話能讓我回味，任何猜測都毫無根據。但是，我很好奇，他們怎麼勾搭在一起的。如果靈魂可以出竅，我願意付出很大代價，這樣我就可以看見他們在畫室裡幹什麼、聽見他們說什麼。我的想像，沒有半點真憑實據。

第三十三章

兩三天過去，德克．斯特洛夫來找我。
「聽說你見到布蘭奇了？」他說。
「你怎麼知道？」
「有人跟我說了，看見你和他們坐在一起。為什麼不告訴我？」
「我想這會讓你難過。」
「那又怎樣？你要明白，她的任何消息，我都想知道。」
我沒說話，等著他問我。
「她現在怎麼樣？」他問。
「一點都沒變。」
「她看起來快樂嗎？」
我聳了聳肩。
「我怎麼知道？我們是在咖啡館遇見的，我和斯特里克蘭在下棋，沒機會跟她說話。」

「哦，從她臉上看不出來嗎？」

我搖搖頭。只能重複說，她沒有說話、沒有任何暗示、沒有表露任何一點感情。他應該比我知道得清楚，她的自制力有多強。他激動地攥著自己的雙手。

「哦，我非常害怕。我知道會發生事情、可怕的事，可是我沒辦法阻止。」

「什麼事？」我問。

「哦，我也不知道，」他呻吟著，抱住自己的頭，「肯定會大禍臨頭。」

斯特洛夫本來就容易激動，現在似乎瘋了，簡直毫無理由。我想，很有可能，布蘭奇・斯特洛夫發現自己不能和斯特里克蘭一起過下去，俗話說自作自受，但這也毫無道理。生活的經驗表明，世人總是不斷地去做招致災禍的事情，但總有機會，能讓人逃避愚蠢的後果。當布蘭奇和斯特里克蘭吵了架後，她只能離開，而她的丈夫卻低聲下氣地在等她原諒自己、忘記過去。但我並不準備同情她。

「你知道，愛她的是我，不是你。」斯特洛夫說。

「反正，沒什麼能證明她不開心。單憑看到的，他們可能已經安定下來，像夫妻一樣過起了日子。」

斯特洛夫用悲傷的眼神看著我。

「當然，這對你無所謂，可是對我來說，很重要，太重要了。」

如果我當時顯得不耐煩，或者不當一回事，真有點對不起斯特洛夫。

「能幫我辦件事嗎？」斯特洛夫問我。

「非常樂意。」

「幫我給布蘭奇寫封信好嗎？」

「為什麼不自己寫？」

「我已經寫了很多很多信。我想她不會看的，不會回覆的。」

「你沒有考慮女人的好奇心。你認為她抵抗得了嗎？」

「她沒好奇心——對我。」

我瞥了他一眼。他垂下了眼睛。他的回答讓我感覺帶著異樣的羞辱。他意識到，她對他冷漠至極，一看是他的筆跡，瞧都不瞧。

「你真相信有一天她會回到你身邊嗎？」我問。

「我想讓她知道，如果事情糟糕透頂，她還可以指望我。我就是要你告訴她這個。」

我拿出一張紙來。

「你到底想要我說什麼？」

我的信是這樣寫的：

尊敬的斯特洛夫夫人：

德克讓我轉告您，無論何時，如您需要，他都非常感激，願意為您效勞。對於已經發生的事，他不會有怨。他對您的愛永遠不變。您隨時可以在下面這個地址找到他。

第三十四章

儘管我像斯特洛夫一樣確信，斯特里克蘭與布蘭奇的關係，會有不幸的結局，卻根本沒料到，這件事會引發一場悲劇。夏天來了，酷熱難耐，讓人喘不過氣，即使夜裡也沒有一絲涼意，能讓疲憊的精神得到休息。太陽炙烤的街道，彷彿把白天吸收的熱氣，在晚上又吐了出來，行人一個個拖著疲憊的雙腿。已經好幾個星期，沒有見到斯特里克蘭了。因為忙於其他事情，我幾乎把他都忘了。德克整天唉聲歎氣，漸漸讓我生厭，我盡量不和他待在一起。這真是齷齪不堪的事情，我再也不想費神了。

一天早上，我在寫作，穿著睡衣坐著。我思緒飛馳，想到不列塔尼鮮豔的海水、陽光和沙灘。在我身邊，放著門房送來的空碗，裡面是吃剩的牛角麵包，我沒胃口把它吃完。我聽見，隔壁房間裡，門房正幫我把浴缸裡的水放掉。這時，門鈴叮噹響起，我讓她去開門。不一會兒，就聽見斯特洛夫的聲音，問我在不在。我坐著沒動，大聲招呼讓他進來。他慌慌張張走進房間，逕直來到我的桌子前面。

「她自殺了。」他聲音嘶啞地說。

「你說什麼？」我吃驚地叫道。

他的嘴唇動了動，好像在說什麼，卻一點聲音也沒有。就像一個白癡，他嘰哩咕嚕，說的話不清不楚。我的心怦怦直跳，但不知道為什麼，我突然火冒三丈。

「看在上帝分上，冷靜些好嗎？」我說，「你到底在說什麼？」

他雙手比畫著，顯出絕望的樣子，但依然說不出話來。他好像突遭不測，變成了啞巴。我也不知怎麼回事，抓住他的肩膀搖晃起來。現在回想，我後悔自己犯傻；我想，可能是前幾個晚上焦躁不安、沒有睡好，讓我突然發起了神經。

「讓我坐下吧。」他喘息著，終於說話了。

我倒了一杯聖加爾米耶，端給他。我把杯子送到他嘴邊，彷彿在餵小孩。他猛地喝了一口，有幾滴灑在襯衫前襟上。

「誰自殺了？」

我明知故問，因為我知道他說誰。他努力平復了一下，好讓自己冷靜些。
「昨天夜裡，他們吵架了。然後他走了。」
「她死了嗎？」
「沒，有人把她送到醫院了。」
「那你說什麼呢？」我不耐煩地喊道，「為什麼說她自殺了？」
「別生氣。如果你這個樣子，那我什麼也不說了。」
我握緊拳頭，盡量壓制自己的怒火，勉強擺出一副笑臉來。
「對不起。慢慢說。不用著急。我會好好聽的。」
眼鏡後面，他那圓圓的藍色眼睛慘白恐怖。放大的鏡片讓他的雙眼變形了。
「今天早上，門房上樓去給她送信，按門鈴沒人答應。只聽見屋裡有人呻吟。門沒鎖，她就走了進去。布蘭奇躺在床上。情況非常危險。桌上放著一瓶草酸。」
斯特洛夫用手捂著臉，身體前後搖晃，呻吟著。
「她當時還有知覺嗎？」
「有。哦，如果你知道她有多痛苦就好了！我受不了。我受不了。」
他的聲音越來越高，幾乎成了尖叫。

「他媽的，你有什麼受不了？」我不耐煩地吼道，「她這是自作自受。」

「你怎麼這麼殘忍？」

「那後來呢？」

「他們叫了醫生，又叫了我，也找來了警察。我給了門房二十法郎，說如果有什麼事就通知我。」

他停頓了一會兒，看得出，他接下來要講的話，讓他難以啟齒。

「我回家看她，但她不理我。她對他們說，要我走。我向她發誓，原諒她所做的一切，可是她聽不進去。她把頭往牆上撞。醫生叫我不要待在她身邊。她不停地喊：『叫他走！』我只好出去，在畫室待著。等救護車來了，他們要把她抬上擔架，就讓我躲在廚房裡，這樣她就不知道我還在。」

我開始穿衣——斯特洛夫要我馬上陪他去醫院——他告訴我，已經給妻子安排了一個單人房，免得她得忍受大病房裡的汙濁雜亂。走在路上，他向我解釋，為什麼要我在；如果她還是拒絕見他，有可能願意見我。他懇求我告訴她，他依然愛她，一點也不怪她，只希望能幫上她；他對她沒任何要求，在她康復前，絕不會勸她回到自己身邊；她說了算。

我們到了醫院，迎面一座荒涼冷清的建築，一看就是病懨懨的樣子，當我們從一個辦公室被支到另一個辦公室，爬了無數的樓梯，穿過空蕩蕩的長走廊，終於找到了主治醫生，卻被告知，病人情況嚴重，改天才能探望。這位醫生留著鬍子，身材矮小，穿著白大褂，態度很生硬。他顯然只把病人當病人，把焦急的親屬當累贅，沒有半點通融的餘地。而且，對他來說，這種事司空見慣；也就一個歇斯底里的女人，和情人吵了嘴後服毒自盡；真是見怪不怪。剛開始，他以為是德克闖的禍，對他說話十分粗暴。等我解釋說，他是病人的丈夫，渴望原諒她，他突然用犀利的目光好奇地盯著德克。我似乎看到，他的眼神帶著蔑視；這是真的，德克的頭上好像戴著綠帽子。醫生輕輕聳了聳肩。

「目前沒有太大的危險，」他這樣回答我們的詢問，「還不知道她喝了多少。也有可能只是一場虛驚。常常，女人為了愛情而自殺，可是一般來說她們很小心，就是嚇唬嚇唬人，不會成功。通常這只是做做樣子，為了引起情人的憐憫或恐懼。」

他語氣冰冷，十分不屑。很顯然，對他來說，布蘭奇．斯特洛夫只是即將被添加進巴黎年度自殺未遂統計清單中的一個數字。他很忙，不會在我們身上浪費過多的時間。他說，如果我們能在第二天特定的時間來，到時要是布蘭奇好些了，她丈夫就可以見她。

第三十五章

這一天，真不知道是怎麼過的。斯特洛夫一個人待著受不了，我只能想方設法分散他的注意力，搞得自己筋疲力盡。我帶他去羅浮宮，他假裝在看畫，但我發現，他的心思一刻也沒有離開妻子。我逼著他吃了點東西，午飯後，又哄他休息，但他無法入睡。他欣然接受了邀請，在我的公寓住幾天。我讓他看書，他翻一兩頁就放下，兩眼無神地望著空中。晚上我們玩了好長時間皮克牌[1]，為了不讓我失望，他強打精神，假裝玩得非常開心。後來我給他吃了藥，他翻來覆去，終於睡著了。

第二天再去醫院，我們見到一位護士。她告訴我們，布蘭奇看起來好些了。她走進去問她，願不願意見她丈夫。我們聽見布蘭奇房間裡的說話聲，不一會兒，護士出來說，病人誰也不想見。

我們告訴過她，如果她不肯見德克，就問問願不願見我，但這她也拒絕了。德克的嘴唇在顫抖。

「我不敢勸她，」護士說，「她情況還很嚴重。也許再過一兩天，她會改變主意的。」

「她想見什麼人嗎？」德克問，他說話的聲音很低，幾乎是在耳語。

「她說，她只想一個人靜靜待著。」

德克做了個很奇怪的手勢，彷彿他的雙手不是長在身上，而是自己在揮舞。

「你能不能告訴她，如果她想見誰，我可以找來？我只希望她高興。」

護士用她那雙平靜而善良的眼睛望著德克，這雙眼睛不知看見過多少恐懼和痛苦，可是那裡面依然是一個沒有罪惡的理想世界，所以依然平靜。

「等她情緒穩定，我會告訴她的。」

德克滿臉悲傷，求她現在就去說。

「這可能會治好她的病。我求你，問問她吧。」

1. 皮克牌（piquet），經典的法國牌戲。兩個人對玩，共三十二張紙牌。

護士的臉上浮出憐憫的微笑，她走進了房間。我們聽到她低聲說了些什麼，接著就是一個聽起來陌生的聲音在回答：

「不，不，不。」

護士走了出來，搖搖頭。

「剛才是她說話嗎？」我問，「聽起來很奇怪。」

「她的聲帶應該被酸液燒壞了。」

德克低聲地嗚咽起來。我叫他去大門口等我，我想和護士說幾句。他沒問為什麼，就默默地走開了。他彷彿失去了全部意志，就像一個聽話的孩子。

「她對你說過沒有，為什麼要這樣做？」我問護士。

「沒有。她什麼也不說。只是安靜地躺著。有時一連幾個小時一動不動。但她一直哭。枕頭都打濕了。她身體太虛弱，手帕都用不了，任憑眼淚從臉上往下淌。」

我的心突然一陣絞痛。我真想殺了斯特里克蘭。當我和護士告別，我知道自己的聲音也顫抖起來。

我發現德克在門口臺階上等我。他似乎什麼都看不見，直到我碰碰他的手臂，他才回過神來。我們默默地往回走。我苦思冥想，究竟是什麼事，讓這個可憐人走到這一步。

我想，斯特里克蘭應該知道了，警方一定找過他、錄了口供。我不知道他現在在哪兒。很可能他已經回那間破舊的閣樓、他原來的畫室去了。說來奇怪，她連他都不想見。也許她拒絕見他，是因為她明白，他肯定不會來。我想知道，是怎樣可怖的深淵，讓她恐懼絕望，不想活了。

第三十六章

接下來的一週，簡直是噩夢。斯特洛夫三天兩頭地去醫院探望妻子，但她還是不肯見他。剛開始回來，他還安心，滿懷希望，因為醫院的人告訴他，布蘭奇的情況有所好轉；但沒過幾天，他便陷入絕望，因為醫生擔心的併發症出現了，病人看來不行了。護士對他很同情，但也沒什麼話好安慰他。那個可憐的女人一動不動地躺在床上，一言不發，兩眼無神，彷彿在等待死神降臨。她也就再活一兩天了。一天夜裡，已經很晚了，斯特洛夫來找我，我心裡明白，他是來送死訊的。他身心交瘁，有氣無力，已不像往日那樣滔滔不絕，走進門，一屁股癱坐在沙發上。我覺得，說什麼安慰的話都無濟於事，乾脆就讓他靜靜坐著。我擔心，要是我看書，他會認為我太無情，所以就坐在窗前，抽著菸斗，等他願意說了再開口。

「你對我真好，」後來他說，「誰都對我好。」

「別胡說了。」我有些尷尬地說。

「剛才在醫院，他們讓我等著。給了我把椅子，我就在門外坐著。她昏迷不醒後，他們叫我進去。她的嘴和下巴都被酸液燒壞了。看到她好好的皮膚都燒傷了，真是心如刀割。她死得非常平靜，直到護士告訴我，我才知道她死了。」

他太累了，連哭的力氣都沒有。他仰面朝天癱在那兒，彷彿四肢的力量都耗盡了，不一會兒就呼呼大睡。這是一週來他第一次不靠吃藥入睡。大自然對人有時很殘忍，有時又很仁慈。我給他蓋上被子，熄滅燈。第二天早上，我醒來時，他還沒醒。他絲毫未動，金絲邊眼鏡依然架在鼻梁上。

第三十七章

布蘭奇・斯特洛夫的死亡牽扯到的情況非常複雜，需要辦理各種手續，多得可怕，但最終我們還是取得了喪葬許可。跟隨靈車去送葬的，只有德克和我。去的路上，我們走得很慢；回來的時候，馬車小跑起來，讓我心裡莫名地恐懼，駕駛靈車的車夫不斷揮鞭打馬，似乎他聳聳肩，就能把死神甩在後面。時不時地，我看見在我們面前搖搖晃晃的靈車，我們的車夫也不斷催馬加鞭，不甘落後。我感覺，自己也有把這整件事從心裡甩掉的欲望。這齣與我毫無關係的悲劇，我開始感到厭煩，我和斯特洛夫沒話找話地聊起來，假裝是在安慰他，實則是為排遣自己心中的積鬱。

「你不想去外地走走嗎？」我說，「巴黎現在對你沒有意義了。」

他沒有回答，我繼續冷冷地追問：

「接下來有什麼打算？」

「沒有。」

「你一定要振作起來。為什麼不再去義大利畫畫呢？」

他還是沒有回答，但我們的車夫解了我的圍。他放慢速度，俯過身來和我說話。我聽不清楚，就把頭伸出窗外。他想知道我們要在哪裡下車。我說再等一會兒。

「你還是跟我一起吃午飯吧，」我對德克說，「我讓車夫給我們在皮加勒廣場停下。」

「算了。我要回畫室。」

我猶豫了片刻。

「要我陪你嗎？」我說。

「不。我還是自己回去。」

「好吧。」

我告訴車夫怎麼走。馬車繼續向前，我們沉默不語。自從布蘭奇被送進醫院那個悲慘的清晨，德克就再也沒回過畫室。我很高興他沒要我陪他一起回去。當我們在他家門口分手，我如釋重負。巴黎的街頭重新帶給我欣喜，看著來來往往的行人，我禁不住微笑起來。這一天，天氣晴朗、陽光明媚，我感到自己心中有著更為強烈的生之喜悅。我按捺不住；我把斯特洛夫和他的不幸趕出胸中。我要享受生活。

第三十八章

又是將近一週，我沒見到斯特洛夫。一天晚上，剛過七點，他來約我出去吃飯。他重喪在身，圓頂禮帽上繫著一條寬寬的黑絲帶，連手帕也鑲著黑邊。他這身深表悲痛的裝束會讓人以為，在一次災禍中他失去了世間所有的親人，甚至嫡表遠親。他肥胖的身材、又紅又圓的臉，和身上的喪服很不協調。真是殘忍，他深深的愁苦居然表現得如此滑稽。

他告訴我，他已決定離開，但不是去我建議的義大利，而是荷蘭。

「明天我就走。這也許是我們最後一次見面。」

我適當地寒暄了一句，他勉強笑了。

「我已經五年沒回老家。那裡的一切幾乎都忘了。我好像離開老家太久太遠，都不好意思再回去造訪。但現在我覺得，它是我唯一的棲身之所。」

他現在滿懷悲痛，傷痕累累，他的思緒又讓他返回到故鄉，去尋找母愛親情。多少年來，他忍受的嘲笑，現在似乎已將他擊垮，布蘭奇的背叛是給他的最後一擊，讓他不再有能力笑臉相迎。他不再和那些嘲笑他的人一起大笑。他是被遺棄的人。他對我說起，他往日在整潔的紅磚房中度過的快樂童年。他的母親天生愛整潔，廚房收拾得乾淨明亮、整整齊齊，真是奇蹟。鍋碗瓢盆樣樣東西各就其位，任何地方都找不出一絲灰塵。說真的，這真是一種潔癖。我彷彿看見一個清爽俐落的小老太太，長著蘋果一樣的臉頰，日復一日，從早忙到晚，把屋裡屋外收拾得乾乾淨淨、煥然一新。而他的父親，一個瘦削的老人，因為常年劬勞，雙手扭曲粗糙。他性情沉默，為人耿直，一到晚上，便大聲讀著報紙，妻子和女兒（現在已經嫁給一個小漁船的船長）也不閒著，低頭做著針線活。文明日新月異，這座小城卻被遠遠地拋在後面，好像永遠都不會有什麼事情發生。如此年復一年，直到死神來臨，像個失散多年的老友，讓這些辛勞一生的人，永遠長眠。

「我父親希望我像他一樣，當個木匠。我們家五代都幹這個，父傳子，一代代傳下去。也許，這就是生活的智慧，永遠踩著父親的腳印走下去，不用左顧右盼。小時候，我說我要和隔壁做馬具那家的女兒結婚。她是個長著藍眼睛，紮著亞麻色辮子的小女孩。我要是和她結了婚，她會把我的家收拾得乾乾淨淨，還會給我生個兒子，繼承我的手藝。」

斯特洛夫輕輕歎了口氣，沉默了。他的思緒縈繞在可能發生的幻景上，他現在渴望他從前放棄的安穩生活。

「世界冰冷而殘酷。沒有人知道我們從哪裡來，到哪裡去。我們必須深懷謙卑。我們必須看到寧靜之美。我們必須隱忍地生活，這樣命運之神才不會注目我們。讓我們去尋求淳樸善良者的愛吧。他們的無知比我們的知識更可貴。讓我們保持沉默，滿足於我們小小的角落，像他們一樣平靜溫順吧。這才是生活的智慧。」

對我來說，這些話只是他破碎靈魂的自白，我反對他的自暴自棄。但是我不想與他爭辯。

「你當初為什麼會想當畫家？」我問他。

他聳了聳肩。

「我從小就擅長畫畫。在學校還拿過獎。我可憐的母親為我感到驕傲，買了一盒水彩作禮物。她把我的素描拿給牧師、醫生和法官看。後來他們把我送到阿姆斯特丹，讓我試試看能不能申請到獎學金上大學，結果我拿到了。可憐的老太太，她驕傲極了。儘管和我分開像割她身上的肉，她還是強顏歡笑，不讓我看出她難過。她非常開心，自己的兒子一定能成為藝術家。老兩口省吃儉用，就是為了能讓我好好上學。當我的第一幅畫展出時，我的父親、母親和妹妹，他們都來阿姆斯特丹看了。我母親看著我的畫，激動得流下了眼淚。」說到這兒，斯特洛夫的眼裡也閃著淚光。「現在我老家的屋子裡，每面牆上都掛著我的畫，鑲著漂亮的金色邊框。」

他的臉上，洋溢著快樂和驕傲的光芒。我又想起他畫的那些一點也不感動人心的場景，什麼衣著鮮豔的農夫、絲柏樹、橄欖樹。這些畫鑲著頗為講究的金邊，掛在農家的牆面上，真是大殺風景。

「我可憐的母親把我培養成藝術家，她以為是幹了件天大的好事。但是，要是我父親的願望當初得以實現，那我現在就是老實本分的木匠，這樣也許更好點。」

「現在，你已經知道藝術能帶來什麼，你還願意回到鄉下重新生活嗎？你想放棄藝術帶給你的快樂嗎？」

「藝術是這個世界上最偉大的東西。」他停頓了片刻，說道。

他若有所思地看了我一會兒，好像對什麼事拿不定主意。終於，他開口說：

「你知不知道，我去看斯特里克蘭了？」

「你？」

我吃了一驚。我還以為他一見斯特里克蘭就會受不了。斯特洛夫微微一笑。

「你知道，我這個人沒自尊心。」

「這怎麼說？」

他對我講了一個非常特別的故事。

第三十九章

那天，當我們送葬了可憐的布蘭奇，我和斯特洛夫分手，他懷著沉重的心情回到家。鬼使神差地，他走進畫室，彷彿是某種自我折磨的欲望隱隱驅使著他，儘管他也害怕，這將帶給他痛苦。他拖著雙腿爬上樓梯，兩隻腳好像不聽使喚；在畫室門外，他徘徊了很久，終於鼓起勇氣，走了進去。他感到渾身不適；簡直想跑下樓梯追上我，求我陪他一塊進去。他覺得，畫室裡有人。他想起，多少次他氣喘吁吁地爬上樓梯，總要在門口站一會兒，讓呼吸平復一下再進去；真是可笑，因為他急切地想看到布蘭奇，所以呼吸總是難以平靜。看到她，他總是滿心喜悅，這些年來始終未變，哪怕出門不到一小時，一想到要見到她就喜不自勝，彷彿分別了一個月。突然間，她死了，真讓他難以置信。已經發生的，只不過是一個夢，可怕的夢；當他轉動鑰匙打開門，他多想像平常一樣看到，她態度親切，身體微微前傾，俯在餐桌上，和夏丹的名作〈飯前祈禱〉裡那位女人的神態一樣優美。他始終覺得這幅畫精湛至極。急急忙忙，他從口袋裡掏出鑰匙，打開門，走了進去。

似乎，房間還是老樣子。他的妻子向來整潔，這一點讓他非常滿意：他自己的家教讓他對整潔的習慣打心裡認同；當他看到她本能地把每件東西都擺得有條不紊，心裡總是熱呼呼的。臥室看起來就像她剛離開的那樣：幾把刷子整齊地擺在梳妝檯上，每一把都放在一隻梳子旁邊；她在畫室裡最後一夜睡過的床，不知是誰，收拾得非常平整；她的睡衣，在一個小盒子裡，放在枕頭上。真不敢相信，她永遠也不會再踏進這屋子裡來了。

他覺得口渴，走進廚房，弄了點水喝。這裡也整整齊齊。她和斯特里克蘭吵架那晚使用的餐具，已在碗架上擺好，洗得乾乾淨淨。刀叉收在抽屜裡。吃剩的一塊乳酪，用器皿扣著，錫盒裡，放著一塊麵包。她每天上街購物，只買當天需要的，從來沒有什麼剩到第二天。從警方的調查，斯特洛夫瞭解到，那天晚上，吃完飯，斯特里克蘭就出去了，而布蘭奇依然像平常一樣在廚房裡收拾，這讓他有些不寒而慄。她這麼沉得住氣，說明她的自殺是周密計畫的。她如此沉著冷靜，真是可怕。突然，他心如刀割，雙腿發軟，差點跌倒在地。他走回臥室，一頭撲倒在床上，哭喊著她的名字：

「布蘭奇！布蘭奇！」

一想到她遭受的痛苦，他就無法忍受。恍惚間，他突然看見她站在廚房裡——不比櫥櫃大的廚房——刷盤洗碗，清理刀叉，把刀具在刀板上飛快地蹭幾下，再一一收起；她清理水槽，把抹布擰乾掛起——現在，它還在那兒，一塊已經用爛了的灰色抹布。之後她四處看看，一切都收拾得乾淨漂亮。他看見她放下袖子，解掉圍裙——圍裙掛在門背後的釘子上——然後拿起一瓶草酸，走進了臥室。

如此一想，悲痛讓他猛地從床上跳起，衝出了房間。他走進畫室。屋子裡光線昏暗，窗簾遮住了大玻璃窗，他走過去，一把拉開；但是，當他掃視了一眼這曾經讓他感到無比幸福的房間，不禁嗚咽起來。一切還是原樣。斯特里克蘭對身邊事物毫不在乎，他在畫室住著，從不挪動這裡的東西。這是精心布置的藝術之家。它表現了斯特洛夫心中藝術家應有的生活環境。牆上懸著幾塊古舊的掛毯，鋼琴上蓋著一塊非常漂亮但光澤已經黯淡的綢子，一個牆角站著米洛斯的維納斯[1]，另一個牆角站著梅迪奇的維納斯[2]。這裡立著一個義大利式小櫥櫃，上面放著代爾夫特瓷器；那裡掛著一塊淺浮雕。一個漂亮的金色畫框，鑲著委拉斯蓋茲名作〈教皇英諾森十世像〉的摹本，這是斯特洛夫在羅馬時畫的；還有一些他自己的畫，同樣鑲著精緻的畫框，極富裝飾效果。斯特洛夫始終得意自己的品味。他對自己畫室的這種浪漫氛圍總是欣賞不夠，儘管此時此刻，這場景就像一把刀，扎在他胸口，但他還是不由自主，把他的珍寶之一，一張路易十五時代風格的桌子微微挪動了一下。突然，他看到一幅畫，畫面朝裡反掛在牆上。這幅畫，尺寸比他平常畫的大得多，他感到奇怪，為什麼會有這麼個東西。他走過去，將它翻過來，想看看畫著什麼。一幅裸體。他的心怦怦直跳，他立刻猜到，這是斯特里克蘭的作品。他生氣地將它往牆上一摔——他把它留在這兒什麼意思？——順著牆壁，畫掉了下來，畫面朝下，扣在了地上。不管是誰畫的，他也不能把它弄髒了，這麼想著，他把畫撿了起來；但這時，好奇心占了上風。他想，還是看看的好，所以他把畫拿起來，放在畫架上，退後兩步，打算仔細欣賞。

1. 米洛斯的維納斯（Venus of Milo），西元前一世紀希臘大理石雕像，表現的是希臘神話中愛與美的女神阿芙羅黛蒂，羅馬神話中與之對應的是維納斯女神。米洛斯是希臘愛琴海上基克拉澤斯群島最西的島嶼，該雕塑於一八二〇年在此地被一個農夫發現。一八二一年起〈米洛斯的維納斯〉陳列於法國羅浮宮，和〈蒙娜麗莎的微笑〉、〈勝利女神〉的雕像並稱為羅浮宮三大鎮館之寶。

2. 梅迪奇的維納斯（Venus of the Medici），西元前一世紀希臘青銅雕像的複製品，最早由羅馬梅迪奇家族收藏。

他倒吸一口冷氣。畫面上，一個女人躺在長沙發上，一隻手枕在頭底下，另一隻緊貼著身體；一條腿縮著，另一條伸直。這是一個經典的姿勢。斯特洛夫的腦袋嗡地一下脹了。布蘭奇！悲傷、嫉妒、憤怒，一下將他緊緊攫住，他嘶吼著，口齒不清，他攥緊了拳頭，對著看不見的敵人揮舞著。他扯著嗓子尖叫起來。他快要瘋了。他無法忍受。這太過分了。他狂亂地環顧四周，想找件東西，把畫搗個粉碎，一分鐘也不能讓它存在。但是，他沒有找到一件稱手的東西。他翻遍了繪畫工具，但就是沒有，簡直讓他發狂。最後，他終於找到了，一把大刮刀，他猛地抄起，怒吼著，彷彿握著一把匕首，向那幅畫衝了過去。

斯特洛夫給我講這些時，就像當時那樣激動，他抓起我們中間桌子上的一把餐刀，揮舞著。他舉起手臂，像要刺下來的樣子，然後將手一鬆，噹啷一聲，刀子掉在地上。他望著我，面容顫抖地笑了笑，就再不說話了。

「快說啊。」我說。

「我不知道是怎麼了。我正要往畫上扎個大洞，手都舉起來了，突然，我似乎看見它了。」

「看見什麼了？」

「那幅畫。一件藝術品。我不能碰它。我害怕了。」

斯特洛夫又沉默了，他張著嘴，盯著我，一雙圓圓的藍眼睛像要蹦出來似的。

「這真是一幅偉大的絕妙畫作。我被震住了。我差點就成了罪人。我湊近了想仔細打量，腳碰到了刮刀。我打了一個冷戰。」

讓斯特洛夫激動的這種感情，我真的感覺到了。這些奇怪的話，令我折服。因為，我彷彿突然被帶入另一個世界，在那裡，事物的價值已全部改變。我站在那兒，不知所措，好像一個異鄉的陌生人，感到所有熟悉的事物都變得迥然不同。斯特洛夫盡力給我說那幅畫的事，但他語無倫次，很多地方我只能猜。斯特里克蘭掙脫了長期以來禁錮著他的枷鎖。他找到的，不是俗話說的，那個「你自己」，而是一個擁有無盡力量的新靈魂。它不僅是大膽的簡化，更表現了豐富奇異的個性；它不僅是描摹，儘管肉體被賦予了熾熱的情欲，卻顯得不可思議；它不僅堅實有力，你甚至能感受到身體那異乎尋常的重量；這裡還有一種讓人心曠神怡、前所未有的精神性，引領觀畫者的想像力沿著始料未及的方向前進，在虛無縹緲的境界，讓赤裸的靈魂在永恆星辰的照耀下，冒險地探索，嘗試去發現新的奧祕。

如果我這裡有些浮誇，那是因為斯特洛夫就是這麼講的。（誰不知道，一個人一旦感情激動起來，總會情不自禁用華麗的辭藻來表達自己？）斯特洛夫極力想解釋的，是一種他此前從未有過的感覺，但他不知道怎麼用日常的語言來表達。他就像一個神祕主義者，在宣講難以言傳的真理。但有一點，他還是讓我聽明白了：大家隨隨便便談論美，卻不知美為何物，這個詞已被用濫了，失去了它原有的力量；所有的雞零狗碎都以美為名，使美本身的含義蕩然無存。一件衣服、一隻狗、一篇布道辭，都很美，但當世人和真正的美相遇，反而辨認不出。大眾極力掩飾自己毫無價值的思想，這種虛偽的誇張，讓他們的感覺變得遲鈍。就像一個偽造事物的精神價值的騙子，連他自己有時也覺得是在騙人，因為胡編亂造，早已失去了他們的鑑賞力。但是斯特洛夫，這個本性難移的小丑，對於美，卻有著誠實而真摯的理解，就像他靈魂的誠實和真摯一樣。美對他來說，就像信徒心中的上帝，當他真的看見了，卻感到害怕。

「你見到斯特里克蘭，對他說了什麼？」

「我要他和我一起去荷蘭。」

我傻眼了。一臉驚愕地望著斯特洛夫。

「我們都愛布蘭奇。在我老家有房子給他住。我想，和貧窮、善良的人在一起，對他的靈魂有好處。從他們身上，他能學到非常有用的東西。」

「他怎麼說？」

「他笑了笑。我以為他一定覺得我很蠢。他說，他另有要事。」

我真希望斯特里克蘭用別的話來拒絕他。

「他把布蘭奇的那幅畫送給我了。」

我很想知道，斯特里克蘭為什麼要這樣做。但我沒有說話。很長時間，我們都沉默了。

「你的東西怎麼處理？」後來我問。

「我找了一個猶太人，他給了我一大筆錢。我要把我的畫帶回家。除了這些，我還有一箱衣服、幾本書，這個世界上就再沒別的了。」

「很高興你回老家去。」我說。

我感覺他的選擇，還是想忘掉過去。我希望他現在無法忍受的悲傷，隨著時間的推移，能慢慢減輕，仁慈的遺忘也能幫他再次卸下生活的重擔；他還年輕，多年以後，當他回首往日的悲痛遭遇，並非都是創傷。終有一天，他會在荷蘭和某個善良的女人結婚，我相信他會幸福。一想到他在有生之年，還會畫出一大堆糟糕的畫來，我不禁啞然失笑。

第二天，我就送他回阿姆斯特丹了。

第四十章

接下來的一個月，我因為忙自己的事情，再也沒見過和這齣悲劇相關的任何人，我不想讓這件事煩我了。但是有一天，我出去辦事，在路上碰見了查爾斯．斯特里克蘭。一看見他，我就想起那些想忘也忘不了的恐怖事，立馬對他心生厭惡。然而假裝沒有看見未免幼稚，我對他點點頭，立刻加快了腳步；但不一會兒，就感覺一隻手搭在了我的肩膀上。

「你很忙啊。」他友好地說。

對於一見他就表現出厭煩之情的人，他總是非常親切，這是他的一個特點，從我剛才的冷漠態度，他知道我對他的看法。

「很忙。」我乾脆地回答。

「我跟你一起走。」他說。

「為什麼？」我問。

「高興和你在一起啊。」

我沒有回答，他默默地跟著我走。就這樣走了大約四分之一英里的路。我覺得有些好笑。後來，我們經過一家文具店，我想，不如去買些紙，這樣就可以甩掉他。

「我要進去買點東西，」我說，「再見。」

「我等你。」

我聳聳肩，進了店。我想法國紙不好，既然沒甩掉他，也就不用買不需要的東西了。於是故意問了一件他們肯定沒有的東西，不一會兒就走了出來。

「買到你要的東西了嗎？」他問。

「沒有。」

我們繼續默默向前走，等來到一個岔路口，我在路邊停了下來。

「你走哪條路？」我問他。

「跟你一樣。」他笑了笑。

「我回家。」

「我去你那兒抽口菸。」

「總得我邀請你吧。」我冷冷地反駁道。

「如果有邀請的話，我等著。」

「看見前面那堵牆了嗎？」我問，用手指了指。

「看見了。」

「既然這樣，就應該知道，我不歡迎你。」

「老實說，我猜到了。」

我禁不住笑出聲來。我無法討厭一個能讓我發笑的人，這是我的一個性格弱點。但馬上我又繃起了臉。

「我覺得你很可惡。真是我見過最噁心的傢伙。為什麼非要纏著一個討厭你、瞧不起你的人呢？」

「老弟，你以為我會在意你對我的看法嗎？」

「他媽的，」我說，因為隱約覺得自己的動機很站不住腳，我更加氣憤，「我不想認識你。」

「怕我會把你帶壞嗎？」

他的語氣讓我覺得一點都不好笑。我知道他正斜眼看著我，臉上掛著譏諷的笑。

「我想你手頭又緊了吧。」我傲慢地說。

「如果我以為自己能從你這裡借到錢，那我就是個大傻瓜。」

「如果你還這樣低三下四，就真是窮得叮噹響了。」

他咧嘴笑了。

「只要我時不時地讓你開心，你就永遠不會真討厭我。」

我咬住嘴唇，才沒讓自己笑出來。他的話雖討厭，卻是事實，而我的另一個性格弱點是，一個人哪怕非常墮落，但只要他能和我你來我往、旗鼓相當，我還是願意和他交往。我開始覺得，我對斯特里克蘭的厭惡，只有我自己堅持才能繼續。我承認自己道德上的缺陷，一見到他就免不了裝腔作勢；我心知肚明，而他憑著敏銳的直覺也發現了這一點。他一定在偷笑呢。我沒接他的話，為了掩飾，聳了聳肩，沉默不語。

第四十一章

我們到了我的住處。他不請自來，上樓梯時我一言不發，懶得說進去坐坐。他緊跟著我，走進了房間。他從未來過，但對我屋裡的精心布置看都不看一眼。桌子上有一罐菸絲，他掏出菸斗，填滿。在那把沒有扶手的椅子上，他坐下來，身子往後一仰，翹起椅子的前腿。

「如果你想像在家裡一樣舒服，為什麼不坐在扶手椅上？」我生氣地說。

「幹嘛關心我舒不舒服？」

「才不呢，」我反駁道，「我只關心我自己。看見別人坐在不舒服的椅子上讓我很不舒服。」

他笑了，但沒動。他默默地抽著菸，對我毫不理睬，似乎在想什麼。真不知道他為什麼到我這兒來。

有些東西讓作家感到驚奇，出於本能，他對

人性的奇特之處充滿興趣，對此，他的道德觀念也無能為力，直到習慣成自然，讓他的感覺變得遲鈍。他認為，這是一種藝術的滿足，人性的邪惡一點也不會讓他震驚；但是，他也會坦率地承認，他對某些行為的反感，遠不如對這些行為產生的動機感到好奇，那般強烈。一個無賴，儘管被刻畫得性格完整、合乎邏輯，對作者而言很有魅力，卻不為法律和秩序所容。我想，莎士比亞創作伊阿古[1]時一定興致勃勃，這在他借助月光和幻想，構思苔絲狄蒙娜[2]時不曾有過。這可能是作家身上根深柢固的本能，但文明的禮儀和風俗，已將這種本能推回神祕的潛意識深處。給予他創作的人物以血肉，等於給了他那一部分無法表達的自我以生命。他的滿足是一種自由的釋放。

作家更關心的是瞭解人性，而非判斷人性。

在我心中，斯特里克蘭的行為非常恐怖，但是另一方面，我又出於冷靜的好奇，想找到他行為的動機。他讓我迷惑不解，是他一手造成了悲劇，我很希望看到，他如何對待悲劇中那些善待他的人。我大膽地操起了手術刀。

1. 伊阿古（Iago），莎士比亞戲劇《奧賽羅》中的反面人物。
2. 苔絲狄蒙娜（Desdemona），莎士比亞悲劇《奧賽羅》中奧賽羅之妻，因遭伊阿古誣陷為不忠而被其夫害死。

「斯特洛夫對我說，你畫他妻子的那張畫，是你迄今為止最好的作品。」

斯特里克蘭把菸斗從嘴邊拿開，微笑著，兩眼閃閃發亮。

「畫那幅畫我很開心。」

「為什麼要送給他？」

「畫完了，對我就毫無用處了。」

「你知道嗎，斯特洛夫差點把它毀了？」

「這畫我也很不滿意。」

他沉默了一會兒，又把菸斗從嘴邊拿開，笑了。

「你知道那個小個子來找過我嗎？」他說。

「他的話沒打動你嗎？」

「沒有。他婆婆媽媽，傻裡傻氣。」

「我想你大概忘了，是你把他毀了。」我看著他說。

他若有所思，摩挲了一下滿是鬍子的下巴。

「他是很糟糕的畫家。」

「但他是個好人。」

「還是個很棒的廚師。」斯特里克蘭嘲弄道。

他如此冷漠，簡直沒有人性，我很氣憤，也不想給他留面子。

「僅僅是出於好奇，我希望你能告訴我，布蘭奇・斯特洛夫的死，你一點都不痛心？」

我看著他的臉，想發現有什麼變化，但他依然面無表情。

「為什麼要痛心？」

「真是貴人多忘事。你病得快死了，德克・斯特洛夫把你帶回家，像親生母親一樣照料你。為了你，他犧牲了自己的時間、感情還有金錢。把你從鬼門關拉了回來。」

斯特里克蘭聳了聳肩。

「這個可笑的小個子喜歡助人為樂。這是他的命。」

「你可以不感激，但為什麼要搶走人家老婆？你出現之前，他們過得很幸福。為什麼不放過他們呢？」

「你怎麼知道他們過得幸福？」

「很明顯啊。」

「你真是看得很透。你認為他為她做了那件事，她就會原諒他？」

「哪件事？」

「你不知道他為什麼娶她嗎？」

我搖搖頭。

「她原來在羅馬一個富人家裡當家庭教師。這家的公子勾引了她。她以為他會娶她，結果卻被趕了出來。她就要生孩子了，痛苦得想自殺。這時斯特洛夫遇到了她，和她結了婚。」

「他就是這樣。我從未見過，有誰像他這樣仁慈心腸。」

我一直覺得奇怪，這麼不般配的一對怎麼會走到一起，沒想到竟是這樣。德克對他妻子的感情異乎尋常，可能就是這個原因。我注意到，這種愛超過了愛情。我又想起，我總是猜測，布蘭奇緘默的表情之下，到底隱瞞著什麼不可告人的東西；現在我明白了，她極力隱藏的，不只是一個讓她感到恥辱的祕密。她的沉默平靜，就像暴風雨過後籠罩在島嶼上空的陰鬱寧靜。她的歡樂是絕望中的歡樂。這時，斯特里克蘭打斷了我的思緒，他說出了一個觀點，帶著深深的玩世不恭，嚇了我一大跳。

「一個女人可以原諒男人對她的傷害，」他說，「但永遠不能原諒他對她所做的犧牲。」

「你大可放心，你這種人肯定不會引起身邊女人的怨恨。」我反駁道。

一絲微笑浮現在他的嘴角。

「為了狡辯，你總是犧牲自己的原則。」他回答說。

「那個孩子後來怎樣了？」

「哦，流產了，他們結婚三、四個月的時候。」

這時，我提出了最讓我疑惑不解的問題。

「能告訴我嗎，你為什麼要招惹布蘭奇．斯特洛夫？」

很長時間，他沒有搭話，我幾乎想再問一遍。

「我怎麼知道？」終於，他說話了，「她很看不慣我。真是好笑。」

「我明白了。」

他突然一陣惱怒。

「他媽的，我想要她。」

但又馬上恢復了平靜，看著我笑了。

「剛開始，她被嚇壞了。」

「你對她明說了嗎？」

「毫無必要。她知道。我一句話也沒說過。她很害怕。最後，我得到了她。」

我不知道，究竟是什麼東西，讓他這麼奇怪地暗示他當時的激烈欲望。這真讓人驚訝，簡直恐怖。他的生活從擺脫平庸乏味的婚姻開始變得不可思議，而有時他的肉體，好像是在對他的靈魂進行可怕的報復。他身上的薩特突然緊緊攫住了他，在這種大自然原始力量的牢牢掌控之中，他動彈不得。他鬼迷心竅，腦子裡哪還有謹慎或感激？

「但是，你為什麼要把她拐走呢？」我問。

「我沒有，」他皺著眉頭說，「當她說她要跟我，我跟斯特洛夫一樣吃驚。我告訴她，如果我不需要她了，她就非走不可，她說她不管。」他停頓了一會兒。「她的身體很美，而我正要畫一幅裸體。等我畫完了，也就對她沒興趣了。」

「但她一心一意地愛你啊。」

他驚得跳了起來，在屋子裡走來走去。

「我不需要愛情。我沒有時間戀愛。這是人性的弱點。我是男人，有時候我需要女人。當我的欲望滿足了，我就會去忙別的事情。真是討厭，我無法克制自己的欲望；它囚禁著我的精神；我希望有一天，我可以不受欲望支配，自由自在地去工作。因為女人除了愛情，什麼也不懂，所以她們把愛情看得非常重要，簡直荒謬。她們還想說服我們，讓我們相信這就是生活的全部。實際上，這是微不足道的一部分。我只知道欲望。這是正常的、健康的。愛情是一種病。女人是我取樂的工具；我沒耐心讓她們當我的什麼助手、搭檔、伴侶。」

我從未聽斯特里克蘭說過這麼多話，他滿腔的怨氣。但是，無論在這裡還是別處，我都不想更改他的原話。斯特里克蘭的詞彙量很小，也沒有遣詞造句的能力，所以不得不把他的感歎詞、他的面部表情、他的手勢和陳腐的話語拼湊在一起，這樣才能搞懂他的意思。

「你應該生活在女人是奴隸、男人是奴隸主的時代。」我說。

「偏偏我是一個再正常不過的男人。」

他說得一本正經，我禁不住笑了起來；他卻繼續說下去，像籠中的困獸，在屋子裡走來走去，他努力想表達自己的感受，但總是詞不達意。

「如果一個女人愛上你，除非擁有了你的靈魂，她才肯罷休。因為她很軟弱、控制欲極強，沒有什麼能讓她滿足。她心胸狹窄，憎惡她無法掌握的抽象事物。她滿腦子現實，嫉妒理想。男人的靈魂在天際遊蕩，女人卻想將它囚禁在自己的帳本裡。你還記得我妻子嗎？我發現布蘭奇也是一點一點，在玩我妻子的那套把戲。她千方百計布下羅網，就是想捆住我。她想把我拉到她那個水準；她一點都不關心我，只想占有我。為了我，她什麼事都願去做，除了一件，我求之不得：趕緊離開我。」

我沉默了一會兒。

「你離開她時，想過她會怎樣嗎？」

「她本來可以回斯特洛夫身邊，」他不耐煩地說，「他巴不得她回去。」

「真是沒人性，」我說，「和你談這些，就像給瞎子形容顏色一樣沒用。」

他站在我的椅子前，低頭望著我，看得出，他滿臉的輕蔑和驚愕。

「布蘭奇．斯特洛夫是死是活，難道你真的那麼關心？」

我思考著這個問題，因為想如實回答，無論如何都是我真實的想法。

「如果說，她死了和我沒多大關係，未免有失同情心。生活給予她的東西可以很多。而她卻被殘忍地剝奪了，這是可怕的。我很慚愧，因為我不是真的關心。」

「你沒勇氣表達你的信念。人生毫無價值。布蘭奇．斯特洛夫自殺，並不是因為我離開她，而是因為她太蠢，精神有些錯亂。但是我們說她已經夠多了，她是一個完全不重要的小人物。走吧，讓你看看我的畫。」

他說這些，就好像我是個孩子，需要被分散注意力。我很惱火，但與其說是對他，不如說是對我自己。我想起在蒙馬特那間溫馨的畫室裡，斯特洛夫和他妻子，這幸福的一對，他們誠實善良，熱情好客，但這種生活卻被一樁偶然事件無情地擊碎了，在我看來真是殘酷；然而最殘忍的是，它發生了和沒發生幾乎一樣。世界已然繼續，沒有誰因這件事而活得更慘。我覺得，就連德克，也很快就會忘記，他是一時悲痛，而非愛得深沉。至於布蘭奇，無論她最初帶著怎樣光明的希望和夢想，死了就跟沒來過世上一樣。彷彿一切都很空虛，沒有意義。

斯特里克蘭拿起帽子，站在那兒看著我。

「你去嗎？」

「我怎麼就認識你呢？」我問他，「你知道，我討厭你，瞧不起你。」

他咯咯地笑了，並未生氣。

「你和我吵架，是因為我根本不在乎你對我的看法。」

我覺得自己的臉已經通紅。要讓他知道，他的冷酷和自私會令人惱羞成怒，簡直不可能。我恨不得一下戳穿他冷酷無情的甲冑。但我也明白，終究，他說的不是沒有道理。也許，在潛意識中，我們很看重自己對別人的影響，別人是否重視我們對他的看法很重要，如果我們對他的看法沒有影響到他，我們就很討厭他。我想，這正是人性虛榮最痛的創傷。但是，我沒讓他看出來，這話讓我不高興。

「一個人怎麼可以完全無視他人的意見？」我說，與其說是對他講，不如說是自言自語，「現實中，你總是和別人有種種關係。要想一個人、只為自己活下去，簡直荒謬。總有一天，你會生病、會老去，你會向你的同類爬去。當你深切地感到，你需要安慰和同情，你不覺得羞愧嗎？不在乎別人的意見，根本不可能。早晚，你身上的人性渴望與他人建立聯繫。」

「走，去看我的畫吧。」

「你想過死嗎？」

「為什麼要想死？這不重要。」

我望著他。他站在我面前，一動不動，眼裡帶著嘲弄的笑。儘管如此，一瞬間我還是彷彿看見，一顆熾熱而備受折磨的靈魂，它目標遠大，遠非肉體所能想像；我突然之間瞥見的，是某種難以形容的追求。眼前的這個人，衣衫襤褸，鼻子碩大，兩眼放光，火紅的鬍鬚，凌亂的頭髮。我有一種奇怪的感覺，這只是外殼，我真正看到的，是一個沒有軀殼的靈魂。

「走吧，去看你的畫。」我說。

第四十二章

我不知道，為什麼斯特里克蘭突然提出讓我看畫。有這樣一個機會，我還是很高興。作品見真我。在社會交往中，一個人只讓你看到他希望別人接受的一面，你只能憑他不經意間的舉手投足、一顰一笑，對他有所瞭解。有時候，世人帶著完美的假面，久而久之，真的會弄假成真。但是，在他寫的書、畫的畫裡，他會毫無保留地表露自己。如果他裝腔作勢，只會暴露自己的空虛。濫竽充數，最終會被發現。偽裝個性，無法掩飾平庸的頭腦。對於目光敏銳的觀察者來說，哪怕是一個人最漫不經心的創作，也會洩露他靈魂深處的祕密。

當我踏上斯特里克蘭住處那漫無盡頭的樓梯，我承認我很興奮，就好像我馬上就要跨進門檻，遭遇一場意想不到的冒險。我好奇地打量了一下他的房間。這屋子好像比我記憶中的更小了，家具也更少。我有些朋友總說他們需要大畫室，如果條件不足，肯定不會作畫，我真想知道，他們要是看見這間畫室，會作何感想。

「你就站在那兒。」他指著一個地方說，想必，他要給我看他的畫，這是最佳的欣賞位置。

「我想，你不希望我說話吧。」我說。

「去你媽的，你最好閉嘴。」

他把一張畫擺上畫架，讓我看一兩分鐘；然後取下來，放上另一張。我想，他讓我看了有三十多張。這是他六年來的全部成果。一張也沒賣。這些畫有不同的尺寸。小一點的是靜物，最大的是風景，有六張是肖像。

「就這麼多。」他後來說。

我真希望自己能一眼看出，這些作品何等美妙、有著怎樣偉大的獨創性。這些畫，很多後來我又看過，有些見過複製品，都相當熟悉；奇怪的是，當初看到時，我居然非常失望。我沒感覺到藝術本該帶給我的欣喜若狂。印象中，斯特里克蘭的畫讓我不安；事實上，我一直自責，從未想過要買他的畫，真是錯失良機。這些作品後來大多進了博物館，其他的則成為有錢人的收藏品。我總是為自己找藉口。我認為自己還是有品味的，只是缺乏創見。我對繪畫瞭解不多，只是步人後塵，隨意欣賞。當年，我最欽佩的是印象派。我渴望擁有西斯萊或竇加的作品，也非常崇拜馬奈。他的〈奧林匹亞〉，我認為是當代最偉大的作品，〈草地上的午餐〉也使我大為感動。我認為在當代繪畫中，這些作品精妙絕倫，無出其右。

我不想再描摹斯特里克蘭給我看的畫了。描述繪畫總顯得枯燥乏味，再說，感興趣的人對這些畫早已相當熟悉。今天，斯特里克蘭已對現代繪畫產生了巨大的影響，他和其他少數開拓者一起，繪製了創新的藍圖，大眾第一次看他的畫，早已有心理準備；但是，請讀者記住，我是頭一次看到這樣的作品。首先，他技法的笨拙讓我頗為震驚。我看慣了古典大師的作品，深信安格爾是近代最偉大的畫家，所以覺得斯特里克蘭畫得非常拙劣。我絲毫不理解他所追求的單純性。我記得他的一幅靜物，盤子裡幾個橘子，讓我困惑的是，他畫的盤子不是圓的，橘子也不對稱，而是偏向一邊。他畫的肖像比真人大一點，讓人覺得很笨拙。在我眼裡，那些頭像看起來就像漫畫。這種畫法對我來講是全新的。那些風景畫更讓我茫然。有兩三張畫的是楓丹白露的森林，還有一些是巴黎的街道，我的第一感覺，這些是喝醉的馬車夫的塗鴉。我完全糊塗了。他的用色在我看來也很粗獷。所有這些畫浮現在我的腦海中，就像一齣令人費解的鬧劇。現在回頭看，斯特洛夫真是獨具慧眼，讓我更為欽佩。他從一開始就看到，這是藝術史上的一次革命，今天全世界公認的天才，他早就辨認出來了。

但是，即便斯特里克蘭的畫讓我困惑不安，也不能說，它們沒有打動我。儘管這些畫讓我如墜雲霧，然而我還是感覺到一種極力想表達自己的真正力量。我興趣盎然，也很激動。我感覺，這些畫意義重大，彷彿有什麼要向我表達，但我又說不出個所以然。我覺得這些畫很醜，卻暗示而非洩露出非常重要的祕密。斯特里克蘭的這些畫不可思議，可望而不可即。它們帶來一種情感，卻無法分析。它們訴說著語言無力表達的東西。我想，斯特里克蘭在物質事物上隱約看到了精神性的意義，這種意義非常新奇，他只能用可能的符號將它暗示出來。就彷彿他在混沌宇宙中發現了嶄新的圖案，用笨拙的筆觸、靈魂的痛苦將它描摹下來。我看到一顆備受折磨的靈魂，在奮力尋求自由的表達。我向他轉過身來。

「我懷疑，你是不是搞錯了方法。」我說。

「你說的，到底是什麼意思？」

「我想，你在極力表達一些東西，雖然我不太清楚那是什麼。但是，我懷疑，繪畫是不是你最好的表現手段。」

我曾經設想，看過他的畫，我應該能找出頭緒，去瞭解他奇異的性格，但我錯了。這些畫只不過平添了我的驚訝。我比以往更迷茫了。對我而言，只有一點是清楚的——或許連這一點也不現實——他正竭盡全力，想從束縛著他的力量中解放出來。但這種力量究竟是什麼、他又如何解脫，不得而知。我們每個人都孤獨地生活在世界上。誰都被囚禁在一座銅塔裡，只能憑一些符號與人交流，但這些符號沒有共同的價值，所以它們的意義模糊不定。我們可憐地想把心靈的珍寶傳遞給別人，他們卻無力接受，因此我們只能踽踽獨行，雖然緊挨著，卻並不真正在一起，既無法瞭解別人，也不被別人所瞭解。我們就像身在異國他鄉的陌生人，對他們的語言知之甚少，想表達那些美妙而深刻的事物時，只能局限於會話指南上一點平庸的詞句。我們的大腦充滿了奇想，卻只會說「花匠的姑姑有把雨傘在屋裡」。

這些畫給我最後的印象是，為了表達靈魂的某種狀態，他用盡力氣。我想，也只有從這一點能夠解釋，為什麼它們讓我完全不知所措。顯而易見，顏色和形式，對斯特里克蘭有著獨特的意義。他無法忍受不把自己感受到的東西傳達給別人，這是他創作的單純意圖。只要他能夠接近他所追求的事物，他會毫不猶豫地簡化，甚至歪曲。事實對他無關緊要，他要的，是在一堆毫無關聯的事件中，找到他認為意義重大的東西。就好像他覺察到了宇宙的靈魂，不得不把它表達出來。儘管這些畫讓我百思不得其解，我卻因為它們特有的激情，沒法無動於衷；而且，不知為什麼，在我心裡有一種感覺，我對斯特里克蘭產生了一種感情。真是沒想到：我感覺到了一種無法抗拒的同情。

「我想，現在我明白了，為什麼你屈從於布蘭奇・斯特洛夫的感情。」我對他說。

「為什麼？」

「我想，是你失去了勇氣。你肉體的軟弱影響了你的靈魂。我不知道，是怎樣的無限嚮往，將你緊緊攫住，讓你踏上一條險惡的孤獨之路，在那裡，你希望找到讓你備受折磨的最終救贖。我看，你就像永不止步的朝聖者，不停地在尋找一處心中的聖地，但它也許並不存在。我不知道，你尋求的是怎樣高深莫測的涅槃。你自己知道嗎？或許，你尋找的是真理與自由，而有某一段時間，你認為能從愛情中獲得解脫。我想，你疲憊的靈魂想在女人的懷裡得到休憩，當你在她那裡沒有得到，你就討厭她。你一點也不憐憫她，因為你連自己也不憐憫。你逼死了她，是因為恐懼，因為你依然沒有解脫，處於危險之中而瑟瑟發抖。」

他冷笑了一聲，揪著自己的鬍子。

「真是個可怕的感傷主義者，我可憐的朋友。」

一星期後，我偶然聽說，斯特里克蘭去馬賽了。從此再也沒有見過他。

第四十三章

回頭來看，我明白我描寫的查爾斯．斯特里克蘭，似乎很難讓人滿意。我寫下我知道的事情，但模糊不清，因為我並不瞭解事情的起因。最奇怪的是，斯特里克蘭為什麼決心當畫家，顯得十分隨意；儘管從他的生活狀況，肯定能找到原因，但我全然不知。從他的談話，我一無所獲。如果我是在寫一部小說，而不是敘述我所知的一個性格怪異者的真實故事，我就會虛構一些緣由，來解釋他的感情變化。我想，我可以寫他童年時就酷愛畫畫，但由於父親反對，或因生活所迫，這個夢想破滅了；我也可以想像，他是因為無法忍受生活的枷鎖；他在藝術的激情和社會的職責之間苦苦掙扎，從而引發別人的同情。如此一來，我就可以將他塑造成一個更加典型的人物。也許在他身上，世人能看到一個新的普羅米修斯。總之，我也許會塑造一個為人類理想而歷經磨難、犧牲自我的當代英雄。這始終是個動人的主題。

另一方面，我可以在他的婚姻關係中，找到他感情變化的動機。我可以有十來個方法處理這個故事：因為他妻子喜歡結交畫家和作家，這些人喚起了他身上隱藏的天賦；或者因家庭不和，從而讓他專注自我；要不就是因為一場愛情，將他心中暗暗燃燒的火種變成了熊熊烈火。如果這樣，斯特里克蘭夫人在我筆下就完全不同。我會不顧事實，把她寫成一個嘮嘮叨叨、令人討厭的女人，或是極端偏執，漠視精神需求。我會把斯特里克蘭的婚姻寫成一場漫長的折磨，離家出走將是他唯一的選擇。我想，我會強調他如何逆來順受、心存憐憫，不願卸下沉重的枷鎖。這樣，我就不會寫到他們的孩子。

要讓故事真實感人，我也可以寫他認識了一位畫家前輩，這位畫家由於窮困潦倒，或者為了追名逐利，從而虛擲了自己的大好青春、非凡才華，當他在斯特里克蘭身上看到自己的影子，就勸他放棄世俗的功名，獻身神聖的藝術。我會寫這個老人有錢有名，但這不是他想要的生活，雖然他知道獻身藝術的重要，然而他無力追求。我想，這樣來寫，似乎更為諷刺。

但現實非常乏味。斯特里克蘭，一個剛出校門的年輕人，進入一家證券交易所工作，一點也不覺得厭煩。直到結婚，他都過著和同行一樣平凡的生活，做一些不大不小的買賣，盯著德比賽馬，或者牛津和劍橋比賽的結果，輸贏不過一兩英鎊。我想，他業餘時間也會練習拳擊。他的壁爐架上有蘭特里夫人和瑪麗・安德森的照片。他讀《笨拙》和《體育時代》。他去漢普斯特德參加舞會。

很長一段時間，我沒再看到他，但這並不重要。幾年來，他步履維艱，為了掌握困難重重的藝術，生活過得單調乏味；為了賺錢糊口，他不得不有所變通，我不知道有什麼值得書寫。即使把這些寫下來，也只能看到與他交往的人身上的種種事情。我認為，這些對他的性格沒什麼影響。如果要寫一部現代巴黎的流浪冒險小說，他一定經驗豐富，積累了大量素材；但他性情超然，從他的談話判斷，這些年來，並沒有什麼事讓他印象深刻。或許，當他來到巴黎，已經老大不小，光怪陸離的生活誘惑不了他。說來有些奇怪，他不僅講求實際，甚至不帶任何感情。我想，他這段生活頗為浪漫，但他一定看不出半點情調。或許，要看到生活中的浪漫，你必須多少像個演員；而要跳出自身，你必須超然物外、全神貫注。但是，沒有人能像斯特里克蘭這樣一心一意。我不知道，誰能像他這樣有著強烈的自我意識。遺憾的是，我無法描述他如何一步一步，戰勝艱難，取得了卓越的成就；因為，如果我能描寫他如何屢遭失敗、堅持不懈，如何滿懷勇氣、從不絕望，在面對藝術家的勁敵——自我懷疑時，如何不屈不撓、再接再厲，我可能會激起讀者的同情。這一點我太清楚不過：人物不能像斯特里克蘭這樣枯燥乏味，毫無魅力。但是，我沒這方面的事實可寫。我從未見過斯特里克蘭作畫，我知道，別人也沒見過。他的奮鬥是他個人的一部祕史。假如他獨處畫室時曾和上帝的使者激烈搏鬥，那麼，他就從未允許一個靈魂見證他的痛苦。

當我敘述他和布蘭奇．斯特洛夫的關係，我懊惱地發現，我掌握的事實過於零散。為了讓我的故事順理成章，我就應該描寫他們不幸結合的發展，但我根本不知道，他們同居的三個月裡發生了什麼事。我不知道他們如何相處，也不知道他們說了些什麼。畢竟，一天有二十四小時，感情的高峰只是偶爾出現；其他時間他們怎麼過的，我只能憑自己想像。只要光線還未暗淡，布蘭奇還有力氣保持姿勢，我想，斯特里克蘭總是一刻不停地畫著，當她看到他聚精會神工作的樣子，一定非常氣惱。在那段時間，對他來說，她的角色只是模特兒，而非情婦，他們一起生活，也只是沉默。這讓她感到害怕。斯特里克蘭曾經暗示，布蘭奇委身於他，有報復德克．斯特洛夫的意思，因為他是在她陷入絕境時救了她，斯特里克蘭這話，為臆想打開了窗戶，不免讓人浮想聯翩。我希望這不是真的。這太可怕了。但是，誰又能洞悉人心的奧祕？那些只希望從人心見出高雅情操和正常感情的人，當然不會理解。當布蘭奇看到，斯特里克蘭偶爾綻放激情，但終究對她冷漠，她一定非常失望；我想，她已經意識到，對他而言，她不是一個人，只是取樂的工具；他依然是一個陌生人，她千方百計，用可憐的手段，想把他拴在自己身邊。她極力用舒適的生活誘導他，卻根本不明白，這對他毫無意義。她煞費苦心，為他做可口的飯菜，卻不知道，他對食物漠不關心。她總擔心他一個人會孤獨，所以對他呵護備至，當他的激情昏昏欲睡，她就想盡辦法喚醒它，這樣，至少她能保持一種幻覺，彷彿她真的掌控了他。也許，她的理智告訴她，她打造的這些鏈條只能激起他破壞的天性，就像窗戶上的厚玻璃，看著讓你手癢癢，想撿起半塊爛磚頭。但是，她的心卻失去理智，讓她沿著自知毀滅的道路繼續前行。她一定很不開心。但愛情的盲目讓她相信，她的追求是真實的、她的愛是偉大的，似乎不可能不喚起他同樣的愛。

但是，我對斯特里克蘭性格的分析，有很大的缺陷，這遠遠大於我對許多事實一無所知。因為，非常明顯，我寫了他和女人的關係，然而這些在他的生活中並沒那麼重要。但這些關係卻給別人帶來了悲劇，真是諷刺。他真正的生活，既包括夢想，也有異常艱辛的創作。

小說的不真實就在這裡。一般而言，愛情對男人只是插曲，是許多日常事務中的一件，而小說把它誇大了，事實上，它並沒那麼重要。雖然也有些男人，把愛情看得生死攸關，但他們往往顯得無趣；即使那些相信天長地久的女人，也會瞧不起他們。她們被這種人阿諛奉承，樂得心花怒放，但還是會有不安，感覺他們是可憐蟲。即便戀愛的時間非常短，男人也會三心二意，幹些別的：賺錢謀生他們在意、體育運動他們專心、藝術創作也有興趣。在大多數情況下，他們諸事並行，都不耽擱，但也專心致志，要追求這個，就先放下那個。他們可以心無旁鶩，如果一個打攪了另一個，他們會大為惱火。同樣墜入情網，男人和女人的區別是：女人可以一天到晚談戀愛，而男人只有幾分鐘。

性欲在斯特里克蘭身上並不起眼。可以說很不重要。甚至，讓他討厭。他的靈魂在別處。他有狂暴的激情，有時候欲望占據了他的身心，迫使他一時縱情狂歡，但他對這種本能感到非常厭惡，因為這剝奪了他內心的寧靜。我想，他甚至討厭一個必不可少的性伴侶。當他重新恢復了自我，看著那個他享受過的女人，他一定不寒而慄。他的思想在九天之上徜徉，他的身體對她萬分恐懼，也許宛如花叢中飛舞的彩蝶，見到自己勝利蛻變出來的骯髒蛹殼那樣。我認為，藝術是性本能的一種表現。一個漂亮女人、金黃月色下的那不勒斯海灣，或者提香的〈埋葬基督〉，在世人心中激起的，是同樣的感情。也許，斯特里克蘭討厭自然的洩欲，因為對他而言，這和藝術的創造相比，過於粗俗。

我自己也覺得奇怪，我塑造的是一個殘忍、自私、野蠻、好色之人，卻把他寫成了偉大的理想主義者。但這是事實。

他的生活，過得比工匠還差，但他比他們更努力創作。大多數人將生活裝點得優雅美妙的東西，他毫不在乎。他對金錢無動於衷。他對名聲不屑一顧。但你不必讚美他抵擋住了誘惑，因為我們大多數人對之妥協讓步的名利，對他而言根本不算誘惑。妥協，在他的頭腦中根本不存在。他住在巴黎，卻比底比斯沙漠的隱士還要孤獨。他從不求人，只要能讓他一個人待著。他一心一意，追求理想，為了實現它，不惜犧牲自己——這一點，很多人都能做到——甚至犧牲別人。他心中有願景。

斯特里克蘭是一個可惡的人，但我依然認為，他很偉大。

第四十四章

對繪畫藝術如何看待，有一定的重要性，在這裡，我自然要寫一寫，斯特里克蘭對以往偉大藝術家的看法。但我知道的，恐怕也沒什麼要緊。斯特里克蘭不善言詞，他根本不會用動聽的話語表達自己的想法，好讓別人記住。他毫無風趣。如果我多少記下了他說話的方式，從中可以看出他的幽默，那也只是嘲諷。他說話粗魯。他說真話有時也會讓人發笑，但這種表達之所以顯得詼諧，只因為冷不丁才冒出；如果他一直這麼講，別人也會覺得沒意思。

可以說，斯特里克蘭不是智慧超凡之人，他對繪畫的看法平淡無奇。我從未聽他講過和他有所相似的畫家，譬如塞尚、梵谷；我也非常懷疑，他是否看過他們的作品。他對印象派不是很感興趣。他們的技巧他有印象，但是我想，他可能認為他們對待藝術的態度過於平常。有一次，斯特洛夫滔滔不絕地講莫內有多偉大，斯特里克蘭說：「我更喜歡溫特哈爾特[1]。」我敢說，他是故意的，如果真是這個意思，那他達到目的了。

我其實很失望，因為我無法寫出，他如何對古典大師大放厥詞。他的性格如此怪異，如果他評論繪畫能讓人大吃一驚，那他這個人物就更為完整。我覺得，我很需要讓他對他的前輩發表些奇談怪論，這能夠警醒別人，但我承認，他和隨便哪個人的看法別無二致。我想，他根本不知道艾爾．葛雷柯。他對委拉斯蓋茲非常欽佩，儘管有些不耐煩。他欣賞夏丹，林布蘭讓他更著迷。他對我講林布蘭給他的印象，言語粗俗，我不好在這裡寫出。讓人意想不到的是，他最喜歡的畫家居然是老布勒哲爾[2]。我那時對老布勒哲爾知之甚少，斯特里克蘭自己也解釋不清。我之所以記得他是這麼評價老布勒哲爾的，是因為他的話讓我很不滿意。

「他畫得滿好，」斯特里克蘭說，「我敢打賭，他一定認為畫畫是件鬼差事。」

後來，在維也納，我看過一些彼得．布勒哲爾的畫後才明白，為什麼斯特里克蘭會對他感興趣。這也是一個對世界心存奇特幻想的人。我當時做了大量的筆記，打算寫一寫他，後來資料都丟了，現在只剩下一點感情和記憶。在他的筆下，人物都很怪誕，他對這種怪誕感到非常生氣；生活只不過是一場混亂，充滿了種種荒謬和汙穢，只能引人發笑，未免樂極生悲。布勒哲爾給我的印象是，他力求用一種手段，表達超越這種手段的另一種感情，可能正是模糊地意識到了這一點，才激起斯特里克蘭的共鳴。也許，他們都極力想透過繪畫，表現更適合用文學來表達的理念。

那時，斯特里克蘭大概四十七歲。

1. 溫特哈爾特（Franz Xaver Winterhalter，一八〇五－一八七三），德國宮廷畫家，專門繪製歐洲的王室形象：奧地利、德國、俄羅斯、法國、英國，甚至亞洲的皇帝、國王和王后，都請他繪過肖像畫。他技藝高超、酬金豐厚，是當時最富有的畫家之一。

2. 老布勒哲爾（Pieter Brueghel the Elder，約一五二五－一五六九），十六世紀尼德蘭地區最偉大的畫家，一生以農村生活作為藝術創作題材，藝術造型誇張，是歐洲美術史上第一位「農民畫家」。

第四十五章

我說過，如果不是偶然來到大溪地，我肯定不會寫這本書。經過多年漂泊，查爾斯・斯特里克蘭來到這個地方，正是在這裡，他創作出了讓他名垂青史的畫作。我想，沒有哪位藝術家能完全實現夢想，雖然這夢想讓他癡迷不已；而斯特里克蘭，為了掌握繪畫的技巧，殫精竭慮，受盡煎熬。也許，他表達自己心靈之眼所見的幻想，比其他畫家稍遜一籌；但在大溪地，他所處的環境喚醒了他；他發現，這裡有讓他的靈感變得茁壯有力的必要條件，他晚年的畫作至少印證了他的追求。這些作品呈現了一個鮮活、奇異的世界。就好像他的精神一直脫離了軀殼，四處遊蕩，尋找寄託，終於，在這片遙遠的土地上，進入他自己的身體。用一句俗話來說就是，在這裡，他終於「如願以償」。

似乎，我一來到這個偏遠的島嶼，就應該立馬恢復對斯特里克蘭的興趣，但手頭的工作占據了我全部的身心，無暇顧及其他事情；直到在大溪地住了幾天，我才想起，這個地方和斯特里克蘭有關聯。畢竟，我們十五年沒再見過，而他過世也有九年了。現在想來，我當時該把重要的事情暫放一旁，但一週過去，我依然忙得暈頭轉向。我記得頭一天清晨，我醒得很早，當我走到旅館的露臺上，一個人影都沒有。我轉到廚房，門還鎖著，門外一條長凳上，一個本地侍者睡得正香。看來，還不到用餐時間，我就溜達到了外面。濱海的街道上，那些住在這裡的中國人，已經在店鋪裡忙起來。黎明的天色依然蒼白，環礁湖上一片死寂。十英里之外，莫雷阿島像一座高高聳立的聖杯，守護著自己的祕密。

我簡直無法相信自己的眼睛。自從離開威靈頓，日子就似乎過得極不尋常。威靈頓整潔有序，很有英國味，讓你想起大不列顛南岸一座濱海小城。接下來的三天，大海上狂風暴雨，烏雲相互追逐；忽然間風停了，海面寂靜，一片湛藍。太平洋浩渺無邊，遠比其他海洋荒涼，在這裡，即使做一次最普通的旅行，也意味著某種冒險。你呼吸的空氣是包治百病的靈藥，好讓你有力氣對付即將發生的意外。與其說你在駛向大溪地，不如說是漸漸接近一個金色國度，除此之外，你簡直被蒙在鼓裡。莫雷阿，大溪地的姊妹島，怪石嶙峋，峰巒雄偉，從荒涼大海中神祕地升起，像魔棒在空中輕輕一揮，變幻出虛無縹緲的織錦。它狀如鋸齒，有如太平洋中的蒙塞拉特島，你可以想像，玻里尼西亞的武士，正以奇特的宗教儀式，守衛著原始的祕密，不讓外人知曉。當距離越來越近，美麗的峰巒遠近高低映入眼簾，莫雷阿的旖旎漸次打開；但當航船駛近，它依然祕而不宣，顯得神聖不可侵犯，似乎岩石全然合在一起，根本無法通過。假如你接近礁石中間的一個出口，它很可能突然從你的視線中消失，讓你什麼也看不到，眼前依然是蔚藍色的太平洋，大海茫茫。

大溪地，一片高高聳立的綠色島嶼，黛青色的深深山褶，讓你還以為這是一片神聖而又寂靜的峽谷。這裡到處幽暗神祕，清涼的溪水潺潺而過，你會感覺，在這蔭翳蔽日的溝壑裡，生活自遠古時代以來就如此古樸，一直綿延至今。當然，這裡也有糟糕可怕的東西。但這種印象是短暫的，它只能讓你更加珍惜片刻的歡樂。這就像一群人高高興興，看著小丑的插科打諢哈哈大笑，卻突然在他的眼神裡瞥見了哀傷；他的嘴角掛著微笑，他的笑話讓人捧腹，只是，在他引人發笑的時候，他卻愈發感覺到自己難以抑制的孤獨。因為大溪地正在微笑，那麼親切，宛如一位曼妙的女子，落落大方展現她的優雅與美麗；特別是當船駛入帕皮提港口，簡直讓你心神蕩漾。停泊在碼頭的船隻整整齊齊，海灣環抱的小城潔淨一新，而猩紅色的火焰式哥德建築高高聳入藍天，炫耀著它們的色彩，彷彿激情的吶喊。它們太淫蕩了，簡直恬不知恥，讓你喘不過氣來。當輪船靠近碼頭，蜂擁至岸邊的群眾興高采烈，頓時一片嘈雜，歡聲笑語，向著周圍指指點點。這是一片棕色的海面。你會感覺在豔麗的藍天下，色彩在炫目地移動。無論是卸取行李，還是海關檢查，到處吵吵嚷嚷，每個人似乎都在對你微笑。烈日炎炎，絢爛的色彩讓你眼花撩亂。

第四十六章

我來大溪地沒幾天，就認識了尼克爾斯船長。一天早上，我在旅館的露臺上吃早餐，他走進來，自報家門。他聽說，我對查爾斯・斯特里克蘭很感興趣，便來找我聊聊。大溪地人，和英國鄉下人一樣愛說閒話，隨便向一兩個人打聽斯特里克蘭的畫，消息立馬不脛而走。我問這位陌生人，有沒有吃過早餐。

「吃過了，我老早就喝了咖啡，」他回答說，「但是，我不介意喝點威士忌。」

我把旅館的中國侍者喊了過來。

「你不覺得，現在喝太早了？」船長說。

「這可以由你和你的肝來決定。」我回答。

「我實際上是禁酒主義者。」他一邊說著，一邊給自己倒了大半杯加拿大俱樂部威士忌。

他一笑起來，便露出滿嘴發黃的爛牙。他身

材瘦小，灰白的頭髮剪得很短，嘴巴上鬍子拉碴。他好幾天沒刮臉了，臉上的皺紋很深，因為常年曝曬，皮膚很黑，一雙藍色的小眼睛滴溜溜直轉，哪怕是我很小的一個手勢，他的眼珠子都會飛快地轉來轉去，一看就是個徹底的無賴。不過此刻，他的確一片熱誠，真心實意。他身上穿的那套卡其布衣褲髒兮兮的，兩隻手也早該好好洗洗了。

「我和斯特里克蘭很熟，」他說著，身子往椅背上一靠，點燃我遞給他的雪茄，「因為我的關係，他才來這裡的。」

「你是在哪裡認識他的？」我問。

「馬賽。」

「你在馬賽做什麼？」

他一臉殷勤的笑。

「哦，我那時應該過得很糟。」

從這位朋友的儀表看來，他現在一樣過得不好，我打算和他交個朋友。這些流浪漢，總是貪圖小利，但你自己心裡樂意。他們很容易接近，無話不談；很少擺譜，只要一杯酒，就能打動他們的心。要想和他們混熟，你不必費力討好，只需豎起耳朵，好好聽他們說話，這樣他們不但信你，還會感激。他們很喜歡說話，這樣可以證明他們的修養，大多數人講話也都風趣。他們見多識廣，想像豐富。不能說他們一點狡詐都沒有，但他們遵紀守法，只要法律足夠強大。和他們玩牌很危險，但他們的聰明才智讓這世上最好玩的遊戲變得更加刺激。離開大溪地之前，我已經和尼克爾斯船長混得很熟，是他讓我變得老練。我不認為他白抽了我的雪茄、白喝了我的威士忌（他從不喝雞尾酒，還真是個禁酒主義者），儘管他很有禮貌，陪著笑臉向我借錢，好幾美元從我的口袋去了他的口袋，我還是覺得，他帶給我的樂趣，遠遠超過我付出的代價。我終究是他的債主。假如我堅持手頭的創作，不撇開一筆，而是幾行字把他打發掉，我良心上過不去。

我不知道，尼克爾斯船長當初為什麼離開英國。這是一個諱莫如深的話題，依他的性子，直接問顯得很不禮貌。從他話裡聽出，他受了不白之冤，毫無疑問，他把自己看作社會不公的犧牲品。我總想著，他是受了某種欺詐或者暴力，當他說腐朽的當局過於死板時，我還是非常同情，表示同意。雖說，他在祖國遭遇了不幸，但我還是高興地看到，這並沒有減少他的愛國熱情。他經常說，英國是世界上最好的國家，他，一個英國人，覺得自己比哪國人都更有優越感，無論美國人、殖民地人、達戈人[1]、荷蘭人，還是肯納卡人[2]。

但我覺得，他生活得並不幸福。他患有消化不良，我經常見他嘴裡嚼著胃蛋白酶片；每天早上，他的胃口很差，但如果只有這一種痛苦，還不至於磨損他的精神。他滿腹牢騷，其實還有更大的原因。八年前，他草率地和一個女人結了婚。有些人，仁慈的上帝決意讓他們單身，但有人因為任性，或者由於環境所迫，偏偏違背了上帝的旨意。再沒有比這種結了婚的光棍更令人可憐的了。尼克爾斯船長就是這樣的人。我見過他老婆。我想，她大概二十七八歲，是那種讓人猜不透年齡的女人，這種人，二十來歲不顯年輕，四十來歲也不顯老。她給我的印象，是非常「緊」：小嘴緊抿著，笑容緊繃著，皮肉緊包著，頭髮緊紮著，衣服緊裹著，白斜紋料子偏有黑斜紋布的效果。我想不通，為什麼尼克爾斯船長要和她結婚，結了婚為什麼又不甩了她。也許，他經常這樣，他的悲哀就在於他從未成功過。無論他跑多遠、無論他藏身何處，尼克爾斯太太都會像良心一樣緊抓不放、像命運一樣勢不可當，立馬就能找到他。他甩不掉她，就像有因必有果。

無賴漢，就像藝術家或正人君子，不屬於任何階級。無業遊民的寒酸不會讓他難堪，王公貴族的排場也不會讓他拘束。但尼克爾斯太太卻出身於一個最近名聲漸好的階層，

1. 達戈人（Dagos）意即外國佬，對義大利人、西班牙人、葡萄牙人的蔑稱。
2. 肯納卡人（Kanakas），夏威夷及南洋群島的土著。

即所謂的中下層。她的父親，實際上是個警察，我相信他一定很能幹。我不知道，她為什麼緊抓住船長不放，我想，不會是因為愛情。我從未見過她說話，也許私下裡她很能嘮叨。反正，尼克爾斯船長怕她怕得要死。有時，坐在旅館的露臺上，他會突然意識到，她正在下面的馬路上走動。她從不喊他，就好像沒看見他，只是若無其事地在大街上走來走去。這時船長渾身都不自在起來；他看了看手錶，歎了口氣。

「唉，我得走了。」他說。

這光景，威士忌留不住他，開玩笑也沒用。要知道，他可是個面對颶風和颱風也面不改色的大男人，如果有一把左輪手槍，就是來十幾個赤手空拳的黑人，他也會毫不猶豫地和他們對幹。有時候，尼克爾斯太太也會叫他們的女兒，一個面色蒼白、悶悶不樂的七歲孩子，到旅館來。

「媽媽找你。」她嗚咽著說。

「馬上，乖女兒。」尼克爾斯船長說。

他拔腿就走，和女兒一起離去。我想，這是精神戰勝物質的一個極佳案例，雖然我離題了，但至少能帶來一點啟示。

第四十七章

我盡量把尼克爾斯船長告訴我的，關於斯特里克蘭的各種事情串起來，顯得前後連貫。多年以前，我和斯特里克蘭在巴黎分手，他們正是在那年冬末認識的。那段紛亂的日子，他是怎麼過的，我根本不知道，但一定窮困潦倒，因為尼克爾斯船長是在夜間收容所第一次見到他的。那時候，馬賽發生了一場罷工，斯特里克蘭已經到了山窮水盡的地步，連活命的一點錢都賺不到了。

夜間收容所是一棟巨大的石頭建築，窮光蛋和流浪漢，只要證件齊全，能讓管事的修道士相信他們是做工的，就可以在這裡寄宿一個星期。在等待開門的人群中，尼克爾斯船長注意到了斯特里克蘭，因為他身材高大，相貌古怪；這些人無精打采地等著，有的走來走去，有的斜靠在牆上，有的坐在路邊，把腳伸進水溝裡；當他們排著隊進了辦公室，尼克爾斯船長聽見檢查證件時斯特里克蘭說的是英語。但他沒有機會和斯特里克蘭說話，因為他一走進去，就來了一位傳道士，腋下夾著一大本聖經，在屋子另一頭的講臺上布起道來；這些可憐的無家可歸者，不得不接受這項服務，作為他們住宿的代價。他和斯特里克蘭被分在不同的房間，凌晨五點，一個身材健壯的修道士把他們全從床上趕了起來，等他疊好被子洗罷臉，斯特里克蘭已經不見了。尼克爾斯船長在寒風刺骨的街頭晃了一個小時，最後來到水手經常聚會的維克多耶魯廣場。只見一個人在一座雕像下面打盹，正是斯特里克蘭。他踢了他一腳，把他叫醒了。

「走，跟我去吃早餐，朋友。」他說。

「去死吧你。」斯特里克蘭回答道。

我一聽就是那位老兄的口氣，於是，我決定把尼克爾斯船長當作可以信賴的證人。

「一分錢都沒了吧？」船長問。

「去你媽的。」斯特里克蘭說。

「跟我來。我給你弄點吃的。」

猶豫了片刻，斯特里克蘭掙扎著爬了起來，兩個人先去了發放麵包的救濟所，這裡，饑餓者都可以分到一塊麵包，但必須當場吃完，不許拿走；然後他們又來到一個發放菜湯的救濟所，每天上午十一點和下午四點，都可以在這裡得到一碗鹽水清湯，但只能領一星期。這兩個地方，相隔很遠，只有快餓死的人才會跑這麼遠。就這樣，他們吃了早餐，查爾斯・斯特里克蘭和尼克爾斯船長，也就這麼奇怪地成了朋友。

他們這樣在馬賽混了四個月，生活沒有冒險，如果冒險意味著意外或驚險的事件，因為他們的時間都花在謀生上，要弄些錢晚上才能住宿，要找點兒吃的才可以免受饑餓煎熬。我真希望能畫幾幅活潑豔麗的圖畫，把尼克爾斯船長的生動敘述在我的想像中展開。他描述的他們在這個海港小城的底層生活，可以寫成一本有趣的書，他們遇到的形形色色的人物，一個民俗學者據此可以編成一本非常詳細的流氓大辭典。但在這裡，我只能用幾段文字交代他們這一時期的生活。我得到的印象是：他們的生活緊張殘酷，多姿多彩，鮮活生動。相比之下，我所知道的馬賽，人群熙攘，陽光明媚，到處都是舒適的旅館和擠滿有錢人的餐館，顯得平淡無奇、司空見慣。那些親眼見過尼克爾斯船長對我說的這些景象的人，我真羨慕啊。

當夜間收容所將他們拒於門外以後，斯特里克蘭和尼克爾斯船長在硬漢比爾那裡找到了落腳處。他是一家水手寄宿公寓的老闆，一個身材高大、生著一對鐵拳的黑白混血兒。他給暫時失業的水手提供食宿，直到為他們在船上找到工作。斯特里克蘭和尼克爾斯船長在他這裡住了一個月，一塊兒來的，還有十幾個瑞典人、黑人、巴西人，一起睡在他分配的兩間空屋子裡。每天，他都帶他們去維克多耶魯廣場，輪船上的船長需要雇什麼人都會來這兒。他老婆是個美國女人，又胖又邋遢，天知道她怎麼會墮落到這個地步，寄宿的人每天要輪流幫她做家務。斯特里克蘭給硬漢比爾畫了一幅肖像作為報酬，尼克爾斯船長覺得這是撿了大便宜。硬漢比爾不但花錢為斯特里克蘭買畫布、顏料和畫筆，而且還給了一磅走私的菸草。據我所知，這幅畫可能還掛在喬利埃特碼頭附近一間破房子的客廳裡，估計現在可以賣到一千五百英鎊。斯特里克蘭本想乘船去澳洲或紐西蘭，然後再去薩摩亞或大溪地。我不知道，他為什麼動了去南太平洋的念頭，儘管我還記得，他早就想去一個無人的小島，那裡四季常綠，陽光燦爛，四周碧波環繞，比北半球任何海洋都要湛藍。我猜，他揪住尼克爾斯船長不放，是因為他熟悉這些地方，而且，是尼克爾斯勸他去大溪地，說那裡待著更舒服。

「你知道，大溪地是法國領土，」尼克爾斯對我解釋說，「法國人不那麼死板。」

我想，我明白他的意思。

斯特里克蘭沒有身分證件，這對硬漢比爾不是問題，因為只要有利可圖，他都可以辦到（他替水手介紹工作，會扣掉他們頭一個月的工資）。正好有一個英國司爐工在他這裡死了，他就把這人的證件給了斯特里克蘭。但是，尼克爾斯船長和斯特里克蘭要往東走，而雇人做事的船往西開。有兩趟駛往美國的貨輪上需要人手，斯特里克蘭都拒絕了，還有一艘到紐卡斯爾的煤船，他也不去。硬漢比爾受不了斯特里克蘭這種牛脾氣，這只能讓他吃虧，所以最後，他一話不說，一腳把斯特里克蘭和尼克爾斯船長踢出了門。他們再次流落街頭。

硬漢比爾提供的飯菜談不上豐盛，吃完飯從餐桌前站起還是像剛坐下時一樣饑餓，但有那麼幾天，他們依然對這裡的伙食念念不忘。這回，他們可真嘗到了饑餓的滋味。發放菜湯的救濟所和夜間收容所他們都沒資格再去了，現在，他們只能靠麵包救濟所給的一小片麵包度日。夜裡，他們能睡哪兒就睡哪兒，有時在火車站軌道旁閒置的空車廂中，有時在倉庫後面的推車裡。但是，天氣寒冷，常常是打一兩個小時盹兒，就不得不上街轉轉，好暖和暖和身子。最難受的是沒有菸抽，尼克爾斯船長簡直不行，於是他就去一個叫「一聽啤酒」的酒吧，撿前一天晚上人家扔的香菸頭和雪茄頭。

「更難抽的菸我也用菸斗抽過。」他自嘲地聳了聳肩，補充道。說著，又從我遞給他的菸盒裡拿了幾支雪茄，一根叼在嘴上，其他的揣進了口袋。

偶爾，他們也能賺到一點錢。有時，一艘郵輪靠岸，尼克爾斯船長如果和計時員拉上關係，就能為他們找到臨時裝卸工的差事。如果來的是英國船，他們就會溜進船艙，和船員混頓飽飯。當然，這有一定的風險，要是遇到高級船員，他們就得從舷梯上飛快地跑下來，動作慢了，一靴子就踢到了屁股上。

「只要能填飽肚子，屁股讓人踹一腳也沒什麼，」尼克爾斯船長說，「就我個人而言，我從來不在乎。高級船員理應有紀律。」

我的腦海中浮現一幅生動的畫面：一個憤怒的大副飛起一腳，尼克爾斯船長一個倒栽蔥，從狹窄的舷梯上滾了下來；就像一個真正的英國人，他對英國商船的這種嚴明的紀律感到欣慰。

在魚市，時不時也能找到點零工。一次，碼頭上的許多筐橘子要運走，斯特里克蘭和尼克爾斯船長就去幫人裝車，一人掙了一法郎。有一天，他們很走運：一個寄宿公寓的老闆到手一筆買賣，一條從馬達加斯加繞過好望角開來的貨船需要補色，一連好幾天，他們站在懸在船幫一側的木板上，往生鏽的船身上刷油漆。這種情況，肯定又會讓斯特里克蘭冷嘲熱諷。我問尼克爾斯船長，在這些艱難的日子裡，斯特里克蘭有什麼反應。

「沒聽他說過一句喪氣話，」船長回答，「有時候，他不太高興，但即便一整天吃不上一口飯，連在中國佬那裡寄宿的一點錢都沒有，他也像蟋蟀一樣快活。」

對此，我並不感到驚訝。斯特里克蘭正是這樣一個超越周圍環境的人，即使在最讓人失望的時候也是如此。這到底是因為靈魂的平靜還是激盪，真的很難說清。

「中國茅廁」，這是某個流浪漢給一個獨眼的中國佬在布特里街附近開的一家破旅館起的名字，六蘇[1]可以睡在一張很窄的小床上，三蘇可以打一夜地鋪。在這裡，他們結交了不少和他們一樣饑寒交迫的朋友，當他們有時身上一個子兒都沒了，晚上又出奇的冷，就會毫不猶豫地向白天偶然賺到一法郎的人借錢交住宿費。這些流浪漢都不吝嗇，不管誰有了錢，都樂於和大家一起花。他們來自不同的國家，但這並不妨礙他們成為朋友；因為他們感覺，他們是同一個國度的自由人，這個國度寬廣無垠——一個偉大的安樂之鄉。

「但是，斯特里克蘭要是生起氣來，也是不好惹。」尼克爾斯船長若有所思地說，「一天，我們在廣場上碰見硬漢比爾，他想要回他當時給查理的身分證件。」

1. 蘇（sou），法國舊時銅幣，一法郎等於二十蘇。

「『你如果想要，自己來拿吧。』查爾斯說。」

「硬漢比爾，一個身強力壯的傢伙，但他被查爾斯的架勢鎮住了，所以只是罵個不停。他能罵的話全罵了，罵得真是頭頭是道。剛開始，查理還聽著，過了一會兒，就見他往前邁了一步，說了一句：『滾！你他媽一隻蠢豬。』倒不是他罵的話，關鍵是他罵人的氣勢。硬漢比爾立馬住口了，很明顯他怕了。他轉身就走，好像突然想起有個約會似的。」

根據尼克爾斯船長的描述，斯特里克蘭當時罵人的話和我這裡的完全不同，不過，既然我寫的是一本家庭讀物，不妨犧牲一些真實性，改用一些大家熟悉的平常詞語。

硬漢比爾不是能受得了普通水手侮辱的人。他的權力有賴於他的威望：住在他家的兩個水手，一前一後告訴他們，比爾發誓要幹掉斯特里克蘭。

一天晚上，尼克爾斯船長和斯特里克蘭坐在布特里街的一間酒吧裡。這是一條狹長的街道，兩旁一間間平房，每個房子只有一間小屋，就像擁擠的集市窩棚或馬戲團的獸籠。每個房子門口都有一個女人：有的懶洋洋地靠著門框，哼著歌，或用沙啞的嗓子大聲招徠路人，有的無精打采地看著書。她們有法國人、義大利人、西班牙人、日本人、黑人；有胖有瘦；在厚厚的胭脂、烏黑的眼眉以及猩紅的嘴唇之下，你能看到歲月的印記和她們放蕩生活的傷痕。她們有的穿著黑色罩衫和肉色絲襪，有的一頭鬈髮，染成了金色，穿著短紗裙，打扮成少女。透過敞開的門，你能看到屋子裡的紅磚地，一張大床，桌子上有一隻大口水罐和一個盆子。街道上，形形色色的人走來走去——印度郵輪上的水手、瑞典帆船上的金髮北歐人、軍艦上的日本人、英國水手、西班牙人、法國巡洋艦上帥氣的士兵，還有美國貨輪上的黑人。白天，這裡只是骯髒，到了夜晚，小屋裡的燈都亮了，街道就有一種邪惡之美。醜惡的欲望彌漫在空氣裡，讓人感到壓抑、可怕，但是，在這縈繞著你、困擾著你的景象裡，卻有某種不可思議的東西。你覺得，有一種世人並不理解的原始力量讓你厭惡，又深深誘惑著你。在這裡，文明的法度蕩然無存，人們面對的只是陰鬱的現實。到處充滿緊張而又悲慘的氛圍。

在斯特里克蘭和尼克爾斯坐著的酒吧裡，擺著一架自動彈奏的鋼琴，大聲地演奏著舞曲。屋子裡，酒客四下圍坐在桌旁，這裡七、八個水手喝醉了，胡喊亂叫，那邊坐著一群士兵，中央，一對對擠在一起跳舞。留著鬍子、面孔黝黑的水手，用粗大堅硬的手臂使勁摟著自己的舞伴。女人身上，只穿著罩衫。偶爾，也會有兩個水手站起來跳舞。喧鬧的聲音震耳欲聾。大家都在歌唱，大叫，大笑；若有人激吻了坐在他膝蓋上的姑娘，英國水手就打起了呼哨，屋子裡更加吵鬧。男人噴雲吐霧，笨重的靴子揚起灰塵，弄得到處烏煙瘴氣。這裡實在太熱了。吧檯後面坐著一個女人，正在給孩子餵奶。一個身材矮小、滿臉雀斑的年輕侍者，托著擺滿啤酒杯子的托盤，匆忙地走來走去。

不一會兒，硬漢比爾在兩個身材高大的黑人陪伴下走了進來。一看就知道，他已有七、八分醉意，分明是來鬧事的。他踉踉蹌蹌，撞在了三個士兵坐的桌子上，打碎了一瓶啤酒。雙方立刻吵了起來，酒吧的老闆走了出來，叫硬漢比爾出去。這是一個肌肉發達的男子，對尋釁鬧事絕無二話，硬漢比爾有些膽怯。老闆不好惹，因為背後有警察撐腰，所以硬漢比爾罵了一句，轉身要走。突然，他一眼瞥見了斯特里克蘭。搖搖晃晃地，他走到斯特里克蘭面前，二話不說，嘬足了一口唾沫，猛地吐到了斯特里克蘭的臉上。斯特里克蘭抓起酒杯，一下砸了過去。跳舞的人忽然都停了下來。剎那間，整個酒吧一片寂靜。但是，當硬漢比爾撲到斯特里克蘭身上時，所有人的鬥志都被點燃了，頓時一片混戰。桌子被掀翻了，酒杯打碎在地。兩個人打得不可開交。女人都躲到了門邊和吧檯後面，路過的人從街上湧了進來。只聽到處是打鬥聲、咒罵聲、喊叫聲，屋子中間，十幾個人打成了一片。突然，警察衝了進來，所有人都慌忙往門外逃竄。當酒吧裡稍稍安靜了一些，就見硬漢比爾人事不省地躺在地上，頭上一個大口子。尼克爾斯船長拽著斯特里克蘭跑到大街上，斯特里克蘭的手臂流著血，衣服被撕成了破布。尼克爾斯鼻子上也挨了一拳，滿臉是血。

「我想，在硬漢比爾出院之前，你還是離開馬賽吧。」當他們回到「中國茅廁」清洗時，他對斯特里克蘭說。

「真比鬥雞還熱鬧。」斯特里克蘭說。

我彷彿又看見他嘲諷的笑。

尼克爾斯船長非常擔心。他知道硬漢比爾有仇必報。斯特里克蘭讓這個混血兒兩次丟了臉，如果他醒過來了，一定要提防。他不會匆忙下手，而是等待時機。早晚某個夜裡，斯特里克蘭背上會被人捅一刀。一兩天後，一個無名流浪漢的屍體就會從港口的汙水中被撈起……第二天晚上，尼克爾斯去硬漢比爾家打聽消息。他還在醫院裡，但他的妻子已經去看過他，她說，比爾說一出去就要殺了斯特里克蘭。

一個星期過去了。

「我總是說，」尼克爾斯船長繼續說道，「要打人，就把他傷得重一些。這樣你就有時間思考，接下來怎麼辦。」

後來，斯特里克蘭運氣不錯。一艘開往澳洲的輪船到水手之家去需要一名司爐工，原來的司爐工因為精神錯亂，在直布羅陀附近跳海自殺了。

「你趕緊去碼頭，朋友，」船長對斯特里克蘭說，「去簽雇用合約。你有身分證件呢。」

斯特里克蘭立馬出發了，從此，尼克爾斯再也沒見過他。這艘輪船在碼頭只停了六小時。傍晚，尼克爾斯船長看著遠處船上的黑煙漸漸稀薄，輪船從寒冬的海面上向東駛去。

我盡可能把我所知的一切敘述得更加生動，因為我想拿這些和斯特里克蘭在倫敦阿什利花園時的生活加以比較，那時他忙於證券生意，是我親眼所見。但是，我也明白，尼克爾斯船長是吹牛不打草稿的騙子，我敢說，他告訴我的，沒一句真話。以後我要是發現，他一輩子都沒見過斯特里克蘭、他有關馬賽的見聞全部來自一本雜誌，我也不會驚訝。

第四十八章

這本書，我本想就此結尾。我最初的想法是，一開始描寫斯特里克蘭在大溪地的最後幾年，和他悲慘的死亡，再回過頭來敘述他的早年生活。我想這樣寫，倒不是因為任性，只是希望以斯特里克蘭啟程遠行作為最後一幕：他那孤獨的靈魂懷著怎樣的奇想，最終向著激發了他幻想的未知島嶼出發了。我喜歡這樣的畫面，他的人生在四十七歲定格，當大多數人享受著中年生活的安穩，斯特里克蘭卻去尋找一個新世界。我彷佛看見，大海泡沫翻湧，一片灰濛濛，在凜冽的西北風中，他望著註定再也無法看到的法國海岸，漸漸消失；我想，他一定神情凜然，心無所懼。我本打算讓這本書的結尾帶給人希望，這樣才能突出一顆不可征服的靈魂。但我寫不好。不知怎的，我寫不下去，嘗試了一兩次後，只好放棄；

最後，還是老套地從頭寫起，並且打定主意，按照我的所見所聞，以及事情的先後順序，來寫斯特里克蘭的一生。

但我掌握的資料殘缺不全。這種情況，就像一個生物學家，單憑一具骨骼，不僅要還原一種已經滅絕的動物的樣貌，還要推測出牠的習性。斯特里克蘭，沒給那些在大溪地和他有所來往的人留下什麼深刻的印象。對他們而言，他只是一個永遠沒錢的流浪漢，唯一值得注意的是，他喜歡畫一些在他們看來荒誕不經的畫；直到他死去多年，巴黎和柏林的畫商紛紛派代理人來大溪地，尋找斯特里克蘭可能遺失的畫作，他們這才意識到，他們之中，原來有這麼一位了不起的人物。他們想，如果當時肯花一點錢，現在就可以大賺一筆，真是錯失良機，後悔莫及。有個叫科恩的猶太商人，手上有一幅斯特里克蘭的畫，得來頗不尋常。這是一個法國小老頭，慈眉善目，滿臉微笑；他既是商人也是海員，自己有一艘快艇，常常大膽來往於包莫圖斯島和馬克薩斯島之間，帶去當地所需的商品，運回椰肉、貝殼和珍珠。我去找他，是因為有人對我說，他有一顆大黑珍珠願意低價出手，然而他的要價超出我的預期，於是我就和他聊起了斯特里克蘭。他和斯特里克蘭很熟。

「你知道，我對他感興趣，是因為他是畫家，」他對我說，「很少有畫家到我們島上來，我滿可憐他的，因為我覺得他畫得很糟。他的第一份工作，是我給的。我在半島上有個種植園，需要一名白人監工。除非有個白人看著，否則這些原住民不會好好幹。我對他說：『你來，有足夠的時間畫畫，還可以賺點錢。』我知道他快餓死了，但我給他的工資很高。」

「難以想像，他會是稱職的監工。」我笑著說。

「我對他的要求並不高。對藝術家，我總是心懷同情。這種感情在我們的血液之中，你知道。但是，他只幹了幾個月。等他有了錢，能買顏料和畫布，他就走了。有些地方吸引了他，他跑到叢林中去畫畫。但偶爾我還是會見到他。每幾個月，他都會來帕皮提，待一陣子；他會隨便從誰手裡弄點錢，然後又不見了。也就是這樣，有一次他來我家，問我借兩百法郎。看樣子，他好像一星期沒吃飯了，我不忍心拒絕他。當然，我沒想過這筆錢能還回來。誰知，一年過去，他再來看我，帶了一幅畫。他沒提借錢的事，只是說：『這是你的種植園，我給你畫的。』我看了看，不知道說什麼，當然，我還是說謝謝。他一走，我就把畫拿給我妻子看。」

「他畫得怎樣？」我問。

「不要問我。我完全不懂。真是一輩子都沒見過這種畫。『你看看，怎麼辦？』我問我妻子。『反正不好掛，』她說，『人家會笑死的。』所以她就把畫拿到了閣樓上，和各種雜物堆在一起，因為我妻子有個毛病就是，什麼東西都捨不得丟。後來，你可以想像，大戰爆發前，我哥哥從巴黎給我寫信，說：『你知不知道有個英國畫家在大溪地住過？看來他是個天才，他的畫現在賣得很貴。你看，能不能弄到他畫的隨便什麼東西，給我寄來，肯定賺錢。』於是，我問我妻子：『斯特里克蘭送我的那幅畫還在不在？是不是還在閣樓上？』『沒錯，』她說，『你也知道，我什麼東西都不丟。』我們上了閣樓，那裡，誰知道都堆著些什麼，打我們住進這房子起，三十年來積攢的雜物全在這兒，那幅畫也在。我又仔細看了看。我說：『誰能想到，半島上我種植園的監工、向我借過兩百法郎的人，竟然是個天才？你能看出這畫好在哪裡嗎？』『看不出來，』她說，『一點也不像我們家的種植園，而且，我從來沒有見過，椰子樹的葉子是藍色的。巴黎人真是瘋了，不過，也許你哥哥可以把它賣兩百法郎，正好可以抵斯特里克蘭那筆債。』就這樣，我們把畫包好，寄給了我哥哥。後來，我收到他的回信。你猜他怎麼說？『畫收到了，』他在信中說，『坦白講，剛開始，我還以為你在跟我開玩笑；我真不該出這幅畫的郵費。有位紳士想買它，我都不敢拿給人家。但是，當他說這是一幅傑作，願意給我三萬法郎，你可以想像，我有多驚喜！我敢說，他還會出更高的價。但老實說，我太驚訝了，簡直暈頭轉向，還沒等冷靜下來，就三萬法郎賣了。』」

之後，科恩先生又說了句令人欽佩的話：

「真希望可憐的斯特里克蘭還活著。我很想知道，要是我把賣畫的兩萬九千八百法郎交給他，他會怎麼講。」

第四十九章

我住在鮮花旅館，老闆娘詹森夫人給我講了個傷心的故事——她如何錯失良機。斯特里克蘭死後，他的一些遺物在帕皮提市場拍賣，她親自去了，因為在拍賣的東西中，有一個美式爐子她看上了。她花二十七法郎買了下來。

「有十幾張畫，」她告訴我，「但都沒有裝裱，沒有人要。有幾張賣十法郎，大多數只賣五、六法郎。想想看，如果我都買了，那就發大財了。」

但是，無論如何，蒂阿瑞．詹森都發不了財。她留不住錢。她是一位定居大溪地的英國船長和一個當地女人的女兒，我認識她時，她已經五十歲了，樣子更顯老。她身材高大，胖得要命，如果不是一張隨時都表現得和藹可親的臉，她看起來還是滿威嚴的。她的手臂像羊腿，乳房像兩棵大白菜，加上一臉肥肉，讓人感覺很不雅，像是赤身裸體站在你面前。肉囊囊的下巴連著下巴，不知道有多少重，胖嘟嘟地一直垂到她的胸脯上。她經常穿一件粉紅色的薄罩衫，整天戴著大草帽。但她總是驕傲地把自己的頭髮解開，披散下來，你會看到她的頭髮又黑又長，打著捲兒。她的眼睛也顯得年輕，活潑可愛。她的笑聲，是我聽過最有感染力的：剛開始是在喉嚨裡咯咯咯咯，隨後越來越響，直到整個肥胖的身軀震顫起來。

她有三個嗜好——笑話、美酒和美男子。認識她，真是三生有幸。

她是島上最棒的廚子，對美味佳餚情有獨鍾。從早到晚，你都會見她坐在廚房裡的一把搖椅上，一名中國廚師和兩三個本地侍女圍著她轉，她不停地發號施令，東拉西扯，時不時還要嘗一口她自己設計的美味。朋友來了，她就會親自下廚，以示尊重。熱情好客，是她的天性，只要鮮花旅館有東西吃，島上的人誰也不會餓著。房客付不起錢，她從未把他們趕走。她總是說，有了再給。有一次，有個傢伙陷入困境，她居然好幾個月讓他白吃白住。後來因為沒錢，開洗衣店的中國人都不給這人洗衣服了，她就把他的衣服和自己的衣服，一起拿去洗衣店。她不願意看到這個可憐人穿著髒襯衫。她說，既然是個男人，就得抽菸，所以她每天給這人一法郎，讓他買菸。她對他，就像對那些一週結一次帳的房客一樣和氣。

這般年紀，又如此肥胖，讓她已經沒法再談情說愛，但她對年輕人的戀情很感興趣。她認為男歡女愛是人的天性，並從自己豐富的經驗中給出箴言和範例。

「我不到十五歲，我父親就發現我有了戀人，」她說，「他是『熱帶鳥』船上的三副，一個很帥的年輕人。」

她歎了口氣。人常說，女人總是忘不了她的第一個戀人；但她不一定老記著他。

「我父親很明事理。」

「他怎麼管你？」我問。

「他差點沒把我打死，後來就讓我和詹森船長結婚了。倒也沒關係。他年紀很大，當然，也很帥。」

蒂阿瑞——梔子花，這是一種芬芳四溢的白花，她父親給她起的名字。這裡的人說，只要你聞過它，無論走多遠，最終還是會被它吸引回大溪地——斯特里克蘭，蒂阿瑞記得一清二楚。

「他有時會來這裡，我常見他在帕皮提晃來晃去。真可憐，他那麼瘦，也沒有錢。我一聽他來城裡了，就派一個孩子去找他，和我一起吃晚飯。我還給他找過一兩次工作，但他總是堅持不了。過不了多久，他就又回深林子去了。一大早，他就會走。」

大概離開馬賽六個月，斯特里克蘭就來到了大溪地。他在一艘從奧克蘭前往舊金山的帆船上幹活，帶著一盒顏料、一個畫架，還有十幾張未完成的畫。他在雪梨工作過，口袋裡有幾英鎊，來到島上，就在城外一個當地人家裡租了間小屋。我想，他到大溪地的那一刻，一定就像到家了一樣。蒂阿瑞告訴我，有一次，斯特里克蘭對她說：

「我正在擦洗甲板，突然，一個傢伙對我說：『瞧，那不是？』我抬眼望去，遠遠看見這個島的輪廓。我立馬就知道，這正是我夢寐以求的地方。後來，船越來越近，我認出好像就是這裡。有時我隨便四處走走，一切彷彿都很熟悉。我敢發誓，以前我在這裡待過。」

「有時候，這個地方就這樣把人吸引住了。」蒂阿瑞說，「我聽說，有的人，趁船裝貨，來岸上溜達幾個小時，但從此再也沒有離開。我還聽說，有的人，被派到這裡工作一年，他們對這個地方抱怨個不停，離開的時候，發毒誓說死都不回來，但一年半載之後，你會看到他們又上島了，他們告訴你，在別的地方，他們活不了。」

第五十章

我覺得，有些人，並未生在他們的理想之所。機緣將他們偶然拋入某種環境，他們卻始終對心中的故土滿懷鄉愁；這故鄉在哪裡，他們並不知道。在他們的出生地，他們是異鄉人，從童年時代就熟悉的林蔭小巷，或者曾經玩耍過的擁擠街道，只不過是人生旅途中的驛站。他們彷彿身處異地，舉目無親，孤身一人。也許，正是這種陌生感，才讓他們遠走他鄉，去尋找屬於他們的永恆居所。或許，某種根深柢固的返祖現象，讓這些遊子再次回到他們的祖先在遠古時代就已離開的土地。有時候，一個人偶然來到某個地方，他會神祕地感覺，這正是他始終懷想的棲身之所。這是他一直在尋找的家園，他會在這從未見過的場景中、在他從不認識的人群中定居下來，就好像他生來就熟悉這一切。在這裡，他終於有了著落。

我給蒂阿瑞講了一個醫生的故事，這人是我在聖托馬斯醫院認識的。他叫亞伯拉罕，是個猶太人，一個一頭金髮、身材結實的年輕人。他性格靦腆，待人和氣，但才華橫溢。憑著一筆獎學金，他進入醫學院，五年時間，任何一種可以申請的獎學金他都拿到了。他同時擔任內科醫生和外科醫生。所有人都說他才華超群。最後，他被選進醫院的管理階層，他的前程有了可靠保證。就世俗的成功推斷，他一定能平步青雲、名利雙收。在正式入職之前，他想度一次假，因為沒有額外收入，所以就在一艘開往黎凡特的流動貨船上當起了外科醫生。這種船上一般沒有醫生，他是因為醫院的一名資深外科醫生認識這條線上的船務經理，才被破格留用。

幾星期後，醫院收到了他的辭呈，這個令人垂涎的職位他放棄了。這讓大家萬分驚訝，種種奇怪的謠言不斷傳出來。每當一個人有了意外之舉，他周圍的人總會認定，原因肯定很丟臉。但既然有人早就盯上了他的位置，亞伯拉罕很快就被遺忘了。後來再也沒有他的消息，人間蒸發了一樣。

一晃十年過去，有一次我乘船去亞歷山大港，一大早和其他旅客一起排好隊，等待醫生檢查。來的這位醫生身材粗壯、衣衫破舊，當他摘下帽子，我注意到他已經完全禿頭了。我好像在哪裡見過他。忽然，我想起來了。

「亞伯拉罕。」我叫道。

他轉過身來，一臉疑惑，很快就認出了我，立刻握住我的手。在雙方驚訝、寒暄一番之後，他聽說我準備在亞歷山大港過夜，就請我到英國俱樂部一起吃飯。當我們久別重逢，我表示在這裡遇見他真是不可思議。他現在的職位非常卑微，也讓人感覺生活窘迫。然後，他給我講了他的故事。當他前往地中海度假時，他一心想的是回到倫敦，去聖托馬斯醫院上任。一天早上，當他乘坐的輪船抵達亞歷山大港，從甲板上，他看著眼前這座陽光閃耀的城市，和碼頭上來來往往的人群；他看著長袍破舊的當地人、從蘇丹來的黑人、吵吵嚷嚷的希臘人、義大利人，戴著塔布希帽神情莊重的土耳其人，還有陽光、藍天；突然間，他心動了。他說不清楚。就像青天霹靂，他說，但又感覺不恰當，所以改口說，如同天啟。就好像他的心被什麼揪住了，突然之間滿心歡喜，一種美妙的自由感。他感覺就像回到了家裡，一下子打定主意，此生就在亞歷山大港生活了。離開輪船沒有多大困難，二十四小時以後，他已經帶著自己的全部家當上岸了。

「船長一定以為你瘋了。」我笑著說。

「別人愛怎麼想就怎麼想，不關我的事，有一種強大的力量左右著我。上岸以後，我想，我要去的是一家希臘人開的小旅館，我四處看看，覺得自己知道在哪兒能找到。你猜怎麼了？我徑直走到了這家旅館，一看見那地方，我立馬就認出來了。」

「你以前來過亞歷山大港？」

「沒有。我從來都沒出過英國。」

不久，他就在公立醫院找到了工作，一直做到現在。

「你從來沒有後悔過嗎？」

「從來沒有，一分鐘也沒有。我賺的錢剛好養活自己，心滿意足。我一無所求，希望就這樣活下去，一直到老。我過得非常好。」

第二天，我就離開了亞歷山大港，直到不久前，我又想起亞伯拉罕，那是我和另外一個行醫的老朋友，亞歷克·卡邁克爾一起吃飯，他回英國休短假。我在街上碰見了他，恭喜他獲封爵士，因為他在大戰中表現卓越，受到嘉獎。我們約好某個晚上敘敘舊，當我答應和他一起吃飯，他建議不要再邀請別人，這樣，我們就可以好好聊聊。他在安妮皇后街有一個漂亮的老宅子，裝飾優雅，足見他很有品味。在餐廳的牆壁上，我看到一幅貝洛托[1]的畫，還有兩幅我很仰慕的佐法尼[2]的畫。當他的妻子，一位身材高䠷、滿身珠光寶氣的尤物離開我們，我笑說，你今天的生活和我們過去在醫學院做學生時相比，變化真大。那時，我們在威斯敏斯特橋大街一家寒酸的義大利餐館吃頓飯，都覺得非常奢侈。現在，亞歷克．卡邁克爾在六、七家醫院兼任要職。我估計，他一年能賺一萬英鎊，這次受封爵士，不過是他遲早會攬到的第一個頭銜罷了。

「我過得很好，」他說，「但說來奇怪，這一切都是因為我運氣好。」

「此話怎講？」

「不懂吧，還記得亞伯拉罕嗎？大有前途的本該是他。學生時代，他處處壓著我。獎學金、助學金，全被他拿了，每次我都在他之下。如果這麼繼續下去，我現在的位子就是他的。對於外科手術，他簡直是天才，誰也比不上。當他被任命為聖托馬斯醫院的主任醫生時，我根本沒有機會像他那樣。我只能當個全科醫生，你也知道，一個普通的全科醫生是什麼樣子，永遠沒轍。但亞伯拉罕讓位了。我得到了。我時來運轉。」

「我想，你說得有理。」

「這完全是運氣。我想，亞伯拉罕一定是腦袋出問題了。可憐的傢伙，完全被自己給毀了。他在亞歷山大港醫療部門謀了個小差事——衛生檢查員什麼的。我聽說，他和一個又老又醜的希臘女人生活在一起，生了六、七個有毛病的孩子。所以，我想，重要的不是腦子，而是個性。亞伯拉罕沒個性。」

個性？我以為，一個人因為看到另一種生活更有意義，只經過片刻思索就拋棄大好前程，這才需要足夠的個性。勇敢走出這一步，絕不後悔，這才真有個性。但我沒有吭聲。亞歷克．卡邁克爾繼續沉吟道：

「當然，如果我對亞伯拉罕的行為故作遺憾，那就太虛偽了。不管怎樣，沒了他，才有了我。」他吧嗒吧嗒抽著長雪茄，樣子很闊綽。「但是，如果這件事與我無關的話，我還真為他浪費才華感到遺憾。一個人這樣作踐自己，實在太可惜了。」

我很懷疑，亞伯拉罕是否真在作踐自己。做自己最想做的事、過自己想過的生活，平平靜靜，怎麼能叫作踐自己？做一個有名的外科醫生，一年賺一萬英鎊，娶一位漂亮的妻子，就是成功？我想，這取決於你如何看待生活的意義，取決於你對社會應盡什麼義務、你對自己有什麼要求。但我依然閉口不言，我有什麼資格和爵士爭辯呢？

1. 貝納多．貝洛托（Bernardo Bellotto，一七二〇－一七八〇），義大利威尼斯派風景畫家。
2. 約翰．佐法尼（Johann Zoffany，一七三三－一八一〇），英國皇家美術學院創建人之一，擅長描繪人物眾多場面的風俗畫。

第五十一章

當我給蒂阿瑞講完這個故事，她稱讚我深謀遠慮。有那麼幾分鐘，我們沉默了，因為都在剝豌豆。然而她的目光，一刻也沒有離開過廚房，那位中國廚師的一些做法，讓她非常不滿，她立刻連珠炮似的對他大罵起來。中國廚師也不甘示弱，兩人隨即吵鬧不休。他們用的是當地的方言，我只懂六、七個字，聽上去彷彿世界末日就要來了；但不一會兒，又偃旗息鼓了，蒂阿瑞遞給廚師一根菸，兩個人舒服地抽了起來。

「你知道嗎，他老婆是我給他找的。」蒂阿瑞突然冒出這一句，一張大臉上滿是笑容。

「廚師？」

「不，是斯特里克蘭。」

「他已經有了啊。」

「他也這麼說，但我告訴他，她在英國，英

國在地球的另一邊。」

「那倒是。」我回答。

「每隔兩三個月，當他需要顏料、香菸或者沒錢了，他就會來帕皮提，像野狗一樣四處遊蕩。他怪可憐的。我這兒有個女孩，叫阿塔，幫我打理房間，她是我的一個遠房親戚，父母雙亡，所以我收留了她。斯特里克蘭經常來這兒大吃大喝，或者和我這裡的員工下下棋。我發現，他每次來，阿塔都盯著他。我就問，是不是喜歡他。她說很喜歡。你知道這些女孩怎麼想：都樂意找個白人。」

「她是本地人嗎？」我問。

「對，一滴白人的血也沒有。就這樣，我和她談過以後，就把斯特里克蘭找來，對他說：『斯特里克蘭，你也該在這兒安個家了。像你這把年紀，不應該再在碼頭上和女人鬼混了。她們都很壞，和她們在一起沒什麼好。你又沒錢，一樣工作幹不了一兩個月。現在，沒人願意雇你了。你說，你可以和隨便哪個當地人一直住在叢林裡，她們也願意和你在一起，因為你是個白人，但是作為一個白人，可不能像你這樣不成樣子。現在，我有個主意，斯特里克蘭。』」

蒂阿瑞時而用法語，時而用英語，因為這兩種語言她說得都很順。她說起話來就像鳥兒在唱歌，令人愉悅。如果鳥兒會講英語，你會覺得牠們也會這麼說。

「『現在，跟阿塔結婚怎樣？她是個好女孩，今年才十七歲。她從不像別的女孩子一樣和船長或者大副胡來，這種事免不了，但當地人從來沒碰過她。她很自重，你知道。上次瓦胡島號上的事務長告訴我，他在島上從來沒見過比她更好的女孩。現在，她也該有個家了，再說船長、大副也不時想換個口味。幫我做事的女孩我都不讓她們待太久。她在塔拉瓦奧河邊買了一小塊地，就在你來這兒不久前，收穫的椰子乾按現在的價錢，足夠你舒舒服服地過日子。那兒有一間房子，你想畫畫，有的是大把時間。怎麼樣，你說？』」

蒂阿瑞停下來，喘了口氣。

「然後，他告訴我，他在英國有老婆。『我可憐的斯特里克蘭，』我說，『他們在別的地方都已經娶了一個老婆；這就是為什麼他們會到島上來。阿塔是個明事理的女孩，她不要求當著市長的面舉行儀式。她是個新教徒，你知道，這不像天主教徒那麼死板。』

「這時候，他問我：『阿塔怎麼說？』『看起來，她對你一見鍾情，』我說，『如果你願意，她也同意。要不要我叫她來？』他咯咯地笑了起來，像他平常那樣滑稽，笑得乾巴巴的。於是我就把阿塔叫過來。她知道我剛才在說什麼，這個騷貨，我一直用眼角瞥著她，她假裝在為我熨一件剛剛洗過的襯衫，卻一直豎著兩隻耳朵偷聽。她走過來，樂呵呵的，但看得出有些害羞，斯特里克蘭看著她，沒有說話。」

「她漂亮嗎？」我問。

「還不賴。但你一定看過她的畫像了吧。他給她畫了一張又一張，有時圍著一件帕里歐，有時什麼都不穿。沒錯，她夠漂亮的。她會做飯，是我教的。我看斯特里克蘭正在思量，就對他說：『我給她的工資很高，她都存起來了。她認識的船長、大副有時也送給她一些東西。她已經存了好幾百法郎了。』

「斯特里克蘭捋著他的大紅鬍子，笑了起來。

「『喂，阿塔，』他說，『你願意讓我當你丈夫嗎？』

「她一言不發，只是傻笑著。

「『我不是說了嗎，斯特里克蘭，這姑娘對你一見鍾情。』我說。

「『我會打你的。』他望著她說。

「『打是情，罵是愛。』她回答說。」

蒂阿瑞中斷了這個故事，突然回想起自己的事情來。

「我的第一個丈夫，詹森船長，經常打我。他是個男子漢，身高六英尺三英寸，一旦喝醉了，誰也攔不住，總是把我打得渾身青一塊紫一塊，很多天也好不了。哦，他死的時候，我哭得死去活來。我想，我永遠也緩不過來了。但是，直到我和喬治．雷尼結婚，我才真的明白我失去了什麼。要是不和一個男人一起生活，你就永遠不知道他什麼樣。沒有哪個男人像喬治．雷尼一樣讓我失望。他也是相貌英俊、身材高大，差不多和詹森船長一樣高，看起來非常強壯。但這都是表面。他從未喝醉過、從來不動手打我，簡直可以當傳教士了。每當一艘輪船靠岸，我都會和船上的官員談情說愛，但喬治．雷尼視而不見。最後我厭倦他了，跟他離婚。要這麼個男人有什麼用？有些男人對待女人的方式真是可怕。」

我安慰蒂阿瑞，同情地說，男人永遠是騙子，然後請她繼續給我講斯特里克蘭的事。

「『好吧，』我對斯特里克蘭說，『這事不急，你好好想想。阿塔在側樓有一間很漂亮的屋子，你跟她生活一個月，看看是不是喜歡她。你可以在這兒吃飯。一個月後，如果你決定娶她，你就可以去她那塊地，安頓下來。』

「他說好，就這麼辦。阿塔繼續做事，斯特里克蘭在我這兒吃飯。我教阿塔做一兩樣他喜歡吃的菜。他畫得不是很多，整天在山上遊蕩、在溪水裡洗澡。他坐在海邊眺望著環礁湖，太陽下山就去看莫雷阿島。他也經常坐在礁石上釣魚。他喜歡在碼頭上閒逛，和當地人聊天。他很安靜，討人喜歡。每天吃完晚飯，他就和阿塔一起回側樓。看得出來，他很想回到叢林裡去，月底的時候我問他，有什麼打算。他說，如果阿塔願意，他想和她一起走。所以晚上我就給他們辦了一桌喜酒。我親自下廚。我給他們做了豌豆湯、龍蝦、咖哩飯和椰子沙拉——你還沒嘗過我做的椰子沙拉，對吧？你走之前我一定給你做——我還給他們做了霜淇淋。我們喝光了香檳酒，接著又喝利口酒。哦，我早就打定主意，要把婚禮辦得風風光光。然後，我們就在客廳裡跳舞。那時，我還沒這麼胖，我一直很喜歡跳舞。」

鮮花旅館的客廳是個小房間，這兒有一架豎式小鋼琴，沿著牆壁，整整齊齊擺著一套紅木家具，上面蓋著絲絨罩子。圓桌上放著幾本相冊，牆上掛著蒂阿瑞和她第一個丈夫詹森船長的大照片。儘管蒂阿瑞又老又胖，然而有幾次，我們還是把布魯塞爾地毯捲起來，叫來幾個在這裡做事的女孩和蒂阿瑞的兩個朋友，跳起舞來，只不過，伴奏的是一臺留聲機，放著氣喘般的音樂。露臺上，空氣裡瀰漫著蒂阿瑞花的芬芳，頭頂，南十字星在無雲的天空閃閃發光。

回想起很久以前的這些歡樂，蒂阿瑞非常欣慰地笑了起來。

「那晚我們一直玩到凌晨三點，睡覺的時候沒有一個不喝得醉醺醺的。我跟他們說，他們可以坐我的輕便馬車，沿著大路一直走，然後再步行很長一段路。阿塔的那塊地在很遠的一處山褶裡。他們天一亮就出發了，我派去送他們的員工第二天才回來。

「就這樣，斯特里克蘭結婚了。」

第五十二章

我想，此後三年，是斯特里克蘭一生中最幸福的日子。阿塔的房子距環島公路八公里，要去那裡得走過一條長滿熱帶植物、濃蔭覆蓋的羊腸小徑。這是一棟用原木搭建的平房，共有兩間小屋，外面是一個小棚子，用作廚房。屋裡沒什麼家具，地上鋪著蓆子當床用，窗外陽臺上有一把搖椅。芭蕉樹緊挨著房子生長，巨大的葉子破爛不堪，像是落難的女皇衣衫襤褸。屋後有一棵鱷梨樹，周圍到處種著能換錢的椰子樹。阿塔的父親生前在這片地上種了一圈巴豆，它們密密麻麻開著鮮豔的花，彷彿一道火焰把這裡圍了起來。房前有一棵芒果樹，旁邊空地上長著兩棵耀眼的孿生樹，鮮紅的花朵和金黃的椰果爭奇鬥豔。

就在這裡，斯特里克蘭住了下來，靠著這塊地生活，很少再去帕皮提。離此不遠有條小溪，他經常在那裡洗澡，有時會有魚群出現，當地人會拿著長矛趕來，吵吵嚷嚷，把正向大海游去的魚叉上來。隔三岔五，他也會去海灘，帶回一筐五顏六色的小魚，阿塔就用椰子油把魚炸了，有時還會配上一隻大龍蝦。偶爾，她也會做一盤美味的大螃蟹，這種螃蟹經常在你腳下爬來爬去。山上長著野橘，阿塔經常和村裡兩三個同伴一起去摘，總是滿載而歸，帶回來的橘子連著綠葉，甘甜爽口。很快，椰子成熟了，阿塔的堂表兄弟姊妹（像當地人一樣，她也有一大堆親戚）一擁而上爬上樹，將大把椰果扔下來。他們把椰子剖開，放在太陽下晾曬。曬乾了就把椰肉割下取出，裝進口袋。女人則把椰肉拿到潟湖附近村子裡的商人那兒，換回大米、肥皂、罐頭肉和一點錢。有時，村子裡擺宴席，就要殺豬。他們都會趕過去，又是跳舞，又是唱讚美詩，吃得太撐，都要吐了。

但是，他倆的房子離村子很遠。大溪地人都很懶。他們喜歡旅行、說長道短，就是不愛串門子，有時一連好幾個星期也沒人到阿塔和斯特里克蘭家裡來。斯特里克蘭畫畫、看書，天黑了就和阿塔坐在外面的陽臺上，一邊抽菸，一邊望著天空。後來，阿塔生了個孩子，一個老婆子來照顧她，一直沒走。不久，這個老人的孫女也來住，接著，又來了個年輕人——誰也不知道他從哪裡來，跟誰是親戚——他也無憂無慮地住了下來，就這樣成了一大家子。

第五十三章

「喏，那就是布呂諾船長，」一天，當我正在把蒂阿瑞給我講的斯特里克蘭的故事理出個頭緒來，她說：「他和斯特里克蘭很熟。他去過那個房子。」

我看到，這是一個中年的法國人，留著大黑鬍子，不少已經斑白，臉龐曬得黝黑，大大的眼睛炯炯有神。他穿著一身整潔的帆布工作服。其實午餐時我就注意到他了，阿林，那個中國員工告訴我，這人是從包莫圖斯島來的，船當天剛靠岸。蒂阿瑞把我介紹給他，他遞給我一張名片，名片很大，上面印著他的名字「勒內．布呂諾」，下面一行小字「龍谷號船長」。我們坐在廚房外的陽臺上，蒂阿瑞正在給幫她做事的一個女孩裁衣服。布呂諾船長過來和我們坐下了。

「對，我和斯特里克蘭很熟，」他說，「我

很喜歡下棋，他也樂於此道。我因業務一年要來大溪地三、四回，如果他也在帕皮提，總要找我殺幾盤。他結婚時，」——說到這裡他笑了笑，聳了聳肩——「當他和蒂阿瑞給他介紹的那個女孩去鄉下住，他說有空可以去看他。婚宴那天，我也是賓客。」他看著蒂阿瑞，兩個人都笑了。「在那之後，他就很少來帕皮提了。大約過了一年，我碰巧去他那一帶辦事，完了後我心想：『嗨，為什麼不去看看可憐的斯特里克蘭呢？』我問了一兩個當地人，看他們知不知道他，結果發現他住的地方離我那兒不到五公里。所以我就去了。我永遠也不會忘記那次去的印象。我住在環礁島上，周圍是潟湖環繞的低矮小島，那裡的美是碧海藍天、湖光山色，以及隨風搖曳的椰子樹；而斯特里克蘭住的地方，美得就像伊甸園。啊，我真希望自己能將那兒的魅力說給你聽。與世隔絕的偏僻一隅，頭頂是湛藍的天空，到處是鬱鬱蔥蔥的樹木。這裡色彩無盡，馥郁芬芳，清爽無比。真是人間天堂，難以用言語形容。他就住在那兒，與世無爭，優哉游哉。我想，在歐洲人看來，那裡簡直太髒，房子破舊，一點也不乾淨。我走近房子，只見陽臺上躺著三、四個人。你知道，這裡的人總愛混在一起。我看見一個年輕人舒展開身子躺在地上，抽著菸，只圍了一件帕里歐。」

帕里歐，這是一種長條形的棉布，或紅或藍，印著白色圖案，圍在腰間，一直搭到膝蓋上。

「一個女孩，大概十五歲，正在用露兜樹葉子編草帽，一個老太婆蹲在地上抽著菸袋。然後我看到阿塔，她正在給嬰兒餵奶，另外一個孩子，光著屁股在她腳邊玩耍。她見我來了，就喊斯特里克蘭，斯特里克蘭從屋裡走到門口，身上也圍著帕里歐。他留著大紅鬍子，頭髮亂成一團，胸脯上滿是胸毛，怪模怪樣。他的雙腳結著厚繭，滿是疤痕，一看就知道走路不穿鞋。他比當地人還要土。一見我，他很高興，立刻讓阿塔殺雞做晚餐。他把我讓進屋，給我看他正在畫的一幅畫。屋子的一角有張床，中央是一個釘著畫布的畫架。我覺得他很可憐，所以花了點錢，買了他幾張畫，有好幾張後來寄給了法國的朋友。雖然當時是出於同情買的，但時間久了，我還是喜歡上了這些畫。我發現，這些畫有一種奇異之美。所有人都以為我瘋了，但事實證明，我是對的。我是島上第一個仰慕他的人。」

他幸災樂禍地對蒂阿瑞笑了笑，於是蒂阿瑞又後悔地給我們講起了她的老故事：拍賣斯特里克蘭的遺物時，她一點也沒在意他的畫，只花二十七法郎，買了個美式爐子。

「這些畫還在嗎？」我問。

「在，我會等到我女兒出嫁時再賣，給她當嫁妝。」

然後，他又接著跟我們講他去拜訪斯特里克蘭的事。

「我永遠也忘不了我和他一起度過的那個夜晚。本來我只打算待個把鐘頭，但他堅持讓我住上一晚。我有些猶豫，說真的，我很不喜歡他讓我睡的那張草蓆，但後來還是聳聳肩，答應了下來。我在包莫圖斯島蓋我的房子時，好幾個星期都睡在外面，那床比這草蓆硬多了，身上沒什麼蓋，只有灌木葉子。至於蟲子，我這皮不動的皮膚可以對付。

「阿塔準備晚飯時，我們去小溪邊洗了個澡，吃完飯，我們就坐在陽臺上，抽菸聊天。我來時看見躺在地上的那個年輕人，有個六角手風琴，演奏的都是十幾年前音樂廳裡流行的曲子。在這樣的熱帶夜晚，距離文明社會千里之外，這些曲調聽起來異常奇怪。我問斯特里克蘭，和這些人混在一起，煩不煩。他說不會，他喜歡他的模特兒就在身邊。過了一會兒，當地人都呵欠連連，去睡覺了，只剩下我和斯特里克蘭。夜晚的那種寂靜，真的無法形容。在我住的包莫圖斯島上，哪有這麼悄無聲息？海灘上，成千上萬的小動物窸窸窣窣，各種各樣的甲蟲到處爬動，陸地上的螃蟹也哢嚓哢嚓，飛快地爬來爬去。偶爾，你會聽到潟湖裡的魚跳出水面的聲響；有時，一隻棕色的鯊魚濺起一大片水花，嚇得別的魚都驚慌逃竄。但比這些聲音更響的，是海水不斷拍打礁石的沉悶怒吼，就像時間一樣永無休止。但是這裡寂靜無聲，空氣裡彌漫著在夜晚綻放的白色花朵的芬芳。

夜晚如此美麗，你的靈魂彷彿再也無法忍受肉體的桎梏。你感覺，你的靈魂隨時都會飄升到浩渺的天際，死神的面容完全就像摯友般。」

蒂阿瑞歎了口氣。

「哦，真希望能再回到十五歲。」

這時，她突然看見一隻貓在廚房桌子上偷吃蝦，隨即破口大罵，一把抓過一本書，不偏不倚砸在倉皇逃走的貓尾巴上。

「我問他，和阿塔一起生活快不快樂。

「『她不打擾我，』他說。『她給我做飯，照看孩子。我叫她做什麼她就做什麼。一個女人能給我的，她都給了。』

「『離開歐洲你從不後悔嗎？有時候，你會不會懷念巴黎或倫敦的街頭燈火？懷念你的朋友？還有劇院、報紙，公共馬車駛過鵝卵石路面時的隆隆聲？』

「沉默良久，他終於說：『我會待在這裡，一直到死。』

「『但是，你就從來不感到無聊、孤獨嗎？』我問。

「他咯咯地笑了。

「『我可憐的朋友，』他說，『很明顯，你不知道做藝術家是怎麼回事。』」

布呂諾船長轉過頭來，對我微微一笑，一雙漆黑而親切的眼睛，奇妙地閃著。

「他這麼說對我可不公平，因為我也知道什麼是夢想。我也有自己的幻想。從某方面來說，我也是藝術家。」

片刻間，我們都沉默了。蒂阿瑞從她寬大的口袋裡摸出幾根香菸，遞給我們一人一根，三個人抽了起來。最後她說：

「既然這位先生對斯特里克蘭很感興趣，為什麼不帶他去見見庫特拉斯醫生？他知道一些事，斯特里克蘭怎麼病的、怎麼死的。」

「願意效勞。」船長看著我說。

我說謝謝。他看了看手錶。

「現在六點多了。如果你想去，他應該在家。」

我毫不猶豫地站了起來。我們一起出來，朝醫生家的方向走去。庫特拉斯住在城外，鮮花旅館在城邊上，所以很快就走到了郊外。道路開闊，胡椒樹蔭翳蔽日，路兩邊是種植園，長著椰子和香草。海盜鳥在棕櫚樹上尖叫著。我們經過小河上的一座石橋，在橋上站了會兒，看著孩子戲水。他們叫著、笑著，追逐打鬧，濕漉漉的黝黑身子，在陽光下閃耀。

第五十四章

我們向前走時，我思索著斯特里克蘭的狀況；近來，我聽到不少斯特里克蘭的傳聞，迫使我注意到他所處的環境。在這個偏遠的海島，他似乎和在老家大不一樣，大家一點也不厭惡他，反而更多的是同情，他的喜怒無常也被欣然接受。無論當地人還是歐洲人，在他們眼裡，他是個怪人，但早就習以為常；世界上到處都是怪人，他們的舉止很古怪；但大家知道，一個人往往不是他想成為的那種人，而是他不得不成為的那種人。在英國和法國，斯特里克蘭是方枘圓鑿、格格不入的人，而在這裡卻有各種各樣的卯眼，什麼樣的榫頭都能協調。我不覺得，他到這裡脾氣就變好了，或者不自私、不冷酷了，而是這裡的環境有利於他。如果他過去就在這樣的環境中生活，周圍的人就不會覺得他有多糟糕。他在這裡得到的，是在本國既不期望、也不想要的——同情。

這一切令我感到驚訝，我把我的想法告訴布呂諾船長，但他沒有立刻回答。

「這不足為奇，反正我對他滿同情的，」後來他說，「因為，儘管我們可能都不知道，但彼此追求的卻是同一種東西。」

「你和斯特里克蘭完全不同，究竟有什麼東西是你們共同追求的？」我微笑著問。

「美。」

「你們的追求可真高。」我嘟噥道。

「你知道嗎？一個人要是為情所困，就會對世界上的一切聽而不聞、視而不見；就像被囚禁在小船上搖槳的奴隸，身不由己。攫住斯特里克蘭的那種激情，正如愛情一樣蠻橫，讓他迫不得已。」

「怪了，你也這麼說！」我回答道，「我老早就覺得，他是被魔鬼抓住了。」

「攫住斯特里克蘭的，是一種創造美的激情。這讓他一刻也不得安寧，讓他四處奔走。他是永遠跋涉的朝聖者，被一種神聖的懷鄉之情所困擾，他體內的魔鬼對他冷酷無情。有些人追求真理，堅定不移，為了實現它，不惜將他們自己的世界完全推翻。斯特里克蘭也是這樣，他所追求的美，等同於真理。像他這樣的人，我只能深表同情。」

「這一點也很奇怪。有個他傷害過的人也對我說過，他非常可憐斯特里克蘭。」說完，我沉默了一會兒。「我想知道，對於他這種讓我一直迷惑不解的性格，你是否已經有了解釋。你怎麼會想到這個？」

他對我笑了笑。

「我不是說了嗎?從某種角度來說，我也是個藝術家。我意識到，在我身上，也有激勵著他的那種熱望。所不同的是，他憑藉的是繪畫，而我的則是生活。」

然後，布呂諾船長給我講了他自己的故事，我想值得寫下來。因為，即使僅僅作為對比，它也讓我加深了對斯特里克蘭的印象。何況，這個故事本身就很美。

布呂諾船長是不列塔尼人，年輕時曾在法國海軍服役。結婚後他退了役，在坎佩爾附近置了一小份產業，準備安享生活。但是，替他料理事務的經紀人突然失手，讓他一夜之間一貧如洗。他和妻子思來想去，都覺得不能這麼窮下去。早年在海軍時，他曾巡遊到南太平洋島，因此就決定再到那裡去碰碰運氣。他先在帕皮提待了幾個月，謀畫將來，積累經驗。之後，他向法國的一個朋友借了筆錢，在包莫圖斯群島買下了一個小島。這是一個環形島嶼，中間是幽深的潟湖，島上荒無人煙，長滿了灌木和野石榴。他和一位勇敢的女人，就是他的妻子，還有幾個當地人登上了小島。憑著兩隻手，他們蓋房子、清理灌木、種植椰子。這是二十年前的事，過去貧瘠的小島，現在已是一座美麗的花園。

「剛開始很艱苦，也很焦慮。我們兩個人拚命做。每天天一亮我就起床，除草、種樹、蓋房子，到了晚上癱倒在床上，就像死狗一樣一覺睡到天亮。我妻子也像我一樣賣力工作。後來，我們有了兩個孩子，先是兒子，再是女兒。我們教他們讀書識字，他們的知識都是我們教的。我們從法國運來一臺鋼琴，她教孩子彈琴、說英語，我教他們拉丁文和數學，一起給他們讀歷史。他們還學會了划船，和當地人一樣會游泳。島上的事情他們無所不知。我們的椰子樹長得鬱鬱蔥蔥，那裡的珊瑚礁也盛產貝殼。我這次來大溪地是為買一艘雙桅帆船。我可以駕船打撈到足夠多的貝殼，把買船的錢賺回來。誰知道呢？說不定還能撈到珍珠。一切都是白手起家。我也在創造美。哦，你不知道，當我看著那些高大、挺拔的椰子樹，想著它們都是我一棵一棵親手種下的，是怎樣的心情啊！」

「讓我問個問題，你也這樣問過斯特里克蘭：你就從來不後悔嗎，遠離法國不列塔尼的老家？」

「等有一天，我女兒嫁了人、兒子娶了妻，可以把島上的產業接手以後，我們就回到我出生時的老屋，安度晚年。」

「到那時，回顧過去，你會感覺一生都很幸福。」

「當然，在我的島上，生活沒那麼刺激，我們遠離文明世界——想像一下，就是來大溪地，也要走上四天路。但我們過得很幸福，只有少數人有所追求，有所成就。我們的生活簡單純樸。我們沒有野心，如果說有什麼值得驕傲，那也是透過自己的雙手加以創造的驕傲。我們既不嫉妒，也不怨恨。哦，我親愛的先生，有人說勞動很幸福，這簡直是廢話，對我來說卻意義重大。我很幸福。」

「我相信，你可以這麼說。」

「我也希望如此。我的妻子是我的好朋友也是好幫手，不只是賢妻，還是良母。真不知道，我怎麼能配上她呢。」

船長的話，讓我對他的生活想了很多。我沉思良久。

「很明顯，你這樣生活，並且很成功，需要的不僅是堅強的意志，還有堅毅的性格。」我說。

「也許吧。可是，如果沒有另外一個因素，我們也許一事無成。」

「什麼呢？」

他站住了，像演戲似的，伸出了手臂。

「對上帝的信仰。要不然，早就迷失了方向。」

說話的工夫，我們已經到了庫特拉斯醫生家門口。

第五十五章

庫特拉斯先生是個身材高大、又肥又胖的法國人，上了年紀。他的體型，就像一顆巨大的鴨蛋；一雙藍眼睛目光銳利，卻又和善可親，時不時自鳴得意地落在自己的大肚皮上。他紅光滿面，頭髮花白，讓人一見就產生好感。他接待我們的房子，就好像法國小鎮上的一所宅子，一兩件玻里尼西亞古董看起來非常奇怪。他伸出雙手握住我的手——他的手很大——親切地看著我，我卻從他的眼神中看出，他十分精明。當他和布呂諾船長握手時，他很禮貌地問候夫人和孩子。我們寒暄了一陣子，又說了些島上的閒話、椰子和香草的收成，之後才進入正題。

在這裡，我不能寫下庫特拉斯醫生的原話，只能用自己的語言來說，然而他生動的敘述一經我轉述便大為減色。他嗓音渾厚，十分洪亮，和他魁梧的身材很是匹配，而且感覺敏銳，繪聲繪色。聽他講話，就像大家經常說的，彷彿是在看戲，而且比大多數戲顯得活靈活現。

事情的經過大概是這樣的：一天，庫特拉斯醫生去塔拉瓦奧給一個女酋長看病，他把這位肥胖的老婦人描述得栩栩如生，說她躺在一張大床上，抽著菸，周圍是一圈皮膚黝黑的侍從。看完病，他被請到另一個房間，安排了晚餐——生魚片、炸香蕉和雞肉，還有一些他叫不上名字的東西，這是當地人的標準膳食——正吃著，就見僕人在把一個眼淚汪汪的小姑娘從門口趕走。當時，他沒在意，但等他吃完飯，出來上了馬車準備離開，又看見她在不遠處站著望著他，愁眉苦臉，淚水漣漣。他問旁邊的人怎麼回事，人家告訴他，她是從山上下來的，想請他去給一個生病的白人看病。他們已經對她說過了，醫生沒工夫管她的事。庫特拉斯就把她叫了過來，親自問她有什麼事。她說，她是阿塔派來的，就是過去一直在鮮花旅館做事的那位，她來找醫生，是因為「紅毛」病了。她把一塊皺巴巴的報紙塞到醫生手中，他打開一看，裡面是一張一百法郎的鈔票。

「紅毛是誰？」他問旁邊一個人。

那人說，「紅毛」就是那個英國人、一個畫家，當地人給他起的外號。他和阿塔同居，住在七公里外的一條峽谷裡。這麼一說，他知道是斯特里克蘭。但是，要去那兒只能走路，他們知道醫生不可能去，所以就想把小姑娘打發走。

「說真的，」醫生轉過頭來，對我說，「當時我猶豫了。在那麼難走的山路上來回跑十四公里，那滋味真不好受，而且，我也不能連夜趕回帕皮提了。此外，我對斯特里克蘭也沒什麼好感。他只不過是一個遊手好閒的無賴，寧願和一個當地女人同居，也不想像別人那樣好好工作吃飯。天哪，我當時怎麼知道，有一天全世界都承認他是天才？我問那個小姑娘，他病得重不重，能不能去我那兒看病。我還問她，知不知道他得的什麼病。但她什麼也不說。我又追問了幾句，也許還對她發火了，但她低頭看著地上，哭了起來。我無奈地聳了聳肩。不管怎樣，看病是我的職責，所以，儘管我很生氣，還是讓她帶路，跟著去了。」

等庫特拉斯走到的時候，他的火氣一點也不比出發前少。他走得汗流浹背，口乾舌燥。阿塔在門口望眼欲穿，實在等不及，還走了一段路來接他。

「別急著看病，先給我弄點喝的，不然渴死了，」他喊道，「看在上帝分上，給我摘個椰子來。」

阿塔喊了一聲，一個小男孩跑了過來。他噌噌幾下爬上椰樹，很快扔下一個熟透的椰子。阿塔在椰子上開了個洞，醫生迫不及待地痛飲一番。然後，他給自己捲了根紙菸，心情一下好多了。

「好吧，紅毛在哪裡？」他問道。

「他在房間，正畫畫呢。我沒說你要來。進去看看吧。」

「那還說他不舒服？要是還能畫畫，就可以去塔拉瓦奧，免得我走這麼要命的路。他的時間值錢，我的就不值錢？」

阿塔沒有說話，和那個男孩一起跟著醫生向房子走去。把醫生找來的那個女孩這會兒正坐在陽臺上，那裡還躺著一個老太婆，背靠著牆，捲著當地人抽的紙菸。阿塔指了指門。醫生感覺這些人的行為都很奇怪，有些煩躁。一走進屋子，就見斯特里克蘭正在清洗調色板。畫架上有幅畫。斯特里克蘭只穿著一件帕里歐，背對門站在畫架前，聽到腳步聲，他轉過身來。他很不耐煩地瞥了醫生一眼，也有些驚訝，他討厭別人打擾他。但是庫特拉斯更加吃驚，他僵在那裡，瞪大了眼睛。他沒料到竟是這樣。他驚恐萬分。

「怎麼連門都不敲就進來了，」斯特里克蘭說，「有事嗎？」

醫生的情緒平復了下來，但還是有些張口結舌。他的滿腔怒火一下子消失了，他感到——哦，對，不可否認——他感到心中生出難以抗拒的憐憫之情。

「我是庫特拉斯醫生。我去塔拉瓦奧給女酋長看病，阿塔派人請我來給你瞧瞧。」

「這個該死的蠢貨。我最近身上是有點痛，還有點發燒，但不是什麼大病，會好的。下次有人去帕皮提，我會讓他給我帶些金雞納霜回來。」

「你還是照照鏡子吧。」

斯特里克蘭看了他一眼，笑了，走到鏡子前，這種鏡子很便宜，鑲著木框，掛在牆上。

「有什麼不對？」

「你沒看到你的臉變得很奇怪嗎？你有沒有發現你的五官都變得很大——怎麼說呢？——你的臉已經成了醫書上說的『獅子臉』。可憐的朋友，難道一定要我說出來，你得了一種可怕的疾病嗎？」

「我？」

「從鏡子上可以看出來，你的臉型，是典型的麻瘋病症狀。」

「你在開玩笑。」斯特里克蘭說。

「我也希望真是開玩笑。」

「你是想告訴我，我得了麻瘋病嗎？」

「很遺憾，千真萬確。」

庫特拉斯醫生對許多人宣判過死刑，但他始終無法克服內心的恐懼。他總是感覺，病人都愛拿自己和醫生相比較，看到醫生頭腦清醒、身體健康，享有不可計量的生命特權，他們往往又氣又惱。而斯特里克蘭只是默默地看著他，面無表情，雖然這種可惡的疾病已經使他五官變形。

「他們知道嗎？」後來，斯特里克蘭指著外面的人問。現在，他們正默默地坐在陽臺上，氣氛有些怪異。

「這些當地人，對這種病知道得一清二楚，」醫生說，「他們只是不敢告訴你而已。」

斯特里克蘭走到門口，往外看了看。他的臉色一定可怕極了，他們突然都哭了起來，嗚嗚咽咽，而且聲音越來越大。他沒有說話，怔怔地看了他們一會兒，轉身走回屋裡。

「你覺得，我還能活多久？」

「這誰說得準？有時候二十年；早死不受罪，倒是上帝的慈悲。」

斯特里克蘭走到畫架前，若有所思地看著上面的畫。

「走了這麼遠的路，帶來這麼重要的消息，不能空手而歸。這幅畫給你吧。現在可能沒什麼，將來有一天，你會很高興擁有它。」

庫特拉斯醫生堅決不要，那一百法郎，他也還給了阿塔。但斯特里克蘭執意讓他把畫帶走。後來他們一起出來，走到陽臺上。幾個當地人還在那裡哭哭啼啼。

「別哭了，你們這些女人。擦乾眼淚，」斯特里克蘭對阿塔說，「沒什麼大不了的，我很快就離開你。」

「他們不會把你弄走吧？」她哭著說。

當時，這些島上還沒有嚴格的隔離制度，麻瘋病人如果願意，是可以留在家的。

「我會住到山裡去。」斯特里克蘭說。

阿塔站起身，對著他說：

「別人誰要走就走吧。我不會離開你的。你是我男人，我是你女人。要是你拋下我，我就在屋後的樹上吊死。我對上帝發誓。」

她說得異常堅決，看起來不再是溫順軟弱的本地姑娘，而是堅強的女人；一下變得誰也認不出來了。

「幹嘛要留在我身邊？你可以回帕皮提，很快就可以找到另一個白人。那個老太婆繼續給你看孩子，蒂阿瑞也會高興你回去。」

「你是我男人，我是你女人。你去哪兒，我跟到哪兒。」

有那麼一瞬，斯特里克蘭的鐵石心腸被打動了，他的眼裡湧出了淚水，慢慢從臉上滾落下來。但是很快，又浮現出慣有的嘲笑。

「女人真是怪物，」他對庫特拉斯醫生說，「你可以像對待狗一樣地對待她們，你可以打她們，打到你手疼，但最終她們依然愛你。」他聳了聳肩。「當然，基督教說女人也有靈魂，這簡直是荒謬透頂的幻覺。」

「你在和醫生說什麼？」阿塔疑惑地問他，「你不走吧？」

「如果你願意，我就不走，可憐的寶貝。」

阿塔一下子跪在他腳下，抱住他的雙腿親吻他。斯特里克蘭看著庫特拉斯醫生，臉上帶著一絲淡淡的微笑。

「到頭來，她們還是會抓住你，怎麼掙扎也沒用。白人也好、棕色人種也罷，一個樣。」

庫特拉斯醫生覺得，在這麼可怕的災難面前，說什麼安慰的話都很荒唐，他決定告辭。斯特里克蘭讓那個叫塔尼的小男孩給醫生帶路，回村子去。停了一會兒，庫特拉斯醫生繼續對我說：

「我不喜歡他，我跟你說過，我對他沒什麼好感。但當我下山，慢慢走回塔拉瓦奧時，我還是不由自主，對他那種自我克制的勇氣深感欽佩，他忍受的，也許是最可怕的痛苦。當我和塔尼分手，我告訴他，我會送一些藥過去，也許對他的病有用。但我也知道，斯特里克蘭可能不會吃，即使吃了，也不知道有多大效用。活著真不容易，有時候，大自然竟折磨她的孩子，以此為樂趣。當我坐著馬車，返回帕皮提我舒服的家時，心情特別沉重。」

很長一段時間，我們都沉默不語。

「但是，阿塔沒再請我去，」後來，醫生繼續說，「碰巧很長一段時間我沒去那個地方了，沒聽到斯特里克蘭什麼消息。有一兩次，我聽說阿塔來帕皮提買繪畫用品，但沒碰見她。大約過了兩年，我又去塔拉瓦奧，還是給那個女酋長看病。我問那裡的人，斯特里克蘭怎麼樣了。這時候，他得麻瘋病的事已經傳開了。先是那個男孩塔尼離開了他們住的地方，不久，那個老太婆和她的孫女也走了。只剩下斯特里克蘭和阿塔，還有他們的孩子。沒人敢走近他們的種植園，你知道，當地人對這種病怕得要死，在過去，一旦發現誰得了麻瘋病，就會將他活活打死。有時候，村裡的孩子上山去玩，會看見這個留著大紅鬍子的白人在遊蕩。他們嚇得魂飛魄散，撒腿就跑。有時，阿塔會在晚上下山來到村子，叫醒雜貨店的人，買些需要的東西。她知道當地人看她的眼神既害怕又厭惡，像對斯特里克蘭那樣，因此總躲著走。有一次，幾個女人壯著膽，走近他們的種植園，不能再近了，她們看見阿塔在小溪邊洗衣服，就撿起石頭扔她。經過這事以後，村裡雜貨店的人就放出話來：如果她再用那條小溪的水，她的房子就會被燒掉。」

「這些畜生。」我說。

「別這麼說，我親愛的先生，人都是這樣的。恐懼讓人變得殘酷無情……我決定去看看斯特里克蘭。我給女酋長看完病，想找個孩子帶路，但沒人願意去，我只好自己找去了。」

一進種植園，庫特拉斯醫生立刻被一種不祥之感緊緊攫住。雖然走得渾身燥熱，他還是感覺不寒而慄。空氣中有某種敵意，讓他踟躕不前，一種無形的力量阻止他，讓他望而卻步，彷彿有許多看不見的手臂將他往回拽。現在，沒人敢來這裡摘椰子，椰果全都掉下來，腐爛在地，放眼望去，一片荒涼。雜亂的灌木瘋長，從四周逼近，看來，前人費盡心血開發出的這片土地，很快就要被原始森林重新奪回。他有一種感覺，這是痛苦的棲息地。當他走近房子，可怕的寂靜讓他惶恐不安，起初，他還以為這裡已經廢棄了。這時，他看見了阿塔。她正蹲在當廚房用的小棚裡，看著眼前煮的一鍋東西。在她跟前，一個小孩一聲不吭地在泥地上玩耍。看見醫生來了，阿塔的臉上並沒有笑容。

「我來看看斯特里克蘭。」他說。

「我去告訴他。」

阿塔向房子走去，跨上幾層臺階，走上陽臺，準備進屋子。庫特拉斯醫生跟在她身後，但走到門口時，阿塔向他做手勢，讓他在門外等候。當房門打開，他立刻聞到一股腥甜的氣味，這正是麻瘋病人住的地方常有的噁心味道。他聽見阿塔在說話，斯特里克蘭回答，但他的聲音顯得陌生，變得嘶啞、模糊不清。庫特拉斯醫生眉頭一皺。他想，疾病已經侵蝕到病人的聲帶。不一會兒，阿塔從屋裡走了出來。

「他不想見你。你走吧。」

庫特拉斯醫生堅持要看病人，但阿塔攔住他，不讓進去。他聳了聳肩。過了一會兒，他只好決定離開。阿塔跟著他。他覺得，她也希望自己走。

「真的幫不了你嗎？」他問。

「你可以給他送點顏料來，」她說，「別的他都不需要。」

「他還能畫畫嗎？」

「他正在往牆壁上畫。」

「真是不幸，我可憐的孩子。」

終於，她的臉上露出了微笑，眼裡充滿了超凡的愛意。這讓庫特拉斯醫生大吃一驚。他非常詫異，甚至感到敬畏。他無話可說。

「他是我男人。」她說。

「你們那個孩子呢？」醫生問，「上次來，記得你有兩個孩子。」

「對。已經死了。我們把他埋在芒果樹下。」

阿塔陪醫生走了一小段路，說她得回去了。庫特拉斯醫生猜測，她不敢走遠，是怕遇見村裡人。他又對她說，如果需要幫助，捎個話，他立馬就到。

第五十六章

兩年又過去了，也許是三年，因為在大溪地，時間總是恍然流逝，難以計數。但是後來，有人給庫特拉斯醫生捎信，說斯特里克蘭快要死了。阿塔在路上攔了一輛去帕皮提送郵件的馬車，懇求趕車的人立刻到醫生家去。但消息傳到時，醫生不在，直到傍晚他才知道。天色已晚，他無法動身，所以第二天一大早就出發了。他先坐馬車到塔拉瓦奧，然後步行七公里去阿塔家，這是他最後一次去。小路上雜草叢生，杳無人跡，很明顯，已經荒廢好幾年了。路很難走。有時，他不得不踉踉蹌蹌蹚過河灘，有時，又得分開荊棘叢生的草木。好些回，為了躲開頭頂樹上的馬蜂窩，他只能從岩石上爬過去。四周一片死寂。

最後，當他走到那座沒有油漆過的木房子前，終於長出了一口氣，但滿目荒涼、破敗不堪，同樣是無法忍受的死寂。他向前走，一個小男孩正在陽光下漫不經心地玩耍，一看見他，就飛快地跑開了：在他眼裡，陌生人都是敵人。庫特拉斯醫生發覺，那個孩子正躲在一棵樹後偷偷地望著他。房門敞開著。他喊了一聲，沒人答應。他走了進去。他敲了敲另一扇門，還是沒人。他擰了一下門把手，走了進去。一股撲鼻的惡臭，讓他直犯噁心。他用手帕捂住鼻子，強迫自己走了進去。屋子裡光線昏暗，從耀眼的陽光下走進來，一時什麼也看不清。等他慢慢適應了室內的光線，他不禁心驚肉跳。他不知道自己身在何處。就好像走進了一個無比神奇的世界。恍惚間，他覺得自己站在原始大森林中，樹下赤身裸體的野人走來走去。他定睛細看，這才發現是牆上的巨幅壁畫。

「上帝啊，我不會是給太陽曬暈了吧。」他嘟噥道。

什麼東西微微一動，引起了他的注意，他發現阿塔正躺在地板上，低聲啜泣。

「阿塔，」他喊道，「阿塔。」

她沒理他。強烈的惡臭再一次讓他犯暈，他點燃一根方頭雪茄。他的眼睛已經適應室內昏暗的光線了，現在，他看著牆上的壁畫，無法抑制內心的激動。對於繪畫，他一無所知，但眼前的東西讓他驚訝不已。四面牆上，從地板一直到天花板，一幅幅奇特的、精心繪製的圖畫鋪展開來，那種奇妙、神祕，簡直難以形容。庫特拉斯幾乎屏住了呼吸。

一種難以理解、無法參透的感情攫住了他。他感覺，這種敬畏和欣喜，就像一個人看到開天闢地時懷著的那種敬畏和欣喜。這壁畫巨大無比，既耽於肉欲，又充滿激情，同時，也包含某種恐怖，讓他看著十分害怕。繪製這巨作的人，已經深入到大自然的隱祕深處，發現了美妙而驚人的祕密。他知曉了人類從不知曉的事物。他畫出的是某種原始而可怕的東西。這並不屬於人類。庫特拉斯模糊地感到，這就像巫術，既美麗，又汙穢。

「上帝啊，真是天才。」

這話從他口中擠出，而他自己並不知道。

這時，他的目光落在牆角的草蓆，他走過去，看到了一具駭人的東西，面目全非，而且陰森森。那是斯特里克蘭。他死了。庫特拉斯醫生用了極大的意志力，俯身看了看這讓人毛骨悚然的屍體。突然，他嚇得魂飛魄散，猛地跳了起來，因為他感覺身後有什麼東西。是阿塔。他沒注意到她已站了起來，走到自己的手肘邊，看著他看著的屍骸。

「天哪，真是靈魂出竅，」他說，「你可嚇死我了。」

他又看了一眼地上可憐的屍體，那曾經是個活人。他驚慌失措地走開了。

「但他的眼睛已經瞎了。」

「對，瞎了快一年了。」

第五十七章

這時，庫特拉斯夫人訪友回來，我們的話暫時被打斷。她推門進來，像一艘鼓起風帆的小船。這是一個很有氣派、高大豐滿的女人，胸部肥碩，腰圍粗壯，卻驚人地繃著緊身胸衣。她長著一個粗大的鷹鉤鼻，三重肥大的肉下巴，腰桿挺得筆直。雖然熱帶氣候總讓人萎靡不振，但她卻絲毫不受影響，反而更有精神、更世故、更果斷，比任何溫帶氣候中的人都要精力充沛。顯然，她非常健談，一進門就說三道四、說東道西，滔滔不絕。她讓我們剛才的談話，一下變得非常遙遠、異常虛幻。

過了一會兒，庫特拉斯醫生轉過身來對我說：

「斯特里克蘭送我的那幅畫一直掛在我書房，要看看嗎？」

「非常樂意。」

我們站起來，他帶我走到外面環繞著他宅子的走廊上。我們站了一會兒，觀望著花園裡姹紫嫣紅、絢爛綻放的花朵。

「很長時間，我都忘不了斯特里克蘭畫在牆上的那些非凡之作。」他若有所思地說。我想的，也是這些。在我看來，斯特里克蘭終於將自己的內心世界完整地表達出來了。他埋頭創作，因為他心裡非常清楚，這是他最後的機會，我想，他一定把自己所理解的、所洞悉的一切，傾畢生之力，表達得淋漓盡致。而且，他終於找到了內心的平靜。糾纏著他的魔鬼終於被驅逐了，他痛苦的一生就是為這件作品做準備，隨著作品完成，他遠離凡俗、備受折磨的靈魂終於得以安息。他甘願赴死，因為他一生追求的目標，已經達到了。

「那幅壁畫的主題是什麼？」我問。

「我也不清楚。看起來非常奇妙，荒誕至極。就像創世之初的圖景，伊甸園、亞當夏娃——怎麼說呢？——是對男人女人、人體之美的頌揚，對大自然的讚美，既崇高又冷漠，既美好又殘忍。時間的無限、空間的無垠，讓你深深感到敬畏。因為他畫了很多樹，椰子樹、菩提樹、鳳凰木、鱷梨樹，這些樹我天天看到，但又彷彿從未見過，就好像它們都有了靈魂、有了祕密，眼看就要抓到手，卻突然跑掉了。那些色彩是我熟悉的色彩，卻又完全不同，它們都有自身的獨特意義。而那些赤身裸體的男男女女，他們既是塵世的，又遠離塵世。他們似乎是黏土搓成的，又彷彿都是神靈。呈現在你面前的，是赤裸裸的人類原始本性，你感覺害怕，因為你看到的是你自己。」

庫特拉斯醫生聳了聳肩，笑了起來。

「你會笑我的。我是享樂主義者，一個粗俗又肥胖的男人——就像福斯塔夫[1]？——抒情的風格對我很不適合。我這人很可笑。但還從未有過哪幅畫像這樣深深地打動我。說真的，我有一種感覺，就像走進了羅馬西斯汀教堂。在那裡，我也對那位畫家在天花板上創作的巨作感到敬畏。真是天才之作，它氣勢磅礴、震懾人心，讓我感覺自己非常渺小、微不足道。不過，對米開朗基羅的偉大，你還是有心理準備的。而這些作品出現在原住民的小屋中，遠離文明世界，呈現在塔拉瓦奧大山的褶皺裡，給人帶來天大的驚喜。米開朗基羅頭腦清醒、身體健康，他的偉大作品讓人感覺崇高、肅穆；但在這裡，雖然呈現的也是美，卻令人不安。我不知道那是什麼。但的確讓我難以平靜。它給你一種感覺，就彷彿你正坐在一間屋子隔壁，雖然你知道那屋子是空的，但不知為什麼，你又恐怖地感到，屋子裡有人。你責罵自己，知道這只不過是神經太敏感——但是，但是……不一會兒，你就再也無法抗拒那種恐懼了，你被無形的恐懼緊緊地抓在手裡，無能為力。對，說真的，當我聽說這些奇妙的傑作被毀了，我不只是感到遺憾。」

「被毀了？」我大叫起來。

「是啊，你不知道嗎？」

「我怎麼知道？真的，我從來沒聽說過這件作品，還以為能落到某個收藏家手裡。直到現在，依然沒有斯特里克蘭作品的詳細目錄。」

「他自從眼睛瞎了，總是坐在那兩間畫著壁畫的屋子裡，一坐就是大半天，用失明的眼睛望著自己的作品，也許那時他看到的，比他一生看到的還要多。阿塔告訴我，他從不抱怨命運、從未失去勇氣。直到最後一刻，他依然坦然、平靜。但他讓阿塔答應他，在她將他埋葬了以後——我沒告訴你吧，他的墓穴是我親手挖的，因為沒有一個當地人敢走近這容易傳染疾病的房子，阿塔和我，用縫在一起的三塊帕里歐把他裹起來，埋在那棵芒果樹下——他讓阿塔答應他，放火把房子燒個乾淨，一根樹枝都不要剩，看燒光

1. 福斯塔夫（Falstaff），莎士比亞歷史劇《亨利四世》中的喜劇人物。

了再離開。」

好一會兒，我都沒有說話。我在思索。後來，我說：

「這麼說，他死到臨頭都沒變啊。」

「你明白嗎？我必須告訴你，當時我想，我有責任勸她，不要燒。」

「那你後來說了嗎？」

「說了。因為我知道，這是天才之作，而且我想，我們沒有權力讓人類失去它。但是阿塔不聽我的。她已經答應他了。我不忍留下，眼看著那樣的野蠻行徑，只是後來聽說她是怎麼做的。她把煤油潑在乾燥的地板上和露兜樹葉編織的草蓆上，然後點火。不大工夫，一切都化為灰燼，一幅偉大的傑作，就這樣永遠消失了。」

「我想，斯特里克蘭也知道，這是一幅傑作。他已經得到了他所追求的東西。他無怨無悔。他創造了一個世界，也看到了這個世界的美好。之後，帶著傲慢和不屑，又將它完全毀掉了。」

「但我還是得讓你看看我的畫。」庫特拉斯醫生說著，繼續向前走。

「阿塔和他們的孩子後來怎樣了？」

「他們去了馬克薩斯群島。她有親戚在那裡。我聽說他們的兒子在一艘卡梅隆的帆船上當水手。大家都說，他長得很像他父親。」

從走廊走到診室的門口，庫特拉斯醫生站住，笑了起來。

「這是一幅水果畫。你也許認為，醫生的診室怎麼能掛這樣的畫。但我妻子不讓我掛在客廳。她說這畫太淫穢了。」

「淫穢的水果畫！」我吃驚地叫道。

我們走進屋子，我的目光立刻落在畫上。我看了很久。

畫的是一堆水果：芒果、香蕉、橘子，還有一些別的什麼。一眼望去，沒什麼特別之處。如果將它放在後印象派的畫展上，一個粗心大意的人會認為滿好的、但並非這一流派的經典傑作。但是，看過之後，這畫他也許就記住了，然而他自己並不知道為什麼。我想，從此他便永遠無法忘記。

這幅畫的著色非常奇怪，語言難以說清楚，總之讓人心神不寧。藍色很深沉，像精雕細琢的天青色琉璃盤，卻顫動著光芒，傳達神祕生活的激動不安；紫色很可怕，像令人厭惡的生腐肉，卻勾起熾熱的欲望，讓人隱約想到黑利阿加巴盧斯[2]統治之下的羅馬帝國；紅色很耀眼，像冬青結出的漿果——令我想到英國的耶誕節，雪天的興高采烈，孩子的歡聲笑語——畫家卻魔法般地讓這種色彩變得柔和，呈現出令人著迷的、乳鴿胸脯般的柔軟；深黃色很突兀，帶著反常的激情漸漸消逝，變成綠色，像春天的芬芳和喧噪的山間小溪的明淨。誰能說出，是怎樣痛苦的想像，幻化出這樣的水果？也許，它們來自赫斯珀里得斯[3]看守的玻里尼西亞的果園。不可思議，它們鮮活無比，彷彿混沌初開時的創造，那時，萬事萬物還沒有最終的形體。它們肆意、華麗。它們帶著濃郁的熱帶氣息。它們彷彿擁有自己憂傷的情欲。這是被施了魔法的水果，品嘗一口，就會打開藏著靈魂祕密的上帝之門，步入幻境中的神祕宮殿。它們孕育著不可預知的危險，吃下去，人就會變成野獸或神仙。所有健康的、自然的東西，所有普通人的簡單快樂、幸福生活，都在它們面前驚慌萎縮；然而，它們具有一種極大的吸引力，就像伊甸園中知善惡的智慧果，將人帶入可怕的未知之境。

最後，我走開了。我覺得，斯特里克蘭將他的祕密帶進了墳墓。

「喂，勒內，親愛的，」外面傳來庫特拉斯夫人歡快的聲音，「這麼半天，你在幹嘛？開胃酒準備好了。問問那位先生，要不要喝點金雞納杜本內酒。」

「好的，夫人。」我一邊說，一邊走到走廊上。

傑作的魅力瞬間幻滅。

2. 黑利阿加巴盧斯（Heliogabalus，二〇四－二二二），一名艾拉加巴盧斯，第一位具有濃厚東方色彩、出身敘利亞的羅馬帝國皇帝，荒淫無道。

3. 赫斯珀里得斯（Hesperides），古希臘神話中的三姊妹，在赫拉女神的花園中看守金蘋果樹。

第五十八章

我離開大溪地的日子到了。根據島上的禮儀，凡是和我有過接觸的人，都要送我禮物——椰子樹葉編的籃子，露兜樹葉編的蓆子和扇子；蒂阿瑞送我的是三顆小珍珠，和用她胖乎乎的大手親自做的三罐芭樂醬。當從威靈頓開往舊金山的郵輪在碼頭停泊了二十四小時後，汽笛長鳴，催促旅客上船，蒂阿瑞一把將我摟進她巨大的懷抱，我彷彿掉進了波濤洶湧的海洋，她鮮豔的紅唇隨即也壓在了我的唇上。她的眼裡閃著淚光。當郵輪緩緩駛出潟湖，從珊瑚礁中的通道小心翼翼開到廣闊的海面上，一陣離愁湧上我的心頭。微風吹來陸地上宜人的芳香，大溪地島卻越來越遠。我知道，我永遠也看不到它了。我生命的一頁翻過去了，我感覺，我離不可避免的死亡，又近了一步。

不到一個月，我回到倫敦；處理完一些急需解決的事後，我想，斯特里克蘭夫人也許想知道她丈夫最後幾年的情況，便給她寫信。從大戰前到現在，很長一段日子，我都沒見過她，只好在電話本裡找她的地址。回信中她約了時間，到那天，我去了她的新居，坎普頓小丘一個整潔的房子。這時，斯特里克蘭夫人快六十歲了，但她的相貌並不顯老，沒人會相信她已經五十多歲。她的臉，有些消瘦，皺紋不多，正是風韻猶存的年紀，你會覺得，她年輕時一定很美，比現在漂亮得多。她的頭髮，沒有全白，梳得好看，身上的黑色禮服很時髦。我記得，有人說過，她的姊姊麥克安德魯夫人，在她丈夫死後幾年也去世了，留了筆錢給斯特里克蘭夫人；從她現在的房子，和穿著整齊、來為我開門的女僕看，我想，這筆錢足夠讓她過著舒坦日子。

我被帶到客廳，發現還有另一位客人，當我知道了他的身分，便料定斯特里克蘭夫人約我這個時間點來，不是沒有目的。這是凡．布施．泰勒先生，一位美國人，斯特里克蘭夫人一邊陪著笑臉向他表示歉意，一邊詳細地給我介紹他。

「你知道，我們英國人孤陋寡聞，非常可怕。如果我不得不做些解釋，還請務必原諒。」然後，她轉過身來對我說：「凡．布施．泰勒先生是美國著名的評論家，如果你還沒有拜讀過他的大作，書真是白念了，必須好好補一下。泰勒先生正在寫一些東西，關於親愛的查理的。他來看看，也許我能幫上什麼忙。」

凡．布施．泰勒先生非常瘦，一個大禿頭，筋骨突出，閃閃發光，渾圓的腦殼下一張蠟黃的臉布滿皺紋，看起來很小。他很文雅，彬彬有禮。他說話帶新英格蘭口音，行為舉止刻板冰冷，真不知道怎麼會研究起查爾斯．斯特里克蘭來。斯特里克蘭夫人說到她丈夫名字時的那種溫柔，讓我覺得好笑。他們談話時，我打量了一下我們坐著的房間。斯特里克蘭夫人緊跟潮流。她在阿什利花園舊居時客廳的那些裝飾都不見了：糊在牆上的莫里斯紙不見了，家具上蓋的樸素的印花簾布不見了，四壁的阿倫德爾圖片不見了；現在的客廳一片光怪陸離，我很想知道，這種時尚強加於她的多變色彩，是不是因為南海群島上一個可憐的畫家，有過如此斑斕的夢幻。她自己說出了答案。

「這些靠墊真是漂亮。」凡．布施．泰勒先生說。

「你喜歡？」她笑著說，「巴克斯特[1]，你知道。」

但是，牆上掛著幾幅斯特里克蘭最好作品的彩色複製品，柏林一家出版商印的。

「看我的畫哪，」她說著，也順著我的目光看了過來，「當然，他的原作我弄不到，但有這些就夠了。這是出版商主動送我的。對我來說已很欣慰。」

「每天能欣賞這些，也是一大樂事。」凡．布施．泰勒先生說。

「對，它們在本質上有裝飾意義。」

「我也堅信，」凡．布施．泰勒先生說，「偉大的藝術永遠富有裝飾性。」他們的目光落在一個正給嬰兒餵奶的裸體女人身上，畫面旁邊，一個女孩跪在地上，給一個小孩遞去一朵花，小孩不理不睬。一個滿臉皺紋、皮包骨頭的醜老太太在一邊看著她們。這是斯特里克蘭版的神聖家庭[2]。我懷疑，畫中的這些人物，就是他在塔拉瓦奧附近那個房子裡住的人，那個餵奶的女人和她懷裡的嬰兒，就是阿塔和他的第一個孩子。我很想知道，斯特里克蘭夫人對這些事情，是否有所耳聞。

談話繼續進行。凡．布施．泰勒先生很有分寸，令我驚訝，凡是讓人感到尷尬的話題，他都盡量回避；我也佩服斯特里克蘭夫人的才智，沒說一句假話，卻暗示了她和丈夫感情融洽。最後，凡．布施．泰勒先生起身告辭，他握住女主人的手，說了一大堆優美但未免造作的感謝話，與我們分開了。

「希望他沒煩到你。」當門在凡．布施．泰勒身後剛一關上，斯特里克蘭太太這麼說。「當然，有時是有些討厭，但我覺得，人家既然來瞭解查理的情況，我就應該把知

1. 巴克斯特（Bakst，一八六六－一九二四），俄國畫家和舞臺設計家。
2. 神聖家庭（Holy Family），基督教對耶穌基督、耶穌的生母聖母馬利亞以及養父約瑟的合稱，在西方藝術史中非常常見。

道的告訴他。這是我應盡的責任，誰叫我是天才的妻子呢？」

她用那雙愉悅的眼睛看著我，這眼睛依舊坦然、親切，像二十多年前那樣。我有些懷疑，她是不是在耍我。

「你原來的列印店早關了吧？」我說。

「哦，對，」她快活地說道，「我當年開它，就是興趣，別的原因不重要。後來，我的兩個孩子勸我把它賣了。他們覺得，這讓我太費神了。」

我看斯特里克蘭夫人是忘了，當年她不得不做些讓她覺得丟臉的工作，好養家糊口。和所有的好女人一樣，她本能地相信，有人養活自己才夠體面。

「他們都在家，」她說，「我想，你說他們父親的事，他們一定樂意聽。還記得羅伯特吧？很高興告訴你，他已經被推薦上去，要得軍功十字勳章啦。」

她走到門口招呼他們。進來了一位身穿卡其服的高大男子，脖子上繫著牧師的硬領，他長得英俊，衣著有些守舊，但目光和小時候一樣坦誠。跟在後面的，是他的妹妹。她這時和我當年初次見到的她母親一般年紀。她長得很像她母親，給人的印象也是，小時候一定長得比現在漂亮。

「我想，你一定不記得他們了吧。」斯特里克蘭夫人說著，驕傲地笑了。「我女兒現在是羅奈爾得森夫人了，她丈夫是炮兵少校。」

「他純粹是從士兵上來的，」羅奈爾得森夫人愉快地說，「所以現在只是少校。」記得很久前我預言過，她將來會嫁給軍人。看來是註定的。她的姿態表明，她完全是軍人的妻子。她很有教養、待人親切，但幾乎掩飾不住內心的信念：她跟別人不一樣。羅伯特談笑風生。

「真是走運，你這次來，正好我在倫敦，」他說，「我只有三天假。」

「他就想著趕緊回去。」他母親說。

「哦，坦白說，我在前線過得很好。我結識了一幫好弟兄。這種生活真是棒極了。當然，戰爭很可怕，那些事誰都知道。但戰爭確實能使人表現出最優秀的品格，這也不可否認。」

然後，我把自己聽到的查爾斯．斯特里克蘭在大溪地的事情，給他們講了一遍。我想，沒必要提阿塔和她生的孩子，但其他的我都仔細說了。當我講完他死得很慘時，我停了下來。有那麼一兩分鐘，我們都沉默了。後來，羅伯特．斯特里克蘭劃了根火柴，點燃一根菸。

「上帝的磨盤轉得很慢，但磨得很細。」羅伯特令人難忘地說道。

斯特里克蘭夫人和羅奈爾得森夫人都低下頭來，顯得有些虔誠。我真感覺，她們以為這話出自聖經。事實上，羅伯特是否也和她們一樣有這種錯覺，我也懷疑。不知為什麼，我突然想到阿塔為斯特里克蘭生的那個孩子。有人告訴我，他是活潑開朗、無憂無慮的年輕人。我彷彿看見，他正站在他工作的帆船上，光著身子，只穿著藍布工裝褲；天色已晚，當船被一陣微風輕輕吹動、向前航行時，水手都聚集到甲板上，船長和押運員倚在躺椅上，懶洋洋地抽著菸斗，我看見，他正在和另一個男孩，在沙啞的六角手風琴聲中，跳著原始而瘋狂的舞蹈。頭頂是蔚藍的天空，群星閃耀，太平洋一望無際，浩瀚無邊。

聖經上的另一句話[3]，也到了我嘴邊，但我管住了自己的舌頭，沒說出來，因為我知道，牧師不喜歡凡人偷嘗他們的蜜餞，他們會認為，這有辱神明。我叔叔亨利，在惠特斯特布林[4]當了二十七年牧師，遇到這種場合，經常說：魔鬼要行兇，總會引用聖經。他老忘不了那樣的日子：一先令就能買十三個上好的牡蠣。

3. 另一句話（A quotation），可能是指《聖經．馬太福音》：「你們不要論斷人，免得你們被論斷。」
4. 惠特斯特布林（Whitstable），英國東南部肯特郡濱海小鎮，以出產牡蠣聞名。

譯後記

人生如夢，讓我們枕著月亮

一百多年前，奧斯卡．王爾德寫下這樣的話：「我不想謀生。我想生活。」這簡直可以拿來概括《月亮與六便士》這部小說。

一位家庭美滿、事業成功的證券經紀人，一夜之間突然拋棄一切，遠走他鄉，從倫敦去了巴黎，沒有留下任何理由，後來大家才知道，他是去那裡畫畫。他在巴黎窮困潦倒、吃盡苦頭，他勾引朋友的妻子，導致她自殺，這些都磨練了他的意志。他對家人、朋友和一心愛他的情人都非常殘忍冷酷，對世俗的一切表現得冷嘲熱諷、傲慢不屑，但他對藝術懷有一種本能而無法抗拒的追求。最後，他厭倦了文明世界，來到南太平洋中的一座美麗島嶼，娶妻生子，與世隔絕，終於創作出了改寫現代藝術史的不朽之作。但在得了絕症之後，他叮囑自己的原住民妻子一把火燒了他畫在房子四壁上的壁畫，一件傑作就這樣化為烏有……

這就是《月亮與六便士》的整個故事。這部小說的主題，往往被理解為理想與現實的衝突。正像書名「月亮與六便士」，月亮代表高高在上的理想，六便士深陷在泥裡，象徵世俗的生活。但是，讀遍這部小說，既沒有出現月亮，也沒有六便士，小說的名字完全是信手拈來。

一九一五年，毛姆的長篇小說《人性的枷鎖》發表，八月十二日，英國《泰晤士報文學增刊》刊登了一篇書評，稱這部小說的主人公菲力浦·凱里和許多年輕人一樣，「為天上的月亮神魂顛倒，對腳下的六便士視而不見」。毛姆喜歡這個說法，所以才有了一九一九年出版的《月亮與六便士》這一書名。理想與現實的矛盾、藝術與生活的衝突、自然與社會的反差，正是這樣的主題，使這部小說一出版就在歐美引起轟動，成為當時的暢銷書。

但是，這部小說本身的內容遠遠比這些明顯的主題要豐富得多。人生閱歷深廣的毛姆，不過是藉創作了〈我們從哪裡來？我們是誰？我們到哪裡去？〉這一現代繪畫傑作的高更，塑造了一位個性迥異的現代派畫家，他不斷戰勝內心的欲望和生活的艱辛，去摸索、去創作、去過自己想過的生活。這不僅是藝術的感召、生活的呼喚、原始的回歸，更有一種莫名其妙、難以說清的精神訴求，可以讓一個人不惜任何代價，鋌而走險，他的激情驅使他像朝聖者一樣艱難跋涉，不遠萬里，去尋找心中的聖地。

可以說，理想與現實、崇高與卑賤、神聖與凡俗，在這部小說中並非二元對立，主人公斯特里克蘭既帶有現實生活的粗鄙與肉欲，也有著無人能及的超凡意志和精神追求。擁有外科醫生資質的毛姆手持手術刀，大膽剖析人性，但他的文筆辛辣又溫情，雖處處嘲諷，卻並未對世俗生活大加鞭撻。在這部小說（第四十四章）中，毛姆寫道：「生活只不過是一場混亂，充滿了種種荒謬和汙穢，只能引人發笑，未免樂極生悲。」這真有莎士比亞的智慧。作為已有二十年豐富寫作經驗、紅極一時的劇作家，他的小說具有談笑人生、揮灑自如的戲劇特徵，而非一意孤行的現代派小說，今天讀來，依然顯得洋洋灑灑，從容不迫。

人生經驗的綺談，倫敦、巴黎、馬賽、南太平洋的風土人情與離奇見聞，諸多男男女女的悲歡離合，都使得《月亮與六便士》更像一部包羅萬象的世情小說。這有很大一部分來自毛姆的個人經歷。

一八七四年，毛姆在巴黎出生，父親是律師，當時在英國駐法使館工作。毛姆不到十歲，父母就先後去世。一八九二年初，毛姆去德國海德堡大學研讀了一年。同年他返回英國，在倫敦一家會計師事務所當了一個半月的見習生，隨後進倫敦聖托馬斯醫學院學醫。長達五年的習醫生涯，讓他瞭解到社會各個階層的人物和他們的生活狀況，這在《月亮與六便士》中也有很多體現，尤其描寫了好幾位醫生。

一八九七年，毛姆發表第一部長篇小說《蘭貝斯的麗莎》。一九一五年發表長篇小說《人性的枷鎖》。第一次世界大戰期間，毛姆赴法國參加戰地急救隊，不久進入英國情報部門，在日內瓦收集敵情；後又出使俄國，勸阻俄國退出戰爭，與臨時政府領導人克倫斯基有過接觸。一九一六年底，毛姆自舊金山出發，經夏威夷、薩摩亞、斐濟、東加、紐西蘭，最終抵達現代派繪畫大師高更曾隱居的法屬大溪地島。這次長達半年的南太平洋之旅，尤其高更的生平和故事，讓毛姆感慨頗多，於是就有了這部僅三個月完成的長篇小說。

《月亮與六便士》描寫了諸多人物，一邊是為理想而傾其所有、孜孜不倦的斯特里克蘭、亞伯拉罕醫生、布呂諾船長，一邊是愛慕虛榮的斯特里克蘭夫人、庫特拉斯夫人、卡邁克爾醫生，還有熱心誠實的斯特洛夫、背叛愛情的布蘭奇、貪圖小利卻義薄雲天的尼克爾斯船長、樂善好施的蒂阿瑞、能說會道的庫特拉斯、淳樸善良的阿塔……小說採用第一人稱來寫，夾敘夾議，娓娓道來，對自我也有很多反省，對人生感悟良多。如此紛繁的故事，全憑「我」來穿針引線，可以說「我」是這部小說的又一主角。

從《月亮與六便士》中可以看出，「我」對斯特里克蘭這一人物並不十分熟悉，對於他的過去一知半解，他為什麼要畫畫也不很清楚，至於他去世前在大溪地上的多年生活，更是道聽塗說。

作為一名作家，「我」帶著年輕人的熱情踏入文學圈，羞澀內斂，絕無世故，但漸漸地世事洞明以後，也變得人情練達，對人性、人生有了更多感悟……而這正是一個真實而不斷成長的「我」。這是小說的又一主題。不過，「我」的見聞總是片片段段，「我」所知道的事情也不確定真偽，只是拿來述說、探討。

「我」是誰？我們深陷於錯綜複雜的凡俗之中，對於別人和他們的生活無從知曉，只是憑著臆想，做出可能的判斷。一切彷彿都是真實的，一切又都極不可靠。正是在這一點上，「我」也成為這部小說中另一個重要的形象。和模糊不清的斯特里克蘭一樣，「我」是一個孤獨的敘述者、一個可能的存在。這是一種現代性的孤獨與隔閡，它出現在自一八五七年問世的〈惡之華〉以來的詩歌、小說、繪畫、戲劇、電影等一切藝術形式之中，只是在這部小說中顯得較為溫和，這個「我」不是那麼離經叛道。

如同斯特里克蘭不等於高更，「我」也不等於毛姆，但這裡面也有很多作家個人的感悟。《月亮與六便士》問世於一九一九年，毛姆時年四十五歲。這個年代，正是現代派小說風起雲湧的時代。這一年，卡夫卡寫出了《致父親的信》，《在流放地》出版；普魯斯特躺在病床上寫作《追憶逝水年華》的第一部；喬伊斯早已完成了《尤利西斯》，傑作無人能識。這些小說運用前所未有的現代派技巧，不但揭示了現代社會的空洞本質，也對人性進行了異常深刻的反思。而毛姆，正像他在這部小說中說的，依然採用「老套」的寫法。但很顯然，他雖然保守，卻很明智，他並不在意表面花裡胡哨的技巧。

毛姆說：「我已經是老古董了，我會像克雷布一樣繼續寫雙韻體的道德故事。」但這並不影響《月亮與六便士》的偉大。現代派文學手法總免不了非理性的極端、冷酷、歇斯底里，而毛姆不是，他是一位紳士，他娓娓道來，他在享受生活，也在享受小說。在這部作品中，你會看到他處處對一些人事物津津樂道，一提到某人、某物，總會盪開一筆，看似離題萬里，實則有內在的關聯。

而且，在小說中，他不說自己是寫實還是虛構，總說自己對真實的事情所知甚少，往往藉他人之口來敘述故事、塑造人物，甚至講完了又說也許不值得相信。今天看來，這是一種最為真實的虛構。總之，這是一種極為高超的小說技巧，不局限於傳統的經典人物、線性敘述，或者現代派的意識流、荒誕、誇張變形，而是將寫作當作一場平常而又奇異的旅行。旅行往往有目的，但也需要懂得享受落花流水、走走停停的意外之美，所以這部小說主題深刻，但外表非常放鬆，如同與你聊天。在這一點上，毛姆的小說技巧不但和卡夫卡、普魯斯特媲美，更以其親切的筆觸，溫暖和智慧，撫慰更多備受折磨的心靈。

正是憑藉這種溫暖而多變的筆調，毛姆在這部小說中不僅探討了理想與現實、藝術與生活、社會與自我，也探索了人類的感情。這是小說的又一主題，或者說主題的根本基礎。

小說第十五章中，毛姆借大哲人帕斯卡之口說：「感情自有其理，理性難以知曉。」斯特里克蘭全然不顧自己的妻子兒女，拋棄他們，獨自去巴黎畫畫，他對親人朋友極其冷酷，卻對藝術懷著莫名其妙而異常深刻的感情。藝術是永遠的感性，帕斯卡的原話其實也是在強調人與理性相對的感性。而斯特里克蘭正是因為自己身上這種天然的感性突然被喚醒，所以義無反顧地拋棄一切，去進行藝術的創作。在人類的感情中有親情有愛情，有愛也有欲望，毛姆著重於分析主人公的情欲和愛情觀。小說第四十一章中，當布蘭奇因斯特里克蘭不愛她而絕望自殺後，「我」批評斯特里克蘭太殘忍，斯特里克蘭說：

我不需要愛情。我沒有時間戀愛。這是人性的弱點。我是男人，有時候我需要女人。當我的欲望滿足了，我就會去忙別的事情。真是討厭，我無法克制自己的欲望；它囚禁著我的精神；我希望有一天，我可以不受欲望支配，自由自在地去工作。因為女人除了愛情，什麼也不懂，所以她們把愛情看得非常重要，簡直荒謬。她們還想說服我們，讓我們相信這就是生活的全部。實際上，這是微不足道的一部分。我只知道欲望。這是正常的、健康的。愛情是一種病。

可見，愛是一種矛盾的存在，它有時能夠激發人的藝術感性、創作本能，有時又是欲望的牢籠。

愛是港灣，也是枷鎖；愛是欲望，也是靈魂尋求的另一種更高的愛或自由的表相。愛是暫時的解脫，但靈魂似乎要去尋求另一種更大的、難以捉摸的解脫……正是這樣，毛姆強調了感情在藝術創作中或者一個人心裡的重要作用。尤其透過對愛情的分析，使得人物的內心世界更為豐富。而在這部小說中，關於愛情的格言也俯拾即是，這些格言道出了愛的虛幻與真實，同時也嘲諷了大多數男人和女人的愛情觀。

可以說，毛姆對人類感情的分析，既不是以往的道德審判，也不是現代派的非理性表達，而是一種富有啟示性的價值分析。這種分析既貼近生活，又富有藝術的敏銳洞察力。這樣一來，人物才更加真實、多個主題才更加鮮明。而從「我」的表現來看，毛姆對自己筆下的人物深感憐憫、深表同情，這同樣是一種人類感情的堅守；這種細膩、溫暖、智慧、絲絲入扣的感情，也許只有中國的小說大師沈從文可以與之相比。

然而，當我們明白了，理想與現實、藝術與生活、社會與自我、感情與理智的衝突是小說的四大主題，這還遠遠不夠，《月亮與六便士》這部傑出的小說其實有著更為深層的精神追問。在小說中，毛姆專注於對斯特里克蘭這一人物身上的「精神性」的挖掘，他將斯特里克蘭比作希臘神話中的薩特、馬西亞斯，從而揭示了一種更為原始的人類激情和創造本能。這種激情和本能不局限於藝術創作。這種激情在初期階段，只是身不由己的情欲，而當它有了更深層次的需求，就轉變成人類的創造本能。這是一種對真實生活的絕對追求，既是對自然的追求，也是對美、對真理的追求。這正是尼采從希臘文明中所發現的狄奧尼索斯精神，一種舞動在萬物之上的偉大的人類激情。

正是因為有了精神的深層需求，斯特里克蘭才會不斷地推翻自己的生活經驗，從倫敦到巴黎、從馬賽到大溪地，始終瘋狂尋找，最終在大溪地創作出偉大的作品。

在小說的結尾，雙目失明、即將死去的斯特里克蘭囑咐妻子燒掉他畫在牆壁上的巨作，那是他在得知自己得了麻瘋病活不了多久之後，傾畢生之力的絕筆之作。他對塵世的理解、對精神世界的不懈探索，全部都在這幅畫裡。

要真正理解斯特里克蘭這個人物、他的精神追求，以及他最終的命運，就需要對小說的「材料」有所瞭解。斯特里克蘭在生命終結之前創作的這幅畫的原型，是一八九七年高更在大溪地創作的巨作：〈我們從哪裡來？我們是誰？我們到哪裡去？〉（一三九公分×三七五公分，現藏波士頓美術館）。斯特里克蘭的人物原型是後印象派巨匠之一的高更。

高更早年在海輪上工作，後來又到法國海軍中服務，二十三歲當上了證券經紀人，收入豐厚，還娶了一位漂亮的丹麥姑娘為妻。他的正業雖是如此，但早在一八七三年就開始畫畫，並收藏印象派畫家作品。一八八二年股市大崩盤，在自己繪畫天賦的召喚之下，三十五歲的高更毅然辭去了證券經紀人的工作，專心致力於繪畫，三十八歲時與家裡基本斷絕了關係，長期過著孤獨的生活。一八九一年至一八九三年，以及一八九五年至一九〇一年，高更曾兩度前往大溪地，長住並著手創作。這些都和斯特里克蘭多少相似。但與小說中的斯特里克蘭不同的是，高更沒有得麻瘋病，也沒有失明，更沒有完全斷絕與世俗世界的聯繫，他一直與妻子通信，抱怨缺錢以及生活的艱難，特別是，他不斷將在大溪地創作完成的作品運回巴黎，掛進畫廊出售，雖然賣得很不理想。

一八九七年，高更的生活貧困潦倒，又生了嚴重的病，當他最愛的小女兒愛琳因肺炎死亡的消息傳來，他的精神徹底崩潰了。他服毒自殺，想徹底結束自己的生命，可是自殺未遂。這次事件後，他帶著沉積已久的激情，創作了巨幅油畫〈我們從哪裡來？我們是誰？我們到哪裡去？〉。對此，高更曾說：「我希望能在臨死之前完成一幅巨作。在整整一個月內，我幾乎不分晝夜地以我前所未有的熱情從事創作。我完全不用模特兒，在粗糙的麻袋布上直接作畫，以至於看來十分粗糙，筆觸相當草率，恐怕會被認為是未完成的作品。確實，我自己也無法十分明確地評斷。可是我認為這幅畫比我以前的任何作品都要優秀。今後也許再也畫不出比它更好或同樣好的作品了。我在死之前把我全部精力都傾注在這幅作品中了。在惡劣的環境中，以痛苦的熱情和清晰的幻覺來描繪，因此畫面看起來毫不急躁，反而洋溢著生氣。沒有模特兒，沒有技巧，沒有一般所謂的繪畫規則。」

這幅畫是高更的巔峰之作，正因為最具代表性，毛姆才借用它來安排斯特里克蘭的最終命運。這幅畫對高更意義非凡，高更說：「這裡有多少我在種種可怕的環境中所體驗過的悲傷之情。」它不但是感情的集中體現，也是精神的最高表達。

〈我們從哪裡來？我們是誰？我們到哪裡去？〉這幅現代繪畫傑作，打破了以往的構圖規則，從任何一點看起，彷彿都帶給你無盡的想像和記憶。從立意來看，這幅作品展現了人生的三部曲、時間的流逝，和人類的精神信仰。畫面最右端，地上躺著一個赤身裸體的嬰兒，象徵生命的誕生；中間一個正在伸手採摘果子的青年，代表生命的成長和成熟，也隱喻亞當摘取智慧果，人類得以發展；畫面最左端，坐在地上雙手抱頭的老人，代表生命的死亡和終結。這些人物和畫面上其他的男男女女，以種種不同的方式，訴說著生命的歡樂與痛苦，以及時間的流逝。成雙成對的青年男女，代表幸福美滿的愛情和生活；遠處一個低頭沉思的女人，象徵著孤獨，或者人類自我的反省。畫面最右邊的狗是塵世生活的象徵，最左邊的白鴿是死後靈魂的象徵。背景中的再生與復活女神象徵生命的輪迴和人類的精神信仰。畫面中間仰頭摘果子的青年最為醒目，將整幅畫分割成左右兩半，象徵著人類智慧的泉源、精神的生生不息。

這幅作品整體以大自然為背景，沒有遠景，人物、植物、動物處處填滿，給人一種侷促、緊張、呼之欲出的強烈感覺，一種無可抗拒的生命力，從而凸顯了原始野性的回歸及生命意義。將近四公尺的恢宏長卷，以綠色和黃色為主色調，色彩單純，構圖開放，意義複雜，極為神祕。對文明社會厭倦了的高更，帶著對自我生命的深徹領悟，從精神層面去尋找心中的終極樂園。他既承受著個人不幸的慘痛打擊，也帶著文明人無法擺脫的迷茫和絕望，從而把種種複雜的感情凝聚在巨大的畫布上。

這幅作品在遠離文明世界的大溪地創作，將人類的原始記憶、宗教信仰和凡俗生活加以完整的提煉和濃縮。這種追問，既是一種來自精神的偉大哲思，也是人類情感記憶的凝結，最終生命透過藝術得以昇華，從而達到最高的精神涅槃。

而在《月亮與六便士》這部小說中，毛姆並沒有很具體地去描摹這幅作品，因為畢竟是小說，但我們知道，他所指的就是這幅巨作。

我們從哪裡來？我們是誰？我們到哪裡去？這是最終極的精神追問。這幅畫如此深邃而又震撼，而在小說中，它完成了主人公的精神性追問，最後被付之一炬，暗示著什麼？當人類的精神性抵達了它自身，它便超越了自我與他人、肉體與靈魂，它就在它自身中守護住它自身並且為了這個自身而存在，不再需要任何物質性的東西，哪怕是所謂的藝術傑作。這正是藝術創作的心聲：當你完成了最偉大的作品，它便離你而去，因為藝術的最高訴求並非任何實體，而是那遙不可及的精神的涅槃。付之一炬正是涅槃的象徵。和高更相比，斯特里克蘭的死和他的傑作的毀滅更顯得撼動人心，這正是小說的高明與真實之處。

毛姆曾說：「作為一個小說家，我回到年代悠遠的新石器時代，仿效在山洞裡圍火講故事的人。」他的小說表面看來確實非常樸素，並不複雜，但這絲毫掩蓋不住他那遊刃有餘的刀鋒。毛姆的小說夾敘夾議，人物性格鮮明，對話幽默生動，尤其分析透徹見底。這篇導讀引用了小說中的片段，不只是為了讓陌生的讀者先睹為快，更重要的是想讓大家明白，注重分析是《月亮與六便士》最卓越的藝術特色。這是毛姆所獨有的思想意識流，是現代文學的另一種高超表現。所有的人物和情感，在毛姆的手術刀下都變得異常清晰。正因為這種分析，理想與現實、藝術與生活、自我與社會、感情與理智、物質與精神，所有的衝突才顯得異常真實，所有人生的臨床問題才顯得刻不容緩，亟待治療。這是心靈的對話，關於人生的一切祕密。而毛姆正是這樣一位精神醫生，有別於普魯斯特、卡夫卡、喬伊斯這樣的精神病人。現代社會的絕症需要卡夫卡們以毒攻毒，也需要毛姆這樣的醫生帶給病人一點安慰。

將近一百年前，毛姆創作了這部他所謂的「家庭讀物」，但這部小說直到今天依然帶給我們許多啟示，關於藝術、關於生活、關於自我……這正是《月亮與六便士》的多重變奏、它的現代性、它的超時間性。

什麼是生活？生活的意義是什麼？這些事沒有人能真正告訴你，需要你自己滿懷勇氣，像小說主人公那樣拋棄一切，用整個靈魂去探索。在這個以物質為上帝的時代，用淺薄的幸福、成功來斷定你的世界，你該怎樣過完你的人生？人生如夢，你希望枕著月亮還是六便士？很多人渴望名聲、追求利益，很多人希望名利雙收；大多數人按部就班，過著平庸乏味的生活；也有一些人忽然如夢方醒，一骨碌爬起，去尋找真正有價值的生活。所以無論如何，這部警世的小說都值得一讀。正像小說第五十章中所說：

> 做自己最想做的事、過自己想過的生活，平平靜靜，怎麼能叫作踐自己？做一個有名的外科醫生，一年賺一萬英鎊，娶一位漂亮的妻子，就是成功？我想，這取決於你如何看待生活的意義……

譯者簡介

徐淳剛

一九七五年生於陝西西安，知名詩人、翻譯家、攝影師。出版有詩集《自行車王國》、《面具》、《南寨》，小說集《樹葉全集》，譯詩集《弗羅斯特詩精選》、《生來如此：布考斯基詩集》、《塵土是唯一的祕密：艾米莉·狄金森詩選》，布考斯基首部中文版權詩集《愛是地獄冥犬》。曾獲水沫詩歌獎、天街詩歌獎、後天學術獎、波比文化小說獎等。策展並出版《全球電線攝影展》。出版英文版攝影集《Xi' an》。二〇一六年簽約作家榜，翻譯了毛姆代表作《月亮與六便士》，各界讀者好評如潮，一舉榮獲四項大獎：京東二〇一八年度小說銷量總榜冠軍、亞馬遜二〇一八年度Kindle電子書暢銷榜冠軍、豆瓣二〇一七年度銷量總榜冠軍、豆瓣圖書好評榜好書銷量總冠軍。

月亮與六便士 / 威廉 . 薩默塞特 . 毛姆著 ; 徐淳剛譯 . -- 初版 . -- 臺北市 : 時報文化 , 2019.08
面 ; 公分 . -- (愛經典 ; 21) 譯自 : The moon and sixpence ISBN 978-957-13-7887-9(精裝)

873.57 108011121

本書根據英國倫敦 Vintage Books 出版社一九九九年版 *The Moon and Sixpence* 譯出

作家榜经典文库®

ISBN 978-957-13-7887-9

Printed in Taiwan

愛經典 0 0 2 1

月亮與六便士

作者—威廉・薩默塞特・毛姆｜譯者—徐淳剛｜編輯總監—蘇清霖｜編輯—邱淑鈴｜美術設計—FE 設計｜校對—邱淑鈴｜董事長—趙政岷｜出版者—時報文化出版企業股份有限公司 108019 台北市和平西路三段二四〇號四樓 發行專線—（〇二）二三〇六—六八四二 讀者服務專線—〇八〇〇—二三一—七〇五、（〇二）二三〇四—七一〇三 讀者服務傳真—（〇二）二三〇四—六八五八 郵撥—一九三四四七二四時報文化出版公司 信箱—10899 台北華江橋郵局第 99 信箱 時報悅讀網—http://www.readingtimes.com.tw｜電子郵件信箱—new@readingtimes.com.tw｜法律顧問—理律法律事務所 陳長文律師、李念祖律師｜印刷—勁達印刷有限公司｜初版一刷—二〇一九年八月二日｜初版五刷—二〇二四年五月三十日｜定價—新台幣三五〇元｜

時報文化出版公司成立於一九七五年，並於一九九九年股票上櫃公開發行，於二〇〇八年脫離中時集團非屬旺中，以「尊重智慧與創意的文化事業」為信念。